Anette Schwohl

Katrin Lund

und der Tote am Leuchtturm

Von der Autorin bisher bei *KBV* erschienen:

Hunde die bellen morden nicht

Anette Schwohl, 1959 geboren, hat in Hamburg Kunstgeschichte, Literaturwissenschaften und in einem Aufbaustudium Kulturmanagement studiert. Nach beinahe zehn Jahren als Museumsdirektorin in Sachsen, kehrte sie im Jahr 2002 nach Schleswig-Holstein zurück. Sie ist freiberuflich als Kunsthistorikerin, Kulturmanagerin und Dozentin für Kreatives Schreiben tätig. Etliche ihrer Kurzkrimis wurden in Anthologien veröffentlicht.

Sie liebt es, in die Abgründe der Menschen bzw. ihrer literarischen Figuren zu schauen. Seit 2019 organisiert sie alle zwei Jahre das Rendsburger Frauenkrimifestival. Sie ist Mitglied bei der Autorinnenvereinigung »Mörderische Schwestern«.

Anette Schwohl

Katrin Lund

und der Tote am Leuchtturm

Kriminalroman

KBV

MIX
Papier aus verantwortungsvollen Quellen
FSC® C083411

Originalausgabe

www.kbv-verlag.de
E-Mail: info@kbv-verlag.de
Telefon: 0 65 93 - 998 96-0
Umschlaggestaltung: Ralf Kramp
unter Verwendung von © Lekies - pixabay.com
Lektorat: Nicola Härms, Rheinbach
Druck: CPI books, Ebner & Spiegel GmbH, Ulm
Printed in Germany
ISBN 978-3-95441-605-9

Die handelnden Figuren
in diesem Kriminalroman entspringen
ausschließlich meiner Fantasie.
Einige der beschriebenen Örtlichkeiten sind
in St. Peter-Ording vorhanden,
andere wiederum frei erfunden.
*Es obliegt Ihnen als geneigte Leser*in,*
sich auf die Suche nach diesen Orten zu machen.
Seien Sie bitte nicht enttäuscht, wenn Sie das
eine oder andere nicht finden werden.
Halten Sie es mit der Protagonistin
und gehen Sie einen Kaffee trinken …

und lesen Sie weiter.

1

Katrin Lund hasste es, jeden Morgen so früh aufstehen zu müssen. Aber leider war das Los einer Köchin eben genau dies. Andererseits – wenn sie morgens um sechs Uhr dreißig durch den Wilhelminenkoog am Siel entlang zum Deich radelte und dann weiter an den Salzwiesen vorbei in Richtung Sankt Peter-Ording, was gab es Friedlicheres?

Die Möwen über ihr zogen ihre Bahnen, und die Schafe, die im Vorland, jetzt bei Sonnenaufgang, ihr Frühstücksgras rissen, blökten leise und gemütlich vor sich hin. Das Meer roch nach Tang, und der Wind schmeckte nach Salz. Näher konnte sie der Natur nicht sein. Und sie liebte diese Landschaft. Sie gab ihr Kraft für einen neuen anstrengenden Tag in der Großküche der Kurklinik »Ebbe und Flut«. Der Fahrtwind auf ihrer Haut ließ sie sich noch mehr mit allem um sie herum im Einklang fühlen. Wasser und Wind, das waren ihre Elemente. Das war Leben.

Ihre Gedanken wanderten. Chefin einer Großküche. Das war also nun aus ihren hehren Plänen geworden, es zu einer Sterneköchin zu bringen. Immerhin Chefköchin. Aber mit einem selbstbestimmten und kreativen Arbeiten hatte das beileibe nichts zu tun. Ihr Ausbilder Georg Kessler hatte ihr seinerzeit gesagt, die Zutaten für gutes Kochen bestünden zu dreißig Prozent aus Können, zu dreißig Prozent aus Improvisation und Neugier, zu weiteren dreißig Prozent aus Psychologie, und der Rest sei Zufall. Wohin also sollte sie mit ihrer Neugierde und ihrem psychologischen Talent in einer Großküche?

Sie trat stärker in die Pedale. Ihren Hüften tat es gut, zügiger zu fahren. Sie begann jetzt mit ihren Mitte vierzig ein bisschen in die Breite zu gehen. Obwohl ihre Figur noch proper war. Also, schämen musste sie sich nicht, das stand mal fest. Schon gar nicht in Anbetracht ihres Jobs. Dafür war sie sogar regelrecht schlank. Alle waren immer erstaunt, wenn sie ihren Beruf nannte. »Wenn man Sie so ansieht, würde man nicht darauf kommen«, war so eine Standardansage. Als ob alle Köchinnen dick sein müssten.

Da sie wie üblich Gegenwind hatte, geriet sie recht bald aus der Puste und trat langsamer. Ihr erstes Etappenziel hatte sie erreicht, wenn rechter Hand der Golfplatz auftauchte. Dann noch ein Stück weiter, und sie konnte von ferne den alten Böhler Leuchtturm ausmachen. Der runde, rotbraune Backsteinturm war das Wahrzeichen des Ortsteils Böhl und hieß korrekt »Sankt Peter Leuchtfeuer«.

Zu dieser frühen Stunde lag die zum Meer gewandte Seite noch im Schatten. Von Weitem sah er aus, als sei er in der Mitte senkrecht durchgeschnitten worden.

Katrin fuhr unterhalb des geteerten Deichs entlang, um ein bisschen vor dem Wind geschützt zu sein.

Was war denn das? Sie konnte es nicht genau erkennen. Saß da etwa schon so früh jemand auf der Bank am Leuchtturm? Aber warum auf der beschatteten Seite, wo es frühmorgens noch kühl war? Na ja, nur von dort hatte man einen Blick aufs Meer. Sie kam näher. Tatsächlich, da hockte jemand. Und der war nackt. Sie stieg vom Fahrrad ab und stapfte den Deich hoch.

»Heilige Scheiße!«, entfuhr es ihr. Sie näherte sich vorsichtig. Der Kopf des Mannes hing entspannt vornüber auf dem Brustbein, wie bei jemandem, der beim Lesen eingeschlafen ist. Die Augen waren geschlossen. Die Hände lagen im Schoß. In der Klinik hatte sie mal einen Kurs über Autogenes Training gemacht. Da hieß das Kutscherhaltung.

Dieser Mann hier war tot, da brauchte sie keinen Puls zu fühlen. Das erkannte sie. Diese farblose Haut war schon länger nicht mehr durchblutet worden. Sie hatte schon genug totes Fleisch in ihrem Leben gesehen. Aber menschliches totes Fleisch war doch etwas anderes als tierisches. Dieses hier wollte sie um gar keinen Preis berühren.

Sie zerrte sich ihren Rucksack von der Schulter und zog das Handy aus der Fronttasche. Ja, was auch sonst: kein Empfang. Wie fast überall in dieser Gegend. Sie rannte ein paar Meter landeinwärts, in der Hoffnung, in Reichweite eines Sendemastes zu kommen, und versuchte es erneut. Die Verwaltungsleiterin hatte erst vor drei Monaten darauf bestanden, dass alle Mitarbeiter die Telefonnummer der örtlichen Polizei auf ihrem Handy speicherten.

»Polizeistation Sankt Peter-Ording?« Die Ansage war gleichzeitig eine Aufforderung loszulegen.

»Katrin Lund hier. Auf der Bank am Böhler Leuchtfeuer sitzt ein Toter.«

»Bitte sagen Sie mir noch einmal Ihren Namen.«

»Katrin Lund. Meine Telefonnummer ist …«

Die Telefonstimme unterbrach sie. »Die sehe ich. Danke. Haben Sie Ihr GPS an, damit wir Sie orten können?«

»Ja, habe ich.«

»Bleiben Sie dort, bis jemand von uns eintrifft.«

»Oh, ich muss eigentlich zur Arbeit.«

»Sie müssen dort bleiben.«

Katrin überlegte kurz. »Was passiert, wenn ich fahre, Ihnen aber die Adresse meiner Arbeitsstelle gebe?«

»Na gut. Okay. Wo arbeiten Sie?«

Sie beschrieb dem Polizisten genau, wo man sie in der Klinik finden konnte. War ja schließlich eine große Klinik, da konnten sich Ortsunkundige schon mal verlaufen. Außerdem wollte sie nicht, dass sie überall herumfragen mussten, um sie zu finden. Polizei war nicht gut in so einem Haus, wo so viele Kranke aufeinanderhockten und auf ein bisschen Abwechslung vom schnöden Alltag warteten. Das gab entweder zu viel Aufregung oder es wurden hanebüchene Geschichten zusammengesponnen.

»Okay, wir haben Sie geortet. Jetzt brauche ich noch Ihre Wohnadresse.«

»Da bin ich aber tagsüber nicht zu erreichen.«

»Die brauche ich, um zu überprüfen, ob Sie dort gemeldet sind.«

Katrin gab ihm die Adresse.

Sie wollte gerade wieder aufs Fahrrad steigen, fort von der Leiche, als sie es sich plötzlich anders überlegte. Gleich würden hier die Polizei und sicher auch ein Kommissar und die Spurensicherung und überhaupt das ganze große Aufgebot heranrauschen. Das wollte sie sich nicht entgehen lassen. Wenn auch die Leiche in so unmittelbarer

Nähe sie immer wieder erschauern ließ, war sie doch zu neugierig. Sie ließ sich auf einer Bank in der Nähe nieder und rief in der Küche an, dass sie sich verspäten würde.

Sie wartete.

Erst jetzt spürte sie ihr wild pochendes Herz.

Sie hatte das Bedürfnis, mit jemandem zu sprechen. Aber ihre Freunde schliefen noch, und die, die nicht mehr schliefen, hatten Kinder, die sie um diese Uhrzeit unter Dampf hielten.

Sie schaute auf die Uhr ihres Mobiltelefons: sechs Uhr sechsundfünfzig. Ihre Schwester konnte sie auch noch nicht behelligen. Die erschien immer erst um neun Uhr in ihrer Kanzlei, und zu Hause wollte sie sie nicht anrufen, da deren Tochter um diese Uhrzeit den Aufstehblues spielte. Und Sebastian war in Italien. Der war mit seinem Foto-Team bestimmt schon vor Sonnenaufgang losgefahren und jetzt mitten bei der Arbeit.

Sie stand auf und näherte sich noch einmal vorsichtig dem Leuchtturm. Ob sie den Anblick des Toten wohl aushalten konnte? Sie redete sich ein, dass das hier nur etwas Lebloses war. Um sich abzulenken, las sie, was auf dem Hinweisschild am Leuchtturm geschrieben stand: Sankt Peter Leuchtfeuer. Es stand dort etwas zu dem Standort im Längen- und Breitengrad und Infos zur Linse des Leuchtfeuers. Ursprünglich hatte hier seit 1745 eine hölzerne Bake gestanden, der Turm war dann 1892 als Peilbake gebaut und erst 1914 zum Leuchtfeuer umgebaut worden. Sie müsste eigentlich auch unbedingt mal hoch zum Westerhever Leuchtturm und schauen, was der für eine Geschichte hatte, dachte sie bei sich. Auf was für Ideen man kam, wenn man sich ablenken wollte …!

Sie äugte um die Ecke, überwand ihren Abscheu und traute sich, die Leiche genauer anzusehen. Alle Härchen auf ihrem Körper stellten sich auf. Nirgends an dem Toten waren Blutspuren oder Verletzungen zu entdecken. Sie bückte sich, um in sein Gesicht sehen zu können. Irgendwie kam er ihr bekannt vor. Aber das hieß nichts. Sie sah jeden Tag so viele Gesichter, dass sie manchmal miteinander zu verschwimmen schienen. Außerdem war er nackt, da war es sowieso schwierig – mit Kleidung hätte sie ihn vielleicht eher zuordnen können. Sie nahm flüchtig einen merkwürdigen Geruch wahr, konnte ihn aber nicht einordnen.

Böge, der Polizist, der Katrins Anruf entgegengenommen hatte, leitete den Inhalt ihrer Meldung unverzüglich an die Kriminalpolizei weiter. Für Tote waren sie hier in der kleinen Polizeistation nicht zuständig. Schade eigentlich, wenn man bedachte, dass mal was Interessanteres geschah, als dass sich die Kur- und Rehagäste gegenseitig beklauten. Aber immerhin mussten sein Kollege und er ausrücken, um zumindest erst einmal den Tatort, so es einer war, zu sichern.

Böge klopfte mit den Knöcheln seiner Faust auf seinen Schreibtisch und gab seinen beiden Kollegen mit einem Kopfnicken das Zeichen, dass sie aufbrechen mussten. Sie schnappten nach ihren Dienstmützen und Notizblöcken und machten sich mit dem Streifenwagen auf den Weg.

Vereinzelte Gruppen von Nordic Walkern hinderten sie daran, zügig zum Tatort durchfahren zu können. An der Sportkleidung konnte man die sozialen Unterschiede sofort erkennen. Da gab es die schicken, figurbetonten Outfits, die suggerierten, dass man täglich Sport treibe, und dann gab es die weiten, sackartigen, meist bunt gemusterten Jogginganzüge, die kurz vor Kurantritt noch schnell in irgendeinem Großsupermarkt gekauft worden waren. Aber eines war allen Walkern gemeinsam: ihre Stöcke, die sie nicht unter Kontrolle hatten. So beschaulich so ein Kurort war, er hatte eindeutig seine Nachteile. Den Kurgästen mit ihren Stöcken war nur mit dem Martinshorn und Blaulicht beizukommen. Wie aufgeschreckte Gänse stoben sie auseinander und verhedderten sich in ihren Stöcken.

Bei der Kripo in Husum war um diese Uhrzeit gerade Schichtwechsel. Der nächtliche Bereitschaftsdienst übergab die Meldung an Kriminalhauptkommissar Dirk Huber, den Leiter der zuständigen Kriminalpolizeistelle. Der warf einen Blick auf das erste Protokoll, teilte seine Leute ein und bat seinen Kollegen Harm Harmsen, ihn zum Fundort der Leiche zu begleiten. Am Abend zuvor war Männerkochabend bei Huber gewesen. Es hatte zu jedem Gang einen anderen Wein gegeben, und Harmsen hatte zu tief ins Glas geschaut. Da hatte Huber ihm das Bett seines Sohnes angeboten, der nicht bei ihm lebte.

Harmsen sah furchtbar aus. Verquollene Augen und seine aufgedunsene Gesichtshaut waren eindeutige Zeugnisse des letzten Abends. Im Vorübergehen warf Huber einen Blick in den Spiegel. Na gut, er konnte sich sehen lassen, keinerlei äußere Spuren. Er steckte sich ein Pfefferminzbonbon in den Mund.

Hubers Kollege hatte immer einen Koffer mit der Grundausstattung bei sich. Er liebte es, sich über Spuren herzumachen – sehr zum Missfallen der Mitarbeiter der Kriminaltechnik. Das traf sich in diesem Fall aber gut, denn die entsprechenden Kollegen brauchten von Flensburg aus noch länger als er und Harmsen von Husum aus.

Das von ferne zu hörende Martinshorn des Polizeifahrzeugs ließ Katrin von dem Toten zurücktreten. Na endlich! Sie war erleichtert, dass sie nun Gesellschaft bekam. Sie zitterte. War doch irgendwie gruselig – allein mit einer Leiche.

Als der Einsatzwagen auf sie zufuhr, stand sie auf und winkte, um sich bemerkbar zu machen. Die Beamten sprangen aus dem Auto. Einer von ihnen kümmerte sich sofort um sie. »Guten Tag, mein Name ist Böge. Sind Sie die Dame, die uns verständigt hat?«

Katrin nickte nur.

»Wir hatten gar nicht damit gerechnet, dass wir Sie hier antreffen. Sie sagten doch, Sie müssten zur Arbeit.«

»Ja … ähm …« Was sollte sie darauf antworten? Dass ihre Neugierde über ihr Pflichtbewusstsein gesiegt hatte? »Ich dachte, es wäre besser so, als wenn die Polizei bei mir auf der Arbeit erscheint.«

Der andere Beamte holte Metallstäbe aus dem Kofferraum des Wagens und stellte sie weiträumig um den Fundort des Toten herum auf. Dann knotete er das rot-weiße Flatterband daran fest.

»Okay, dann pfeife ich meinen Kollegen mal zurück. Der ist nämlich schon auf dem Weg zu Ihrer Kurklinik.«

Er wandte sich ab zum Auto und sprach in sein Funkgerät. Als er sein Gespräch beendet hatte, winkte er Katrin zu sich heran. »So, jetzt benötige ich Ihre Personalien und Ihre Aussage.«

Während Katrin ihm alles schilderte, beobachtete sie interessiert das Treiben über die Schulter des Polizisten hinweg.

Jetzt stapften Nordic Walker aus dem Wäldchen hinter dem Leuchtturm und gesellten sich um das Absperrband. Katrin sah entsetzte, aufgerissene Augen und hörte vereinzelt ein Aufstöhnen und kurze spitze Schreie.

Auf die Aufforderung, dass sie weitergehen sollten, reagierten sie allesamt mit Ignoranz. Schließlich war das hier *ihr* Kurort. Da hatte man doch ein Recht zu erfahren, was geschehen war! Einige rammten ihre Stöcke mit Nachdruck in den Boden, andere gestikulierten wild mit ihnen herum. Der Polizist, der versuchte, sie vom Fundort wegzudrängen, musste das eine oder andere Mal ausweichen oder in die Hocke gehen, um nicht von den Stöcken erwischt zu werden. Katrin schmunzelte. Die ewigen Kurgäste. Ihr halbes Leben aßen sie zu viel und zu ungesund, und dann versuchten sie, innerhalb von drei Wochen alles wiedergutzumachen: gesunde und kalorienreduzierte Kost, Nordic Walking, Radfahren, Schwimmen, Wandern. Und zu Hause machten sie dann sowieso wieder da weiter, wo sie aufgehört hatten, bevor sie hierhergekommen waren. Sie erinnerte sich daran, wie enthusiastisch sie ihre Arbeit mal angetreten hatte. Sie wollte die Kurgäste mit guter und vernünftiger Ernährung missionieren. Aber es war so zwecklos. Na ja, jedenfalls bei den meisten. Kein Mensch war perfekt.

Jetzt rollten offenbar die zuständigen Kriminalbeamten aus Husum an. Das bemerkte sie daran, wie beflissen Böge und sein Kollege plötzlich zu dem dunklen Audi liefen.

*

Das hat er noch nie gemacht, dass er nachts nicht nach Hause gekommen ist. Nicht, dass ich ihn vermisse. Vielleicht hat ja unser Streit damit zu tun. Entweder kommt er zur Besinnung oder er haut ab (was ich nicht traurig finden würde). Warum bloß kann nicht alles wieder so sein wie früher?

2

Aus dem Wagen stieg einer, der so aussah, als ob er gerne gut lebte: Bauchansatz, freundliches Gesicht, helle, strahlende Augen, volle dunkle Haare mit feinen grauen Strähnchen durchzogen. Der Polizist Böge, der Katrin befragt hatte, stürzte auf ihn zu und schien ihn über Katrins Aussage zu informieren, denn der Blick des Neuankömmlings ließ die ganze Zeit über nicht von ihr ab. Dann kam er auf sie zu. Er trug einen steingrauen Dreiteiler mit Krawatte. Und erst die Schuhe: sahen aus wie handgefertigt. Gut, dass der nicht ins Watt musste. Katrin konnte sich ein Grienen nicht verkneifen.

»Dirk Huber, Kriminalpolizeistelle Husum.«

»Katrin Lund, Köchin Kurklinik »Ebbe und Flut«, Sankt Peter-Ording.«

Huber grinste.

Ob er sich seine silbrigen Strähnchen wohl färben ließ?

»Ich muss Sie leider bitten, mir das Ganze noch einmal zu erzählen. Tut mir leid, ist sicher nicht so angenehm für Sie.« Er holte ein kleines Notizbuch und einen Schreiber aus der Innentasche seines Jacketts. Katrin war beeindruckt, ein Montblanc-Meisterstück. Das war eine richtige Kapitalanlage. Dirk Huber war ein Mann mit

Stil und offenbar mit Geld. Aber als Kriminalkommissar verdiente man doch wohl kaum so viel?

Geduldig erzählte sie ihm alles noch einmal.

Ihr Telefon klingelte. Sie erkannte die Nummer der Küche. »Entschuldigen Sie, ich muss da rangehen. Arbeit.«

Katrin verstand nur Bruchstücke von dem, was ihre Assistentin sagte. Der Weg zum Deich hinauf war nun versperrt durch die Tatortsicherung. Dann war die Verbindung unterbrochen.

»Ich glaube, ich werde auf der Arbeit gebraucht.«

»Gehen Sie ruhig. Wir haben erst einmal, was wir brauchen. Ich melde mich bei Ihnen. Sie müssen Ihre Aussage auf der Dienststelle noch einmal offiziell zu Protokoll geben.« Er gab ihr die Hand zum Abschied. »Dann erholen Sie sich ein bisschen von dem Schreck am frühen Morgen.«

»Leider nicht möglich. Jetzt geht's richtig zur Sache: laute Küche, genervte Kurgäste und eine Hauswirtschaftsleiterin, die verlangt, dass wir aus Scheiße Gold machen sollen … Entschuldigung.«

»Schon gut. Manchmal muss man die Dinge beim Namen nennen.« Huber grinste wieder.

Katrin schwang sich auf ihr Fahrrad. Huber blickte ihr hinterher. Ihr Kleid und ein paar Strähnen, die sich aus ihren hochgesteckten Haaren gelöst hatten, wehten im Fahrtwind. Sie winkte kurz mit einer Hand, ohne sich zu ihm umzudrehen. Hatte sie etwa seinen Blick in ihrem Rücken gespürt?

Huber räusperte sich und wandte sich an Harmsen, der mit seiner ihm eigenen Akribie den gesamten Fundort mit seinen Klebestreifen auf eventuelle Spuren untersuchte. Mit seinem Fotoapparat hielt er jedes Detail der Leiche und rund um die Leiche fest.

»Bleib bloß weg«, rief Harmsen ihm jetzt zu. »Wäre schön, wenn du mir nicht auch noch die letzten Spuren vernichtest. Die blöden Walker haben schon genug Schaden angerichtet.« Er wischte sich mit seiner latexbehandschuhten Hand eine Haarlocke aus der Stirn, die sofort wieder an ihren Platz zurückrutschte, und krabbelte dann auf allen vieren zum Waldrand.

Huber hatte nach seiner ersten näheren Leichenbeschau noch keinen Anhaltspunkt darüber, wer der Tote war und wie er zu Tode gekommen sein konnte. Er wandte sich an seinen uniformierten Kollegen.

»Machen Sie doch bitte ein Foto vom Gesicht des Toten und drucken es auf Ihrer Dienststelle aus. Dann mailen Sie es bitte an meine Husumer Kollegen.«

Damit konnten dann die Befragungen durchgeführt werden, ob den Toten jemand vermisste, ihn vielleicht sogar erkannte.

»Aber bitte diskret«, gab Huber vorsichtshalber mit auf den Weg, »… also die Befragungen. Fragen Sie zunächst nach Vermissten und zeigen das Foto nur, wenn es unumgänglich ist.«

Die Einsatzleitstelle hatte einen Bestatter beauftragt, den Leichenwagen zu schicken, und nun war der Tote auf dem Weg in die Rechtsmedizin.

»Dirk, ich hab hier was gefunden.« Harmsen kam aus dem Unterholz hervor, stemmte sich hoch und hielt Huber einen Gegenstand entgegen. Beim Näherkommen erkannte er eine kleine Sprayflasche mit einem Aufsatz.

»Was ist das? Asthmaspray oder so was?«

Harmsen strich seine Tolle wieder aus dem Gesicht, rückte seine Brille zurecht und las, was auf dem Inhalator stand. Er nickte.

»Dann ab ins Labor damit.«

Viel zu spät betrat Katrin die Küche. Ihre Mitarbeiter waren schon damit beschäftigt, das Frühstücksgeschirr der Kurgäste vorzuspülen und die Geschirrspüler zu füllen. Sie rief ein für alle hörbares »Entschuldigung« in die Runde und rauschte durch in ihr Büro.

Noch ihren Kittel zuknöpfend, kam sie zurück in die Küche und winkte ihre Assistentin, Jeanette Menzel, zu sich heran. »Du hattest angerufen. War irgendwas Besonderes?«

»Nö, schon erledigt. Aber es hat sich herumgesprochen, dass du heute früh eine Leiche entdeckt hast.«

Katrin zog die Brauen hoch.

»Die Nordic Walker verbreiten ihre Neuigkeiten schneller, als sie laufen können.« Jeanette musste über ihren eigenen Witz lachen. Als Katrin nicht darauf reagierte, verendete ihr Lachen in einem kläglichen Hüsteln.

Katrin kam wieder zur Sache. »Aber die Stubenrauch ist zu ihrer morgendlichen Stippvisite noch nicht erschienen, oder?«

Jeanette verneinte mit einem Kopfschütteln.

»Gut, dann machen wir uns an die Arbeit.«

Als ob sie den Teufel beschworen hätten, öffneten sich in genau diesem Augenblick beide Flügel der Schwingtür. Ihre Majestät, die Hauswirtschaftsleiterin Ingrid Stubenrauch, schritt in die Küche. Ihr Blick glitt prüfend durch den Raum, und ihre schmalen, sonst geraden Lippen zogen sich kräuselnd zusammen.

Katrin verkrümelte sich in die Speisekammer, ohne, wie sie dachte, die Stubenrauch auf sich aufmerksam gemacht zu haben.

Um zehn Uhr hatte sie einen Ernährungskurs mit laktoseintoleranten Kurgästen und suchte entsprechende Lebensmittel und Getränke heraus, packte alles in eine große Kiste, und als sie sich umdrehte, stand die Stubenrauch in der Tür und versperrte ihr den Weg.

»Da haben Sie ja schon am frühen Morgen für richtig viel Aufregung gesorgt, Frau Lund.«

»Das war wohl weniger ich als der Tote am Leuchtturm.« Katrin schob sich mit ihrer Kiste an ihr vorbei. Mit einem Plumps stellte sie die Kiste auf der Ablage neben der Speisekammer ab.

Während sie die darin befindlichen Lebensmittel mit ihrer Liste auf dem Klemmbrett verglich, fragte sie die Stubenrauch, ohne sie anzusehen: »Kann ich Ihnen irgendwie helfen?«

»Nein, schon gut. Beruhigen Sie sich erst mal. War doch wohl ein ganz schöner Schock.«

»Das war's. Ja.«

Aber ohne mahnende Worte konnte die Hauswirtschaftsleiterin nicht gehen. »Denken Sie dann noch bitte daran, rechtzeitig Ihre Kalkulation für das nächste Quartal bei mir abzugeben?«

»Ja, mach ich«, brummte Katrin in sich hinein.

Ganz anders, als sie aufgetreten war, verschwand Ingrid Stubenrauch erstaunlich undramatisch aus der Küche. Hatte sie etwa Mitgefühl?

Was das wohl immer sollte mit diesen Kostenkalkulationen? Ein Drittel strich die Stubenrauch sowieso von vornherein. So konnte man keine Küche in einer Kurklinik führen, die auch noch Ernährungsumstellungen in ihrem Leistungskatalog anpries. Wenn die Kurgäste wüssten, was sie hier hinter verschlossenen Türen für Nahrungsmittel verarbeiten musste – es konnte einem manchmal schlecht werden. Die Convenience-Lebensmittel waren nicht mal das Schlimmste. Nein, es fand sich auch schon mal Schimmel an Brot, Aufschnitt oder Gemüse, den sie zwar großflächig entfernten, aber wer wusste schon, wo Pilzgeflechte endeten?

Wieder schob sich das Gesicht des Toten vor ihr inneres Auge. Katrin hielt inne. Woher kannte sie bloß sein Gesicht?

Die Frage ließ ihr keine Ruhe; sie drängte sich immer wieder vor die Gedanken an ihre Arbeit.

Eine Leiche in einem Kurort war so ziemlich das Schlimmste, was Huber sich vorstellen konnte. Die Meute war irgendwann nicht mehr beherrschbar. Ein Ort, an dem man gesund werden sollte, und dann ein Toter. Es gab sicher Kurgäste, die das schon zum Anlass nahmen, sofort ihre Koffer zu packen und abzureisen. Er mochte sich gar nicht ausmalen, was geschehen konnte, wenn jemand dabei war, der ihm sachdienliche Hinweise geben konnte – vielleicht, ohne dass dieser Jemand das selbst wusste. Denn wenn derjenige erst mal abgereist wäre, würde es für die Polizei schwierig, noch an diese Informationen zu kommen.

Wie auf Bestellung rief in diesem Moment die Tourismus-Direktorin an. Sie brachte Verständnis dafür auf, dass Huber seine Arbeit machen musste, bat aber um äußerste Diskretion, gerade zu dieser Zeit. In der Feriensaison barst der Ort vor Urlaubern aus allen Bundesländern. Wenn sich da herumspräche, dass hier an so exponierter Stelle eine Leiche gefunden worden war …

Das spricht sich sowieso herum, dachte Huber, da konnte er so diskret sein, wie er wollte. Er blickte zu den Nordic Walkern hinüber.

Die Stimme der Direktorin klang jetzt aufgeregt, als sie ihm unmissverständlich mitteilte, dass sie es nicht duldete, dass der Ort dadurch in Unruhe versetzt wurde. Da können Sie gar nichts gegen machen, wollte er entgegnen, biss sich aber auf die Lippen und versicherte ihr, sich so unauffällig wie möglich zu verhalten. Allerdings, so betonte er, müsste er diesem Fall nachgehen, und da stünde an erster Stelle nun mal die Aufklärung des Todesfalls.

Hubers Kollege Harmsen war ganz in seinem Element. Die Flensburger Kollegen waren mittlerweile vor Ort und zeigten erstaunlicherweise keinen Missmut, als Harmsen ihnen seine bisherigen Ergebnisse berichtete.

Nun ging alles seinen Gang.

Huber überließ daher Harmsen alles Weitere und fuhr zur Polizeistation Sankt Peter-Ording.

Als Erstes rief er die Staatsanwaltschaft in Flensburg an und klärte den ihm zugewiesenen Staatsanwalt über den Leichenfund und die Zeugenaussage von Katrin Lund auf. Der entschied ad hoc: »In jedem Fall obduzieren.«

Huber kündigte der Rechtsmedizin die Leiche an und machte im Labor die Dringlichkeit klar, die eingehenden

Spuren akribisch zu untersuchen. Endlich setzte er sich an einen Schreibtisch und sortierte und schrieb auf, welche Informationen er bis jetzt von wem gesammelt hatte. Während er nach Worten rang, drängte sich immer wieder das Bild von Katrin Lund vor sein inneres Auge, wie ihre unordentlich hochgesteckten Haare ihr rundes, freundliches Gesicht einrahmten.

Er richtete sich auf seinem Stuhl auf und ermahnte sich, die Gedanken nicht abschweifen zu lassen.

Trotz der Leiche befand er sich in einer Art Hochstimmung.

Huber mochte die Arbeit vor Ort, war sie doch eine willkommene Abwechslung zu seinem sonstigen Berufsalltag, der hauptsächlich am Schreibtisch stattfand. Er griff sich eine Kopie des Fotos der Leiche und machte sich wie seine Kollegen vor Ort auf den Weg zu den Befragungen. Über Funk gab er durch, dass er die größeren Einrichtungen wie Hotels, Kurkliniken, Altersheime und Jugendgästehäuser selbst übernehmen würde. Es konnte ja sein, dass er heute noch einmal auf Katrin Lund traf. Der Gedanke an sie beschwingte ihn.

*

Mama hat mir dieses Tagebuch zu Weihnachten geschenkt. Sie hat gesagt, ein Tagebuch ist dein bester Freund. Darin schreibst du das auf, was du sonst niemandem anvertrauen kannst. Ich konnte nichts damit anfangen. Bis jetzt. Jetzt ist der Moment, in dem ich diesen Freund brauche.

Ich weiß gar nicht, wie Papa so geworden ist, wie er die letzten Jahre war. Irgendetwas muss doch passiert sein, dass er uns so behandelt. Er kann doch um uns kämpfen. Nicht mit Gewalt, aber ein bisschen Köpfchen reicht, und er kann uns zurückbekommen. Bestimmt kann wieder alles so werden, wie es mal war.

Eigentlich wollte ich ihm das gestern sagen, aber dann ist er wieder so dermaßen ausgetickt. Ich hätte ja keine Ahnung, ich solle ihn in Ruhe lassen, ich stehe ja sowieso auf der Seite von Mama. Er kreiste nur um sich selbst. Als ob ER das Opfer ist.

3

Katrin warf einen Blick auf die Küchenuhr. Eine halbe Stunde hatte sie noch Zeit, bevor sie zu ihrer Gruppe in die Übungsküche musste. Alle Mitarbeiter zogen jetzt in die Frühstückspause. Auch sie brauchte dringend Ruhe, und vor allem musste sie einen Moment allein sein.

»Ich muss mich mal kurz sammeln. Jeanette, hältst du die Stellung?«

»Jawoll, Chefin.« Jeanette salutierte grinsend.

Katrin hatte einen Platz in den Salzwiesen, der versteckt inmitten von Gestrüpp lag und ihr die Möglichkeit für ein paar Minuten Flucht am Tag bot. Der Aufenthalt hier, abseits der offiziellen Wege, war verboten, aber bisher war sie noch nie entdeckt worden. Sie schnappte sich ein Handtuch und flitzte los.

Obwohl die Sonne ihren Körper durchwärmte, zitterte sie am ganzen Leib. Der Schock brach erst jetzt aus ihr heraus. Sie konnte das Gesicht der Leiche nicht vergessen. Sie konzentrierte sich auf die Sonne und die Wärme, die in ihren Körper einzog. Das leise Trillern der Alpenstrandläufer um sie herum und die Brise, die das Seegras kaum hörbar zum Wispern brachte und ihre Haut sanft streifte, beruhigten sie, zumindest verebbte das Zittern.

Sie rief Sebastian an. Wie sie schon vermutet hatte, forderte seine Mailbox sie auf, eine Nachricht zu hinterlassen.

»Basti, bitte ruf mich zurück, sobald du das abhörst. Ich habe heute 'ne Leiche gefunden.« Sie legte auf. Sie hatte nicht die Energie, das Geschehene auf den Anrufbeantworter zu sprechen. Lieber noch fünf Minuten die Wärme der Sonne genießen.

Als sie ihr Zittern einigermaßen unter Kontrolle hatte und ihr Körper durch die Sonnenwärme etwas entspannter war, schwang sie sich auf.

So fröhlich, wie es ihr möglich war, begrüßte Katrin die Frauen und Männer der Kochgruppe. Sie blickte in lauter schlecht gelaunte Gesichter. Das kannte sie schon: Keinem macht es Freude, von seinen Essgewohnheiten lassen zu müssen. Aber mit Allergien war nun mal nicht zu spaßen. Das würden die meisten auch irgendwann einsehen.

Sie verteilte Schürzen mit dem Logo des Kurheims »Ebbe und Flut«. Einige der Frauen zierten sich noch, sie umzubinden. Die Männer hingegen waren schon eifrig dabei, die Bänder zu verknoten. Männer trugen gern Schürzen, das war eine Beobachtung, die sie schon öfter gemacht hatte.

»Sagen Sie, was ist das bei den Männern, dass Sie so gerne Schürzen tragen?«, feixte sie.

Einer aus der Runde antwortete sofort. »Ja, das habe ich mich auch schon immer gefragt.« Er blickte in die Gesichter der anderen. »Und ich habe recherchiert: Das soll noch aus der Zeit der Handwerksmeister kommen.

Man wechselt von einem Zustand in den nächsten. Also vom Zustand des Privatmannes in den Zustand des Handwerkers. Das ist wie ein ritueller Übergang.«

»Und für uns Frauen bedeutet die Schürze die Bindung an Heim und Herd«, warf eine Teilnehmerin ein. Ein zustimmendes Gemurmel von weiblicher Seite.

Diesen Exkurs über die männliche Schürzenbegeisterung würde sie in ihr Kochbuch aufnehmen. Kapitelüberschrift: »Eine kleine Geschichte der Küchenschürze – oder warum Männer gerne Schürzen tragen.«

»Okay, ran an den Herd. Egal ob mit oder ohne Schürze.« Katrin goss etwas von der Sojamilch, der laktosefreien Milch, der Ziegenmilch und der Hafermilch in kleine Becher. Sie war unkonzentriert und verschüttete etwas. Einer der Männer schnappte sich einen Lappen und wischte die Platte sauber. Katrin dankte es ihm mit einem Lächeln.

Sie forderte die Teilnehmer zum Probieren auf.

Zögerlich nahmen sie die Becher, rochen daran und nippten an den unterschiedlichen Milchsorten. Einige verzogen das Gesicht, andere lächelten zufrieden.

Nun drapierte sie verschiedene Käsesorten auf einem Brett mit aufgeschnittenen Kiwis und Feigen und ließ auch dieses herumgehen. Die Farbe des Ziegenkäses hatte Ähnlichkeit mit der Farbe der blassen Haut des Toten. Übelkeit stieg in ihr hoch. Mach jetzt bloß nicht schlapp!, beschwor sie sich selbst.

Während die anderen die Käsesorten und die Milch kosteten, legte sie Äpfel, Bananen, Ananas, Papaya und diverse andere Obstsorten in einen großen Korb, Gemüse wie Möhren, Kartoffeln, Rüben, Rote Bete und Auberginen in einen anderen Korb. Alles zusammen ergab eine prachtvolle Komposition von verschiedenen Lebensmitteln, wie auf dem Bild eines Alten Meisters. Das war ein schönes Fotomotiv. Sie zückte ihr Handy, stellte den Obstkorb auf die Fensterbank und machte ein Foto von dem prall gefüllten Korb mit den Bäumen draußen als Hintergrund. Sie hatte bereits etliche Fotos von Obst, Gemüse und zubereiteten Speisen in ihrer Handydatei gespeichert. Sie war sich noch nicht im Klaren, ob sie ein Buch oder vielleicht doch nur einen Blog herausgeben wollte. Das war etwas, worüber sie mit noch niemandem gesprochen hatte. Sie wollte nicht, dass ihr da jemand hineinredete. Zumindest nicht zu diesem Zeitpunkt. Wenn sie damit eines Tages an die Öffentlichkeit trat, würde sie sich zuvor ohnehin fachlichen Rat von außen suchen müssen.

Essen hatte so viel mit Genuss zu tun und konnte so viel Zufriedenheit verschaffen – dies den Menschen zu vermitteln, war ihr oberstes Ziel. Dazu brauchte man nicht stundenlang in der Küche zu stehen und alles zerkochen, bis einem die Trostlosigkeit aus den Töpfen entgegenquoll. Alles, was man benötigte, waren gute, frische Zutaten.

Allmählich entspann sich ein angeregtes Gespräch zwischen den Teilnehmern.

»Hmmm ... schmeckt gar nicht so schlecht.«

»Haben Sie schon den Ziegenkäse mit den Feigen probiert?«

»Ja, köstlich!«

»Ich dachte bei Ziege immer an Stallgeruch, aber dass der Käse so lecker schmecken kann, hätte ich nicht gedacht.«

Katrin holte aus der angrenzenden Speisekammer ein Glas mit selbst gemachter Rote-Bete-Konfitüre. »Hier, probieren Sie die mal zu dem Ziegenkäse. Der erdige Geschmack der Bete mit der Süße der Konfitüre … Sie wollen den Käse nie mehr anders essen.«

Einer der Männer schraubte das Glas auf und roch daran. »Hmmm«, macht er. »Das riecht schon gut.«

Eine der Teilnehmerinnen tat sich einen ordentlichen Klacks auf ihr Stück Käse. Sie ließ den Geschmack auf der Zunge zergehen. »Das ist ja wirklich fantastisch! Können Sie uns das Rezept geben?«

»Das bekommen Sie nachher mit, wenn wir fertig gekocht und gegessen haben.«

Nun war der Augenblick gekommen, in dem Katrin das Kochgeschirr aus dem Schrank holte. Dabei erklärte sie die einfachen Rezepte, die sie mit den Allergikern ausprobieren wollte.

Nach den angesetzten zwei Stunden verließen die Teilnehmer inspiriert und schnatternd die Küche. Das war Katrins schönster Moment nach so einem Kurs. Dann hatte sie das Gefühl, etwas bewirkt zu haben.

Heute allerdings konnte sie diesen Moment nicht so recht genießen. Ihre Gedanken wurden immer wieder von dem Bild der Leiche am Leuchtturm gefangen genommen. Und immer wieder drängte sich ein Gefühl von Übelkeit in ihr hoch.

Die kleine Pause, die Katrin vor ihrem Kochkurs im Seniorenheim Enzian haben würde, wollte sie nutzen, um ihrer Mutter einen kurzen Besuch abzustatten. Nach einem Oberschenkelhalsbruch nahm diese dort nach der üblichen Reha noch eine Kurzzeitpflege in Anspruch.

Katrin hatte sich mit ihrer Schwester Lena geeinigt, dass sie die persönlichen Ressourcen zur Verfügung stellte und Lena die finanziellen. Die verdiente neuerdings als Partnerin in der Anwaltskanzlei mehr als gut. Lena hatte Katrin allerdings auf Knien überreden müssen, die Mutter professionell pflegen zu lassen. Katrin hatte die Idee gehabt, für die Zeit der Rekonvaleszenz bei der Mutter einzuziehen. Das hatte Lena einfach unterbunden, indem sie eigenmächtig einen Pflegeplatz in der Seniorenresidenz Enzian im Stadtteil Böhl organisiert hatte. Ausgerechnet Enzian, hier am nordwestlichsten Zipfel Deutschlands. Das Haus war fest in alpiner Hand.

Katrin radelte auf das Gelände. Das Heim war in einem Halbrund um einen kleinen Platz gebaut worden, dessen Mitte ein Springbrunnen und drum herum Sitzbänke zierten. Zwei der Bewohnerinnen saßen auf einer der Bänke und genossen die Wärme der Sonne. Am Fahrradständer neben dem Haupteingang schloss Katrin ihr Fahrrad an.

Mit einem Mal wusste sie wieder, woher sie den Toten kannte.

Huber befand sich gerade in der Lobby des »campushus« – eines Gästehauses in nächster Nähe zum Fundort –, als sein Handy klingelte. Es standen tatsächlich schon einige gepackte Koffer an der Rezeption, wobei Huber nicht wusste, ob die Leiche daran schuld war.

»Gut, dass Sie sich so schnell erinnern konnten. Das erspart uns eine Menge Aufregung bei den Befragungen.«

Er machte auf der Stelle kehrt und lief zu seinem Auto. »Danke, Frau Lund.« Sofort rief er seine Leute an, teilte ihnen die Neuigkeit mit und blies die Befragungsaktion vorläufig ab.

Kurze Zeit später fuhr er auf den Parkplatz der Seniorenresidenz Enzian. Na, die trauten sich was: am Eingang blau-weiße Fahnen, die im kräftigen Nordseewind aneinanderschlugen. Wäre es nicht gerade das Rautenmuster, passten die Farben ja wirklich gut an die See.

Im Foyer hockten drei ältere Frauen auf ihren Rollatoren und schienen zu warten.

Ein junger Mann trat aus einer der Türen auf die Alten zu. »So, meine Herrschaften, dann wollen wir mal. Oder sollte ich lieber Damschaften sagen?« Er zwinkerte ihnen zu.

Die drei erhoben sich von ihren Sitzen und schoben hinter ihm her, eine der drei mit festem Blick auf seinen strammen Po. Als sie an Huber vorbeirollten, lächelte sie ihn verschmitzt an.

»Wir fahren Eis essen«, kicherte sie.

»Na, dann viel Spaß«, wünschte ihr Huber. Die Alte kicherte wieder und rollte weiter.

Auf der Terrasse, die über eine Seitentür des Foyers zu erreichen war, sah er Katrin Lund neben einer gepflegten älteren Dame mit Hochsteckfrisur auf Gartenstühlen sitzen. Er nahm Kurs auf die beiden.

Katrin erhob sich und winkte. Hubers Schritte beschleunigten sich.

»Mami, das ist Kommissar Huber. Und das ist meine Mutter Gerti Lund.« Sie legte ihre Hand auf die Schulter ihrer Mutter.

»Für Fremde immer noch Gertrud, meine Liebe«, erwiderte die Mutter und streckte Huber ihre rechte Hand entgegen. Als er sie ergriff, zwinkerte sie ihm zu. »Vor allem, da der Herr Kommissar ja sicher wahrheitsgemäße Angaben braucht.«

»Entschuldigung«, murmelte Katrin kaum hörbar.

»Ich bin von der Kriminalpolizei Husum.« Huber hielt eine angedeutete Verbeugung für angebracht. Dann wandte er sich Katrin zu. »Schön, Sie so schnell wiederzusehen.«

Ein Lächeln huschte über ihr Gesicht.

»Können Sie mir verraten, wo ich die Leitung des Hauses finde?«

Der Zeigefinger der Mutter hob sich in Richtung des Halbdunkels des Foyers. »Den linken Gang, dann hinten links irgendwo.«

»Danke.« Huber schlug die angegebene Richtung ein.

Die dritte Tür links war es dann.

HEIMLEITUNG Frau Kusch, stand auf dem Schild neben der Tür.

Huber klopfte.

»Ja bitte«, hörte er eine geistesabwesende Stimme von innen. Er trat ein. Frau Kusch saß an ihrem Computer und starrte mit konzentriertem Blick auf den Bildschirm.

Als sie Huber »Guten Morgen« sagen hörte, blickte sie erstaunt in seine Richtung. Diese Stimme kannte sie nicht. Ihr Gesicht umgab eine toupierte Frisur. Wie aus einer Modezeitschrift aus den Sechzigern. Viele solcher Hefte hatte er im Nähzimmer seiner Mutter gefunden, als sie vor Jahren einmal das Elternhaus aufgeräumt hatten. Das Haarspray der Kusch hatte eine Art grauen

Schleier über die Haare gelegt, deren Farbe irgendetwas zwischen brünett und blond war.

»Ja? Guten Morgen?«, erwiderte Frau Kusch fragend.

»Huber. Ich bin von der Kripo Husum und möchte wissen, ob Sie diesen Mann kennen.« Er nestelte das Foto des Toten aus seiner Jacketttasche und zeigte es ihr.

Bei dem Blick auf das Foto riss sie entsetzt die graublauen Augen auf und schnappte nach Luft.

»Oh mein Gott! Das ist Peer Petersen, einer unserer Physiotherapeuten.« Ihr Blick schwirrte zwischen Huber und dem Foto hin und her. Sie sprang von ihrem Stuhl auf. »Das ist ja unfassbar!« Mit einer übertriebenen Geste schlug sie ihre Hände an die Wangen, wie eine Filmdiva aus Stummfilmzeiten.

»Oh Gott! Ich muss dringend hinten Bescheid sagen, dass er nicht kommt. Die müssen ihren Dienstplan umstellen.«

»Jetzt setzen Sie sich erst mal wieder hin«, versuchte Huber sie zu beruhigen.

»Was ist ihm denn passiert?« Frau Kusch sackte in sich zusammen.

»Das kann ich noch nicht sagen. Ich wollte erst einmal seine Identität feststellen, da wir keine Papiere bei ihm gefunden haben.«

Frau Kusch blickte geistesabwesend auf die Tastatur vor sich.

»Sind Sie bitte so freundlich und geben mir die Adresse von Herrn Petersen? Wissen Sie, ob er Familie hat?«

Frau Kusch öffnete ein neues Programm in ihrem Computer und schrieb Huber Adresse und Telefonnummer von Peer Petersen auf einen Zettel.

»Ja, er hat eine Frau und einen Sohn.« Sie drückte ihm den Zettel in die Hand. »Wie ist er denn … Ich meine, was ist denn passiert?«, fragte sie noch einmal.

»Danke, Frau Kusch. Ich kann Ihnen leider noch nichts Genaues sagen. Auf Wiedersehen.«

Vor sich hin starrend sagte sie: »Ja, auf Wiedersehen«, und mehr zu sich: »Oh Gott! Tot! Das bringt Unruhe.«

Huber erstaunte die Reaktion der Kusch. Sie beunruhigte nicht so sehr der Tote als vielmehr die möglichen Reaktionen auf seinen Tod. Nachdenklich schloss er die Tür hinter sich.

*

Eigentlich müsste ich mich jetzt auf den Test gleich vorbereiten. Kann mich aber nicht konzentrieren. Habe so ein mulmiges Gefühl wegen Papa. Er geht nicht ans Telefon. Ist er etwa immer noch sauer wegen unserem Streit gestern?

4

Gerti Lund beugte sich zu Katrin hinüber. »Was will denn die Kripo hier?« Ihr funkelte die Neugierde aus den Augen. Katrin nahm einen merkwürdigen Geruch an ihrer Mutter wahr.

»Ich glaube, das darf ich dir nicht sagen, Mama.«

»Papperlapapp! Was soll sein, wenn du es deiner alten Mutter erzählst?«

Katrin musste lächeln. Wenn es eine hervortretende Eigenschaft an ihrer Mutter gab, dann war es die Neugierde. Als Jugendliche hatte Katrin das gehasst. Sie empfand es als peinlich, wenn ihre Mutter andere Menschen aushorchte, wenn sie ihre Nase in alles hineinsteckte. Vor allem in Katrins Leben, wenn sie wissen wollte, wann diese wo mit wem unterwegs gewesen war. Aber nun als Erwachsene empfand sie es als beinahe belustigend. In den meisten Fällen versuchte die Mutter, ihre Wissbegier im Zaum zu halten, aber oft konnte sie nicht anders, immer wieder brach es aus ihr heraus.

Katrin versuchte, ihre Mutter abzulenken. »Wie gefällt dir denn das Schwimmen hier? Tut es dir gut?«

In dem Moment, wo sie es sagte, wusste sie, woher sie den an ihrer Mutter eben bemerkten Geruch kannte. Ihre Mutter roch nach Chlor. Und das war ein ähnlicher Geruch, den sie bei der Leiche wahrgenommen hatte.

Katrin wurde unruhig und konnte gar nicht richtig zuhören.

»Ich wusste gar nicht mehr, *wie* gut mir das tut. Ich glaube, ich werde nach meiner Entlassung hier wieder damit anfangen, zweimal in der Woche schwimmen zu gehen.« Sie drückte die Hand ihrer Tochter. »Ich muss mich ja dann fit halten, damit mir das nicht noch einmal passiert. Ich will euch ja nicht zur Last fallen.«

Katrin sprang auf. »Warte mal kurz. Ich muss dem Kommissar noch etwas sagen.« Sie stürzte in die Richtung, in die Huber gegangen war. Doch als sie ihn fast erreicht hatte, verschwand er gerade in dem Büro der Geschäftsführerin.

»Mist, verdammter!«

Katrin blickte auf ihre Armbanduhr. Sie konnte nicht warten, musste weiter in ihre Küche. Sie ging wieder zu ihrer Mutter, schnappte sich ihren Rucksack und gab ihr einen Kuss auf die Stirn. »Ich muss zu meiner Gruppe.«

»Aber was war denn gerade los mit dir?«

Plötzlich ließ Mutter und Tochter ein Geschimpfe aufhorchen.

»Wenn ich dich noch einmal in meinen Rabatten erwische, Bürschchen, dann kannst du was erleben!« Ein zauseliger älterer Mann packte einen Jungen am T-Shirt und zog ihn aus dem Blumenbeet.

Der Junge schlug nach dem Alten, der ihn immer noch fest gepackt hielt. »Ich will zu meinem Vater!«

»Dein Vater ist nicht hier! Und der braucht sich auch nicht mehr bei mir blicken zu lassen!«

»Lassen Sie gefälligst den Jungen in Ruhe«, mischte sich eine Dame vom Nebentisch ein. Sie trug einen dunkelblauen Rollkragenpullover, darüber eine Perlenkette – ein bisschen feiner gekleidet als der Rest der Gäste hier. Sie stand auf und ging beherzt zu den beiden hinüber. »Der hat es wahrhaftig schon schwer genug!«

Kleinlaut ließ der Zausel den Jungen los, der sofort die Flucht antrat.

Kopfschüttelnd ging die Dame wieder zu ihrem Platz zurück und sagte leise zu der jungen Frau neben sich, aber trotzdem hörbar für Katrin: »Der arme Junge. Mit so einem Vater.«

Sie ließ sich auf ihrem Stuhl nieder und hob mit zittrigen Händen die Kaffeetasse an ihren Mund und murmelte in die Tasse. »Oje, das wird was geben.«

»Kind, grübelst du?«, fragte Katrins Mutter.

»Nein, ich dachte nur gerade …« Katrin zog den Rucksack über die Schultern. »Ach, egal. Ich muss.«

Wer war schon gern als Überbringer von Todesnachrichten unterwegs? Dirk Huber hatte sich den hiesigen Seelsorger mit ins Boot geholt. Auf der Fahrt zur Familie Petersen klärte Huber Pastor Brüning über den aktuellen Erkenntnisstand auf.

»Ach, Katrin hat die Leiche gefunden? Wie geht es ihr?«

Huber starrte geradeaus. Ja, überhaupt, wie ging es ihr?

Brüning erklärte: »Wir kennen uns ganz gut.«

»Ist sie gläubig?«, fragte Huber.

»Das weiß ich eigentlich gar nicht. Angefangen hat es damit, dass sie ihre Mutter sonntags öfter in die Kirche begleitet hat. Dann bat sie mich ein paarmal um ein persönliches Gespräch. Und dann ist da im Laufe der Zeit fast eine Art Freundschaft entstanden.«

Er bedeutete Huber mit der Hand, dass er abbiegen solle.

»Wir sehen uns nicht oft. Aber wenn, ist es immer intensiv … Die Gespräche, meine ich. Sie ist eine gute Zuhörerin.«

Huber kitzelte es auf der Zunge, aber er verkniff sich zu fragen, was das denn für Gespräche gewesen waren. Wozu brauchte so jemand wie Katrin Lund einen Seelsorger? Sie schien so leicht und heiter durchs Leben zu spazieren.

Sie hatten ihr Ziel erreicht.

Huber klingelte an Petersens Haustür, und eine müde aussehende Frau öffnete ihnen die Tür.

»Frau Petersen?«

Mit teilnahmsloser Stimme antwortete sie: »Ja?« An Brüning gewandt: »Guten Tag, Herr Pastor.«

Huber stellte sich selbst vor, und nachdem die beiden das Haus betreten durften, nahm Huber die dumpfe Atmosphäre von Angst war. Dafür hatte er ein feines Gespür. Alles war ordentlich und sauber, beinahe klinisch sauber. Das fand er manchmal in Familien, in denen häusliche Gewalt herrschte; die Fassade musste gewahrt werden. Der innere Schmutz durfte nicht nach außen dringen. Als sie alle am Esszimmertisch Platz genommen hatten, teilte Huber Frau Petersen so behutsam wie möglich die Nachricht vom Tod ihres Mannes mit. Der Blick der Frau schweifte aus der Terrassentür hinaus ins Leere. Es war, als ob sich nichts in ihr regte. Hubers Verdacht verstärkte sich.

»Frau Petersen, haben Sie mich verstanden?«

Sie sah ihn kurz an.

»Ja.« Wieder glitt ihr Blick hinaus. »Wie ist denn das passiert?« Ihre Stimme war kaum hörbar.

Die Frau wirkte merkwürdig gefasst. Oder war sie innerlich abwesend? Brüning setzte sich neben sie und legte seine Hand auf ihren Unterarm, als wollte er sie festhalten, damit sie ihm nicht entwischte.

»Das versuchen wir herauszufinden. Gefunden wurde er am Böhler Leuchtturm.« Die Worte hätte er genauso gut gegen die Wand sprechen können. Keine Reaktion.

»Wann haben Sie ihn denn zum letzten Mal gesehen?« Huber hörte, wie etwas im Schloss der Haustür herumstocherte.

»Gestern Morgen … bevor er zur Arbeit …«

Ein schlaksiger Junge mit Narben von aufgekratzten Pickeln im Gesicht betrat das Esszimmer und schleuderte seinen Rucksack auf einen der Stühle. Oje, dachte Huber, genau das Alter, in dem man cool und erwachsen sein will, aber nichts so sehr braucht wie eine gut funktionierende, liebevolle Familie.

»Hi Mam, hallo Herr Pastor.« Erst dann bemerkte er Dirk Huber. »Guten Tag?« Der Junge schaute verwirrt von einem zum anderen.

Huber stand auf und stellte sich vor.

»Papa ist tot«, sagte Frau Petersen.

Der Junge erstarrte kurz, glotzte seine Mutter an, schnappte sich seinen Rucksack und rannte ohne ein weiteres Wort die Treppen hinauf.

»Sven«, lallte Frau Petersen ihm hinterher. Aber sie hörten nur die oben zuschlagende Tür und kurz darauf in ziemlicher Lautstärke *Break On Through* von den Doors.

Ungewöhnlich für einen Jungen in diesem Alter. Die Doors waren doch eher aus Hubers Jugendzeit.

Jim Morrisons Stimme, die genau den Ton zwischen Melancholie und Aggressivität traf, erfüllte das gesamte Haus.

Frau Petersen starrte wieder in den Garten. Brüning drückte fester zu und legte ihr seine andere Hand auf die Schulter.

Huber insistierte weiter: »Und abends ist er nicht nach Hause gekommen? Oder waren Sie nicht hier? Waren Sie nicht verwundert oder besorgt?« Frau Petersen blickte Huber verwirrt an. Oje, zu viele Fragen auf einmal, dachte Huber.

In ihrer Apathie schien nichts sie zu erreichen.

Sie rappelte sich wankend von ihrem Stuhl auf. »Nein. Ich wüsste nicht.«

Brüning zog seine Hände zurück und sagte zu Huber: »Ich glaube, ich werde hier noch gebraucht. Sie wissen ja, wie Sie mich erreichen. Wenn Sie also …«

Huber stand nun ebenfalls auf und bewegte sich in Richtung Haustür. Im Hausflur überreichte er Frau Petersen seine Visitenkarte.

»Ich muss Sie bitten, Ihren Mann zu identifizieren. Bitte rufen Sie mich an, sobald Sie dazu in der Lage sind. Je früher, desto besser.«

Er drückte zum Abschied ihre eiskalte Hand und verschwand.

Am Auto überlegte er, was wohl los war in dieser Familie. Die Frau so dicht, dass sie kaum sprechen konnte, und der Sohn, der keine Fragen stellte und auf andere Art dichtmachte.

*

Scheißescheißescheiße. Papa ist tot. Die Polizei ist im Haus, und Mama sieht aus wie ausgekotzt. Die hat bestimmt wieder was genommen. Ich wollte ihn doch bloß zur Rede stellen. Gegen seine Ohrfeige musste ich mich doch irgendwie wehren. Ich hab ihn geschubst, ja. Er ist gegen die Garderobenbank gefallen, ja. Aber er hat doch noch geflucht, als ich weg bin. So flucht doch keiner, der stirbt.
Unten geht die Tür, der dicke Bulle ist aus dem Haus. Ich sehe ihn einsteigen. Da guckt er noch mal am Haus hoch, als ob er mein Fenster sucht. Der Pastor ist noch da. Ich höre Stimmen von unten. Mist, nichts zu verstehen trotz der geöffneten Tür. Sie sprechen einfach zu leise. Vor allem Mama. Das ist eher wie ein Lallen. Hat SIE etwa …?
Ich war vorhin im Enzian, um mich bei Papa zu entschuldigen und ihn zu bitten, ob nicht wieder alles so wie früher sein kann. Da hat mich Rudi abgefangen. Eigentlich war der ja immer ganz in Ordnung. Aber heute habe ich gedacht, der knallt mir eine wegen seiner scheiß Blumenrabatten.
Dann passierte was Komisches. Eine von den Alten, die da wohnen, kam dazu und schimpfte den Gärtner aus, dass er mich in Ruhe lassen soll. Das war echt strange. So 'ne kleine Alte, die sich für mich einsetzt.
Der Pastor ruft mich, will mit uns beten. Für Papa! Ich will nicht für Papa beten. Der Pastor will ihn bestimmt ins Himmelreich schicken. Der gehört in

die Hölle! Ich tue, als ob ich nichts höre. Jetzt aber kriecht Mamas leise Stimme zu mir hoch, die mich bittet runterzukommen. Ich kann ihr den Wunsch nicht abschlagen.

5

Einige der Bewohnerinnen und Bewohner des Enzian hatten eine eigene kleine Wohnung in der Anlage und versorgten sich selbst. Allerdings gab es die Möglichkeit, bei Bedarf die pflegerischen und sonstigen Ressourcen des Heims zu nutzen. Katrin wollte die Menschen darin unterstützen, ihre Eigenständigkeit so lange wie möglich zu bewahren. Viele alte Menschen hatten nicht mehr die rechte Lust, selbst zu kochen. Aber Katrins Mission war es, sie mit wenigen guten Zutaten dazu zu bringen, diese Scheu zu überwinden. Keines ihrer Rezepte dauerte länger als eine Dreiviertelstunde.

Mit der Stubenrauch und der Geschäftsführerin des Enzian hatte sie ein Abkommen auf »Amtshilfe«, wie sie es nannte, geschlossen. Einmal alle zwei Wochen machte sie nun seit beinahe einem Jahr hier ihre Extratour. Mittlerweile kam ein fester Stamm von sechs Frauen und zwei Männern, die mit ihr kochten. Gemeinsam zu kochen machte allen viel mehr Freude als allein. Und so kochten sie mittlerweile an den übrigen Tagen der Woche auch oft gemeinsam, ohne Katrin. Die Vorbereitungen in der Küche liefen Hand in Hand. Katrin hatte am Abend zuvor schon die Lebensmittel in Speisekammer und Kühlschrank verstaut.

Heute würden sie ein Pilz-Omelett zubereiten.

Einige Frauen schoben sich die Ärmel hoch, bevor sie sich ans Putzen der Pilze machten. Katrin bemerkte einen großen blauen Fleck an dem Unterarm von Frau Banzer. Von dem Ehepaar Banzer hatte sie ihr Haus gekauft. Der Mann war vor einem Jahr gestorben, und seitdem nahm Frau Banzer an der Kochgruppe teil.

»Was haben Sie denn da gemacht, Frau Banzer?«, fragte Katrin.

Schnell zog diese ihre Ärmel wieder herunter. »Ach, ich bin gefallen.« Ihre Nachbarin blickte sie an und zog die Brauen hoch.

»Passiert einem ja häufiger im Alter.«

»Sie Arme«, entgegnete Katrin. »Das hat meine Mutter auch gerade hinter sich. Allerdings ist sie nicht mit einem blauen Fleck davongekommen. Sie hat es nicht unter einem Oberschenkelhalsbruch gemacht.«

Frau Banzer und ihre Nachbarin gingen nicht weiter darauf ein. Plötzlich herrschte eine lähmende Stille in der Gruppe, und Katrin fragte sich, ob sie etwas Falsches gesagt hatte.

Die Frauen putzten und zerkleinerten schweigend die Austernpilze und Champignons. Einer der Männer viertelte die roten Zwiebeln, und der andere schlug jede Menge Eier in die Schüssel und verquirlte sie zu Rührei. Katrin selbst wusch den Spinat. Das war der Clou an diesem Rezept: Pro Portion kam eine Handvoll frischer Spinat hinzu, aber erst ganz zum Schluss, damit er nicht verkochte, sondern dem Ganzen eine frische, knackige Note gab.

Normalerweise herrschte in dieser Kochgruppe stets eine muntere Stimmung. Die Frauen schnatterten durcheinander, und einer der beiden Männer versuchte manchmal, mit Katrin zu flirten. Aber jetzt sagte niemand ein Wort, und alle arbeiteten vor sich hin. Katrin konnte das bedrückende Schweigen kaum ertragen. Da fragte einer der Männer in die Runde: »Haben Sie denn schon von dem Toten gehört?« Alle guckten ihn mit großen Augen an, und ein aufgeregtes Geschnatter begann.

Das war Katrins Augenblick. »Kannten Sie ihn denn alle?«

»Nicht alle, aber einige. Wir dürfen ja auch Anwendungen in der Physiotherapie buchen.«

»Und wie war er so?« Katrin wollte mehr herausfinden. Doch sofort breitete sich wieder verhaltenes Schweigen unter den Teilnehmenden aus. Mist, dachte Katrin, falsche Frage zum falschen Zeitpunkt.

Nach getaner Arbeit setzten sie sich um den großen Küchentisch in der Übungsküche und aßen gemeinsam. Als Katrin endlich das »Ah« und »Mhmm« und »Lecker« hörte, war sie glücklich; die merkwürdige schweigsame Stimmung hatte sich Gott sei Dank aufgelöst. Aber ihre Neugierde den Toten betreffend hatte sie nicht befriedigen können.

Huber war wieder in seinem Büro und blätterte in der bislang noch mageren Akte. Er war nicht bei der Sache. Nach der Begegnung mit Petersens Sohn musste er unwillkürlich an seinen eigenen denken, der im gleichen Alter war. Wie es dem jetzt wohl gerade ging, da auf der anderen Seite des Großen Teichs? Er hörte auf zu blättern und betrachtete sein Foto. Er hatte es auf den Schreibtisch neben das seiner verstorbenen Frau gestellt. Die beiden waren seine Schutzengel. Noch immer zog sich sein Herz zusammen, wenn er das Foto seiner Frau betrachtete. Er hatte es schon mal in die Schublade gelegt; das allerdings konnte er erst recht nicht aushalten.

Der Anruf vom Rechtsmediziner Klaus Wegener riss ihn aus seinen traurigen Gedanken.

»Nach der ersten äußeren Leichenbeschau kann ich dir sagen, dein Toter ist ertrunken. Aber nicht im Meer. Was aus seiner Lunge lief, als wir ihn auf dem Bauch hatten, war kein Salzwasser. Und er hat ein paar leichte Druckstellen, die er erst post mortem erhalten hat.«

»Aha. Geht's ein bisschen konkreter?«

»Einen Streifen quer über dem Rücken, einen jeweils quer in den Kniekehlen. Und ein paar unregelmäßige kurze Streifen, ebenfalls auf dem Rücken. Sonst gibt's noch nichts Konkreteres, mein Lieber, weil wir, wie du ja weißt, erst einmal die Obduktion durchführen und alle notwendigen Untersuchungen anstellen müssen. Und die dauern. Sei froh und dankbar, dass ich mir deinen Toten vorab schon mal angeschaut habe. Wir haben hier nämlich mehr als gut zu tun. Übe dich in Geduld.«

»Spann mich nicht unnötig auf die Folter, ja? Melde dich, sobald du etwas hast. Da wir ja nun von Fremdverschulden ausgehen müssen, darf es gern superschnell sein.«

»Dirk! Ich sagte, wir stellen Untersuchungen an. Also nerv mich nicht, ja?«

»Kannst du mir zumindest schon mal sagen, seit wann der in etwa tot ist?« Huber hörte, wie Wegener mit einem lauten Zischen einatmete.

Dann lenkte der Rechtsmediziner ein. »Na ja, ich denke, er wird jetzt seit mindestens fünfzehn Stunden tot sein. Ich ruf dich an, sobald wir Hand an ihn legen können.«

Nun, da Huber wusste, dass Peer Petersen offenbar schon tot war, als er am Leuchtturm drapiert wurde, war ihm klar: Er hatte definitiv einen neuen Fall und musste auf hoher Temperatur in Richtung Totschlag oder Mord kochen. Aber würde es auch sein Fall bleiben? Die Staatsanwaltschaft versuchte immer, die Fachleute aus Flensburg zur Untersuchung zu schicken. Vor allem seinen speziellen Freund Karsten Jessen-Nissen, der ihm nicht die Butter auf dem Brot gönnte. Das war schon in der Schule so gewesen. Immer hatte er seine Hände wie eine Mauer um sein Geschreibsel gehalten, damit Huber auf gar keinen Fall abschreiben konnte. Jessen-Nissen selbst hingegen gelang es immer wieder, richtige Antworten aus Huber herauszuquetschen. Bis heute ging ihm Huber auf den Leim, und bis heute hasste er ihn dafür.

Dann kam der Anruf von Pastor Brüning, der ihm mitteilte, dass Frau Petersen bereit sei, die Leiche zu identifizieren. Huber ließ ihr ausrichten, dass sie sich am nächsten Morgen um acht Uhr in der Rechtsmedizin in Kiel einfinden solle. Brüning sicherte Huber zu, er selbst würde die Witwe mit dem Auto dorthin bringen.

Keine zehn Minuten später klingelte Hubers Telefon erneut.

Zurück im Ebbe und Flut, verzog Katrin sich sofort in ihr Büro und rief ihre Schwester an. Mit der musste sie sich heute Abend unbedingt treffen, ihr von dem Toten erzählen, von der Polizei, dem Wochenende mit Sebastian – eben das Leben besprechen.

»Na, meine Große, was gibt's?«, fragte Lena, bevor Katrin etwas sagen konnte. »Ist irgendwas mit Mama? Oder nur wieder ein aufregendes Wochenende gehabt?«

»Das kannst du laut sagen. Allerdings weniger das Wochenende, vielmehr war der heutige Morgen aufregend. Ich habe eine Leiche gefunden.«

»Waaas?!«, entsetzte sich Lena. »Was heißt ‚gefunden'?«

»Auf dem Weg zur Arbeit. Da hockte sie. Am Leuchtturm.«

»Einfach so? Oder ermordet?«

»Was weiß denn ich?! Das wird die Polizei sicherlich herausfinden. Die kam gleich angerauscht. Mit riesengroßem Aufgebot. Ganz schönes Trara. Und dann all die Kurgäste. Als ich endlich in der Küche ankam, hatte sich natürlich schon herumgesprochen, dass ich einen Toten gefunden hatte.«

»Weißt du Näheres? Hatte der Familie?«

»Schwesterchen, witterst du etwa schon eine neue Klientin?«

»Jetzt hör aber auf!«

»Aber ja, ich glaube tatsächlich, dass der Familie hatte. Ich kenne ihn aus dem Enzian. Als ich Mama vorhin besucht habe, war, glaube ich, der Sohn von dem Toten da und hat ein bisschen für Rabatz gesorgt.«

»Wann kommst du nachher? Ich will alles ganz genau wissen. Ach ja, und bring eine Flasche Wein mit. Sebastian hat dich doch bestimmt wieder versorgt, oder?«

»Na klar. Einen Weißen aus dem Friaul?«

»Bestens. Vielleicht gleich lieber zwei, okay?«

»Ich glaube auch.«

»Wie geht's Mama?«

»Sie war natürlich neugierig. Aber ich konnte schweigen wie ein Grab.«

»Dirk, hier ist Karsten.« Huber streckte dem Telefonhörer die Zunge raus. »… von der Staatsanwaltschaft«, setzte Karsten nach. Als ob ich das nicht wüsste, dachte Huber. Er kannte wirklich niemanden, der sich schon gleich beim ersten Satz so aufspreizen konnte.

»Ich bin diesem Fall jetzt zugewiesen. Danke dir und Harmsen. Ihr habt schon prima Vorarbeit geleistet. Bei uns brennt die Hütte wegen dem Mehrfachmord in der letzten Woche. Könnt ihr da vor Ort bitte selbst dranbleiben?«

Huber konnte sich ein zufriedenes Grinsen nicht verkneifen. Endlich hatte er etwas Richtiges zu tun, konnte raus zu den Menschen, und als angenehmer Nebeneffekt würde er sicherlich öfter auf diese frische, schlagfertige Katrin Lund treffen. Irgendwie gefiel sie ihm.

Scheinbar mürrisch entsprach Huber Jessen-Nissens Bitte.

Okay! Ihre Leiche, ihr Fall, ihr Team. Wo nur blieb Harmsen?

Huber legte los: Urlaubssperre, Team zusammenstellen, Profilanalyse, Informationen zusammentragen, heißer Draht zur Spurensicherung, Umfeld des Opfers checken. Sich schon mal ein Bild machen, auch wenn die Informationen noch unzureichend waren. Berichte schreiben, Berichte lesen, auf Berichte warten. Er liebte dieses hektische Treiben im Kommissariat, das leider viel zu selten vorkam.

Gegen zweiundzwanzig Uhr kam der Anruf der Rechtmedizin: »Ich soll Ihnen von Dr. Wegener ausrichten, dass wir Ihren Toten gleich morgen früh sezieren. Wenn Sie also um acht Uhr dreißig hier sein wollen.«

»Wer sagt der Staatsanwaltschaft Bescheid? Sie oder ich?«

»Ich habe schon dort angerufen. Von denen wird jemand persönlich dabei sein.«

»Danke. Bis morgen.«

»Wiederhören.«

Kaum hatte Huber den Hörer aufgelegt, klingelte das Telefon schon wieder: Harmsen, der sich nicht gut fühlte und am nächsten Morgen erst einmal zum Arzt wollte. Es könnte sein, dass er ausfiel.

»Ausgerechnet jetzt, Harmsen! Jetzt, wo wir endlich wieder einen Fall haben.«

»Entschuldige, Dirk, aber ich möchte niemanden anstecken.«

»Also wenn, habe ich mich spätestens gestern Abend schon bei dir angesteckt … Aber okay, du hast ja recht.« Huber unterdrückte seinen Groll. »Gute Besserung. Komm bald wieder auf die Füße.«

»Ich will es versuchen.« Harmsens Stimme krächzte.

Huber schaute auf seine Armbanduhr. Gut, Schluss für heute. Wenn er sich sputete, könnte er es noch zum Rest vom Blueskonzert im Speicher am Hafen schaffen.

*

Ich hasse ihn!!!!!!! Er ist nicht mehr da! Jetzt kann gar nichts mehr so wie früher werden. Und ich kann mit niemandem sprechen. Was sollte ich auch sagen? Mama war weg an dem Abend. Wem soll ich das denn erzählen? Nicht mal mit ihr kann ich darüber reden, weil sie dann gleich denken würde, ich verdächtige sie. Und wenn sie es wirklich war, will ich es eigentlich auch gar nicht wissen. Dann hätte ich niemanden mehr.
Irgendwie ist jetzt alles kaputt. Ich hasse ihn. Ich hasse mich.

6

Auch wenn zu Hause viel Arbeit auf sie wartete – die Balken mussten endlich gebeizt, viele Kisten ausgepackt werden, überhaupt sollte sie sich endlich einmal endgültig einrichten, sich ein Zuhause schaffen –, duschte sie nur kurz, packte Zahnbürste, Unterwäsche und die zwei Flaschen Wein ein und nahm dann sicherheitshalber noch ein Glas selbst gemachter Caponata aus dem Regal. Ihre Schwester war immer etwas schlampig mit ihren Einkäufen. Und vielleicht war Tabea da. Die liebte die Caponata ihrer Tante.

Die Dreiviertelstunde Autofahrt nahm sie zum Anlass der inneren Einkehr. Autofahren war für sie wie Meditation. Die Dinge des Lebens schweiften in ihren Gedanken vorüber wie die flache grüne Landschaft vor ihren Augen. Daran, konkret nachdenken zu können, hinderte sie die Konzentration aufs Fahren. Ideal, um die Dinge dorthin zu rücken, wo sie hingehörten.

Als sie in Husum aus dem Auto stieg, rief Tabea schon aus dem Fenster auf die Straße hinunter: »Hallo Tantchen.«

»Sag nicht immer Tantchen zu mir«, rief Katrin hoch. »Du bist noch nicht zu alt, um anständig übers Knie gelegt zu werden. Zwing mich nicht, das zu tun, was deine Mutter versäumt hat.«

Tabea lachte und zog sich vom Fenster zurück.

Katrin nahm den Korb und ihren Rucksack vom Rücksitz. Als sie zu dem backsteinernen Gründerzeithaus ging, hörte sie schon den Summer der Haustür. Ihre ungeduldige Nichte. Katrin lächelte. Sie betrat den weiträumigen Eingangsbereich. Ein paar Treppenstufen führten zu den Wohnungen im Hochparterre. Links ging es dann zum Treppenhaus in die höheren Etagen.

Als Katrin oben ankam, erwartete Tabea sie schon in der geöffneten Wohnungstür.

»Mama hat erzählt, du hast 'ne Leiche gefunden?«

»Mein lieber Schatz, darf ich vielleicht erst mal reinkommen?« Katrin drückte Tabea den Rucksack in die Hand. »Bring den doch schon mal ins Gästezimmer.«

Sie selbst ging durch zur Küche, wo Lena gerade den Geschirrspüler ausräumte und zwei Weißwein- und drei Wassergläser auf den Tisch stellte.

»Gepflegtes Betrinken heute. Okay?«

»Sehr gerne. Das kann ich jetzt gut gebrauchen.« Katrin grinste. Sie stellte den Korb auf die Arbeitsplatte. Die beiden umarmten sich einen kurzen Moment länger, als ihre schwesterliche Umarmung sonst dauerte.

Tabea kam aus dem Gästezimmer, nahm ihre Tante bei der Schulter, drückte sie auf einen Küchenstuhl und zappelte. »Nun erzähl schon. Ich will alles wissen.« Dann setzte sie sich zu ihr an den Tisch.

Katrin holte die beiden Flaschen aus ihrem Korb. »Die musst du noch einen Augenblick kalt stellen.«

Lena nahm die Flaschen, legte sie in das Gefrierfach und grinste. »Soll man zwar nicht tun, aber so geht es schneller.« Sie goss Wasser ein.

Katrin begann zu erzählen, was sie an diesem Morgen erlebt hatte. Und während sie erzählte, übermannte sie wieder für einen Moment das Zittern. Lena hielt Katrins Hände, und es war, als ob sie dadurch das Zittern aus Katrin heraussöge. Lange Zeit saßen die drei schweigend da, dann atmete Katrin hörbar ein. »So, jetzt habe ich mir aber ein Glas Wein verdient. Der ist bestimmt schon zu kalt geworden.«

Sie zog die Flaschen aus dem Gefrierfach. Die eine stellte sie in den Kühlschrank, die andere auf den Küchentisch.

»Gibt es eigentlich etwas zu essen in diesem Haus?«

»Entschuldige, aber ich bin eben erst aus der Kanzlei gekommen. Und Tochterherz ist nicht einkaufen gewesen.« Ein mahnender Blick auf ihre Tochter. »Was sie eigentlich hätte tun sollen.«

Katrin zauberte das Glas mit der Caponata aus dem Korb heraus.

»Oh klasse«, freute sich Tabea, sprang auf und holte eine Packung Spaghetti aus der Speisekammer. »Siehst du, Mama, hat doch sein Gutes, dass ich nicht einkaufen gegangen bin.«

Nach dem Essen verabschiedete sich Tabea. »Ich treff mich noch mit Freunden. Bin aber um neun wieder zu Hause. Ach, wie geht's übrigens Oma?«

Ohne die Antwort abzuwarten, warf sie einen Kuss in die Luft, zog mit Schwung ihr Gummi aus dem Pferdeschwanz, und als sie verschwand, loderte ihre lange, rote Haarpracht hinter ihr her.

Katrin lehnte ihren Kopf an die Schulter ihrer kleinen Schwester. »Das war echt gruselig. Ach, und Mama geht's übrigens gut. Die ist schon wieder neugierig. Ich werte das mal als gutes Zeichen.«

»Komm, lass uns ins Wohnzimmer gehen.« Lena nahm Katrin bei der Hand.

Sie ließen sich aufs Sofa fallen und gossen sich das nächste Glas Wein ein.

»Guter Wein, den er dir da wieder mitgebracht hat.«

»Ja. Wenigstens hinterlässt er immer was für die Geschmackssinne, wenn er selbst schon nicht da ist, um sich um meine anderen Sinne zu kümmern.«

»Und wie war euer Wochenende?«

»Wir sind Tretboot gefahren in Friedrichstadt. Das hat riesigen Spaß gemacht.« Katrin entblößte ihre Schultern. »Nur hab ich mir dabei einen prächtigen Sonnenbrand eingefangen.«

Lena sog die Luft durch die Zähne. »Ui! Das sieht aber böse aus.«

»Ja, tut auch weh.« Katrin bedeckte ihre Schultern wieder. »Den Rest des Wochenendes haben wir im Haus rumgewerkelt. Es macht immer Spaß, mit ihm zusammenzuarbeiten. Das ist alles so unkompliziert, so selbstverständlich.«

Lena verteilte den Rest der Flasche auf ihre Gläser. Beide sinnierten einen Moment, dann unterbrach Lena die Stille. »Sag mal, und du kennst den Toten? Was war denn das für einer?«

»Kann ich nicht sagen. Ich hab den nur ein paarmal im Vorbeigehen im Enzian gesehen, als ich Mama besucht habe. Ich weiß nicht mal, was der da gemacht hat. Da er aber die Hauskleidung in Blau-Weiß trug, nehme ich mal an, dass er da gearbeitet hat.«

»Und der Kommissar?«

»Schicker Mann. Sehr gepflegt. Trägt ein Montblanc-Meisterstück mit sich spazieren. Lebt gerne, glaube ich. Hat einen Bauchansatz und lustige Augen. Dirk Huber. Sagt dir das was?«

»Allerdings. Einer von den Netten. Obwohl: Nett ist kein Beruf.«

»Sag doch mal, wie ist der so? Außer nett natürlich.«

»Der hat früh die Tragik des Lebens zu spüren bekommen. Seine Frau ist jung gestorben, da konnte der Sohn noch nicht mal laufen. Aber sie kam aus einer wohlhabenden Familie. Kieler Klüngel, wenn du verstehst. Hatte ihm einen Batzen Geld vererbt. Ihr Geld und ihre Verbindungen kommen ihm natürlich jetzt zugute.«

»Meinst du etwa, er ist …«

»Oh nein, du findest keinen integreren Menschen als ihn. Aber gute Verbindungen zu haben kann die Polizeiarbeit doch sehr erleichtern – auch, wenn er davon keinen Gebrauch macht.«

Katrin dachte an den Maßanzug und die Schuhe.

»Seit ihrem Tod hat er keine Frau mehr in seinem Leben gehabt. Jedenfalls erzählt man sich das.« Lena schüttelte die Flasche. Leer. Sie sprang auf und holte die zweite Flasche aus dem Kühlschrank.

»Gut, dass ich morgen erst mittags in der Küche sein muss. Abends halte ich einen Vortrag über mediterrane Küche. Da passt so ein kleiner Kater ganz gut.« Katrin hielt Lena ihr leeres Glas hin.

»Denkst du, Sebastian wird sich irgendwann von seiner Frau trennen?«

Katrin spürte Hitze in sich aufsteigen. Die kam nicht vom Wein. Ihre Stimme wurde laut. »Lena, echt jetzt! Nicht schon wieder. Ich bin es langsam leid, das immer mit meiner Familie zu diskutieren. Wir haben eine gut funktionierende Beziehung. So, wie es ist, ist es gut! Warum denkst du immer, ich sollte mit jemandem zusammenleben? Du hast doch wohl selbst gemerkt, was das für ein Reinfall sein kann.«

»Ich verstehe nur nicht, wie du es ausblenden kannst, dass er ja bestimmt noch mit seiner Frau schläft. Hast du da keine Vorstellungen, wie die miteinander …?«

Katrin richtete sich auf. »Jetzt hör aber mal auf damit! Ich liebe ihn, er liebt mich. Also was?«

»Ich meine ja nur. Es ist nicht gut, dass der Mensch allein sei.«

»Ich bin nicht allein. Ich hab ja dich!« Katrin legte Lena versöhnlich die Hand aufs Knie und verschwand dann in der Küche, um die restliche Caponata und zwei Löffel zu holen. Tomaten in jeglicher Form waren so tröstlich. »Ich bin total aufgekratzt. Wollen wir nicht noch irgendwo hingehen?«

Lena holte ihren Laptop aus der Arbeitstasche, klappte ihn auf und klickte die Homepage vom Speicher an. Beide löffelten von der Caponata, während sie auf den Bildschirm guckten.

»Da ist heute Abend ein Blueskonzert.« Lena sah auf ihre Armbanduhr. »Hat zwar schon begonnen. Aber egal. Komm, lass uns hingehen.«

Als sie aus der Tür stürmten, kam ihnen Tabea entgegen.

»Wir gehen noch ein bisschen aus.« Lena gab ihrer Tochter einen Kuss auf die Wange.

»Und denk nicht, hier ist jetzt Halligalli. Wenn wir nachher nach Hause kommen, will ich dich schnarchen hören, ist das klar?«

Katrin drückte ihrer Nichte kommentarlos einen Kuss auf die andere Wange.

»Alles klar. Ihr seid echte Spaßbremsen.« Sie schaute Mutter und Tante hinterher. »Und übrigens: Ich schnarche nicht! … Ich schlafe wie eine Tote.«

Katrin drehte sich noch einmal um. »Keine Witze darüber. Okay!?«

»Schon gut«, grummelte Tabea.

»Mich würde ja interessieren, wie der gestorben ist.« Lena packte Katrin am Arm und zog sie mit sich die Treppen hinunter.

»Ach was. Dich auch?« Katrin lachte, weil ihr die Idee gefiel, ein bisschen herumzuschnüffeln.

Schon merkwürdig, so ein Blueskonzert ohne Zigarettenqualm. Zu manchen Dingen gehörte es früher einfach dazu; dieser Nebel im Raum, die Mischung der verschiedenen Gerüche von Alkohol, Zigaretten- und Pfeifentabak und dann die unterschiedlichen Parfüms und Aftershaves. Das alles jetzt ohne Rauch roch irgendwie nicht vollständig.

Sie quetschten sich durch zum Tresen und blieben bei Weißwein, auch wenn dieser nicht so gut war wie der, den sie zuvor getrunken hatten.

Katrin drehte sich zur Bühne und begann augenblicklich im Takt zu wippen. Das war jetzt genau das Richtige: eine wimmernde Bluesgitarre, die einem durch Mark und Bein ging.

»Auch Bluesfan?«

Abrupt drehte Katrin sich um. Dirk Huber. Na, wenn das nicht Schicksal war.

»In Ausnahmefällen. Und heute ist so ein Ausnahmefall. Prost.« Sie hielt ihm ihr Weinglas entgegen. Er trank Whisky. Als er das Glas vor ihr abstellte, stieg ein Aroma von Medizin und Moor in ihre Nase – sehr erdig, das gefiel ihr.

»Oh, ich muss Ihnen unbedingt noch etwas sagen: Ich glaube, der Tote roch nach Schwimmbad, als ich ihn fand.«

»Was heißt, ›ich glaube‹?«

»Na ja, ich war aufgeregt, und es war mehr so nebenbei, dass ich das wahrnahm. Aber vorhin habe ich mich daran erinnert.«

»Danke, das ist ein sehr wichtiger Hinweis. Zumal …« Huber unterbrach sich und erhob erneut sein Glas.

Katrin spürte den Wein und fühlte, wie ihr Gesicht rot und heiß wurde. Gut, dass die Beleuchtung hier schummerig war. »Was meinen Sie mit ›zumal‹? Wissen Sie schon was?«

Huber wandte sich Lena zu. »Guten Abend, Frau Kerr. Sie sind also die Schwester von Frau Lund? Wie ist die Welt so klein.«

»Hallo, Herr Huber. Schön, Sie mal wiederzusehen.«

»Wie geht's denn unserem Toten?« Allmählich spürte sie den Wein auch in ihren Beinen. Die wollten tanzen. Als die Musik lauter und schneller spielte, wurde aus ihrem Wippen ein Hüpfen.

Huber musste sich zu ihr hinunterbeugen, um verstanden zu werden, und gleichzeitig aufpassen, dass er bei ihrem Herumgehüpfe keinen Nasenstüber erhielt. »Morgen früh wird er aufgemacht, danach könnte ich Ihre Frage beantworten.«

Sie hakte sich bei ihm unter und zog ihn mit sich auf die Tanzfläche. Der Gitarrist verausgabte sich gerade am vorderen Bühnenrand. Er malträtierte die Saiten, als ob es kein Morgen gäbe. Katrin hopste um Huber herum, der sich eher wie ein Tanzbär bewegte. Rhythmus und Anmut waren offenbar nicht seine Stärken. Aber das fiel hier nicht auf, denn beinahe alle Männer tanzten in der gleichen Manier. Einige standen auch nur da und schwenkten ihren Kopf, was mit kurzen grauen Haaren nicht mehr den Effekt hatte wie früher, als ihre Mähnen noch um ihre Köpfe wirbelten.

Die Band machte eine Pause, und Klatschen und Pfiffe ertönten im Saal. Katrin und Huber schoben sich zum Tresen zurück.

»Dem Himmel sei Dank! Wie Sie unschwer bemerkt haben, ist das Tanzen nicht so meine Sache.«

Katrin lachte.

»Was macht eigentlich ein Kripobeamter, wenn er keine Toten hat? Das habe ich mich schon immer gefragt. Im Fernsehen und in Büchern wird immer nur das Ermitteln beschrieben. Aber Sie haben doch bestimmt nicht jeden Tag einen Toten.«

»Wenn wir mal ausnahmsweise keine Leiche mit ungeklärter Todesursache haben, sieht mein Tag so aus: Schreibtischarbeit, Schreibtischarbeit, Schreibtischarbeit, unterbrochen von einer Mittagspause, die ich gern zusammen mit Kollegen für ein Schwätzchen in einer nahe gelegenen Kantine, zum Beispiel des Rathauses, einem

Imbiss oder beim leckeren Asiaten nutze. Dann wieder Schreibtischarbeit. Das hat schon seinen Grund, dass das nie beschrieben oder gezeigt wird.«

»Offenbar. Ist ja wirklich fad.«

Lena umarmte Katrin von hinten. »Ich gehe jetzt nach Hause, Schwesterlein. Ich bin müde und muss morgen früh vor Gericht sein.«

»Ich komme mit.« Zu Huber: »Können wir Sie allein lassen?«

»Ich bringe Sie nach Hause, wenn Sie nichts dagegen haben.«

»Stehe ich schon unter Polizeischutz? Ja, Sie dürfen uns sehr gern nach Hause bringen.« Katrin lächelte schelmisch.

Die Musiker versammelten sich wieder auf der Bühne, und beim ersten lang gezogenen Gitarrenriff und dem entsprechenden Gejohle aus dem Publikum verschwanden die drei aus der Tür.

Katrin ließ nicht locker.

»Wie sieht denn Ihre Schreibtischarbeit bei unserem Toten aus?« Sie stolperte über den Kantstein. »Uppsala!«

Huber fing sie auf, und ein Kribbeln durchzog Katrins Körper.

»Zunächst einmal ist das nicht *unser* Toter! Und darüber hinaus glauben Sie doch nicht, dass ich Ihnen etwas über *meine* Ermittlungsergebnisse verrate«, sagte Huber und dachte im Stillen: Wenn ich doch nur schon welche hätte.

»Oh oh, Verzeihung. Da bin ich dem Herrn Kommissar wohl etwas zu nahegetreten.« Katrin kicherte.

Vor Lenas Haustür verabschiedete sich Huber artig und trottete dann allein die dunkle Straße entlang. Er hob die Hand zu einem Winken, ohne sich dabei umzudrehen.

Katrin verstand die Geste und grinste breit.

»Harter Brocken«, sagte sie zu ihrer Schwester.

Die beiden Schwestern stolperten die Treppen hinauf. Der Sauerstoff auf dem Heimweg hatte sie mit einem Schlag betrunken gemacht.

*

Ich kann nicht einschlafen. Was, wenn ich doch … oder Mama …
Heute hatte ich wieder mal einen Asthmaanfall und konnte erst mein Spray nicht finden. Ich muss mir echt überall einen Inhalator hintun. Gerade jetzt wird das bestimmt häufiger passieren. Ich muss mich bei Rudi entschuldigen, damit ich wieder was kriege. Das hilft mir besser als das Spray. Außerdem fragen die in der Schule schon. Und vielleicht kann ich ihn dabei gleich mal ausfragen.
Nachmittags lungerte die Chefin von Papa, Sabine Kleber, vor unserem Haus herum. Ich hatte von meinem Zimmer aus was gehört und hab von hinter dem Vorhang runtergeguckt, damit sie mich nicht sieht. Sie rannte auf und ab, als ob sie nicht wüsste, ob sie klingeln sollte oder doch lieber verschwinden. Die wollte bestimmt zu Papa. War schon früher ein paarmal hier. Und dann gab es immer Streit.

7

Am folgenden Morgen kochte sich Huber einen Kamillentee und aß eine Scheibe Weißbrot mit Frischkäse. Nur nicht den Magen überfordern, wenn einem eine Obduktion bevorstand.

Versonnen starrte er vor sich hin, während er schluckweise den heißen Tee trank. Seine Küche war sein liebster Ort in der Wohnung. Er kochte gern und hatte alle Gerätschaften, die man in einer gut funktionierenden Küche gebrauchen konnte, vielleicht sogar ein bisschen zu viel. Je mehr er kochte, desto weniger benutzte er von alldem. Vielleicht sollte er mal ausmisten und die Sachen dem Frauenhaus spenden. Das meiste war ja nur wenig benutzt worden – außer, seine Männertruppe kochte bei ihm. Die liebten all seine unnützen Maschinen und Utensilien und gebrauchten sie eifrig.

Sein Handy gab Laut, und er las die Nachricht von Harmsen, der tatsächlich mit einer Sommergrippe krankgeschrieben war. Na toll!, dachte Huber.

Wie üblich überkam ihn nach der anfänglichen Euphorie über einen neuen Fall eine Art Panik. Was musste er alles bedenken? Wo sollte er ansetzen? Wer kam als Verdächtiger in Betracht? Wer hatte ein Motiv? Wer hatte die Gelegenheit? Wo war der Mann zu Tode gekommen? All die Fragen stürzten auf ihn ein und machten ihn kopflos. Alles musste bei einem Mord unter Zeitdruck geschehen. Und dann noch der Kollege krank, sodass er sich allein durch den Wust hindurchwühlen musste.

Er atmete tief ein und aus und ein und trank seinen Tee aus. Bloß nicht in dieses Gefühl hineinfallen lassen!

Er überprüfte die Musikdatei auf seinem iPhone. So ein Besuch in der Rechtsmedizin wollte sorgsam vorbereitet sein. All seine Sinne waren überreizt, zumal nach so einem Abend. Er war doch ziemlich aufgewühlt durch die Begegnung mit Katrin Lund. Sie hatte sein Herz berührt. Dass ihm das nach so langer Zeit und dann so plötzlich widerfahren konnte, hätte er sich nicht träumen lassen. Er dachte daran, wie sie am Abend zuvor vor ihm herumgehopst war, und musste schmunzeln.

Aus der Küchenschublade kramte er seine Schaumstoffplugs für die Ohren – falls der Akku des iPhones versagte.

Was er kaum aushalten konnte: Wenn der Rechtsmediziner rechts und links unter dem Schlüsselbein das Skalpell ins Fleisch drückte und dann mit einem geraden Schnitt das Instrument bis zum Schambein hinunterführte. Das war zwar kaum hörbar, trug aber diese Unwiederbringlichkeit in sich. Dann hörte für Huber der Mensch, der dort lag, auf, Mensch zu sein. Dann wurde dieser Körper zu toter Materie – obwohl, hier würde Wegener ihm vehement widersprechen. Denn diese »Materie« hatte noch sehr viel zu erzählen. Und all die neuen Kleinstlebewesen, Bakterien und Pilze, die sich in so einem toten Körper ansiedelten, hatten noch viel mehr zu erzählen. Und dann waren da noch Insekten und die Larven. Wegener wäre gut auf dieser Body-Farm in Amerika aufgehoben gewesen, dachte Huber.

Das Schlimmste aber war, wie er fand, das Geräusch der Säge beim Öffnen des Schädels und das Knacken, wenn die Rippenschere beim Öffnen des Brustkorbs eingesetzt wurde; die Töne, die die Gerätschaften des Rechtsmediziners verursachten, ebenso wie das Schmatzen, Saugen und Klatschen der Organe, wenn er sie dem Körper entnahm und in die Metallschalen legte … Huber wurde schon schlecht bei der bloßen Vorstellung.

So eine Sektion konnte schon mal bis zu vier Stunden in Anspruch nehmen. Es begann mit der behutsamen Entkleidung des Toten und der gründlichen Beschreibung der Kleidungsstücke, was in diesem Fall wegfiel, da der Tote nackt aufgefunden worden war.

Ach ja, und dann der Tigerbalsam, dieses Zeug, das man sich unter die Nasenlöcher schmierte. Huber trug zwar den obligatorischen Mund-Nasen-Schutz, hatte aber trotzdem immer das Gefühl, dass sich der Leichengeruch durch die Ritzen hindurch zu seiner Nase schlich.

Mit allem gewappnet machte er sich auf den Weg.

Und dann auch noch Karsten Jessen-Nissen. Für den wäre es ein gefundenes Fressen, wenn Huber sich übergeben müsste oder gar ohnmächtig würde. Der ist so abgefeimt, dachte Huber und kam sich vor wie ein Weichei. Während der Autofahrt nach Kiel hörte er einen Nachrichtensender, um sich abzulenken.

»Einen wunderschönen guten Morgen, mein Lieber«, empfing ihn Wegener überschwänglich. Sein Beruf schien ihm wirklich Freude zu bereiten.

»Wie kann der wunderschön sein, wenn ich mir ansehen soll, wie du eine Leiche aufsägst, du Witzbold?« Huber fingerte nach seinen Kopfhörern.

»Wieder deinen Bach dabei?« Wegener grinste.

»Das Einzige, was mich beruhigt.«

»Na, dann komm mal mit. Frau Petersen und ihr Pastor warten schon auf dich. Es war übrigens eine gute Idee, die Frau des Toten vor der Obduktion zur Identifizierung herzubestellen. Ist immer besser, die Angehörigen sehen ihre Toten ohne die hässliche Narbe.« Wegener klopfte Huber freundschaftlich auf die Schulter.

Huber, Brüning und Frau Petersen begrüßten sich nur mit stummem Händedruck.

Wegener ging voraus zu dem Tisch mit der Leiche, die mit einem Tuch abgedeckt war. Frau Petersen rang mit den Händen, und Brüning legte ihr sanft seine Hand auf die Schulter. Wegener sah Frau Petersen abwartend an, und als sie mit dem Kopf nickte, hob er das Tuch an. Sie schluckte kurz, blickte den Toten an, dann nickte sie wieder.

»Ja, das ist mein Mann.«

Ihr Blick war jetzt klarer als gestern. Sie schaute Brüning an, drehte sich weg und verließ den Raum. Brüning, Wegener und Huber folgten ihr.

Als sie draußen waren, wandte sich Frau Petersen an Huber. »Bitte erzählen Sie meinem Sohn nichts davon, wie mein Mann gestorben ist. Ich möchte nicht, dass er sich Gedanken macht. Er ist so ein sensibler Junge, auch wenn er nicht so wirkt.«

Pastor Brüning legte ihr die Hand auf die Schulter.

Huber entgegnete: »Meinen Sie nicht, es ist besser für den Jungen, wenn er Bescheid weiß? Ich habe selbst einen

Jungen in seinem Alter. Sie tun immer so cool, aber was sie in ihrem Herzen quält, das wissen wir gar nicht.«

»Bitte, Herr Huber! Ich möchte nicht, dass Sie ihm etwas über die Todesursache oder sonst welche Details erzählen.« Sie blickte ihn beinahe flehend an.

»Sie sind die Mutter. Ich nehme Ihren Wunsch ernst … Solange es sich vermeiden lässt, werde ich Sven nichts sagen.«

Frau Petersen senkte den Kopf.

»Vielen Dank, dass Sie hier waren«, verabschiedete sich Huber von ihr, und dann an Brüning gewandt: »Auch Ihnen vielen Dank, dass Sie Frau Petersen begleitet haben.« Die beiden verließen gerade den Vorraum, als Jessen-Nissen hereinrauschte.

»Guten Morgen, die Herren.« Er hob kurz seine Hand zum Gruß, um sie sofort wieder in der Hosentasche zu vergraben.

Huber und Wegener murmelten ein verhaltenes »Guten Morgen«, und alle drei gingen zurück in den Sektionsraum, wo sie von zwei weiteren Personen erwartet wurden.

»Den Präparator Herrn Schmidt kennst du ja bereits.« Wegener zeigte auf den Mann, der Huber höchstens bis zur Schulter reichte. Huber und er nickten einander zur Begrüßung zu.

Wegeners Assistentin schob die Trage mit dem Toten neben die Edelstahlwanne, auf der der Leichnam obduziert werden sollte. Wegener und sie zogen ihn hinüber.

»Das ist Frau Dr. Ceylan«, stellte Wegener seine Mitarbeiterin vor. »Ja, wir durften tatsächlich die Stelle ihres Vorgängers neu besetzen.« Ein paar schwarzbraune

Augen blitzten Huber über ihren Mundschutz hinweg an. Huber nickte. Ihm war nicht mehr nach Sprechen zumute.

Er präparierte sich. Aus den Augenwinkeln sah er Jessen-Nissens breites Grinsen seines sowieso viel zu breiten Mundes. Irgendwann würde er Gelegenheit haben, ihm genau da hineinzuschlagen. Dieses übertrieben zur Schau gestellte Selbstbewusstsein. Da musste etwas dahinterstecken, und das würde er eines Tages noch herausbekommen. Endlich zog Jessen-Nissen den Mundschutz über sein Gesicht.

Wegener untersuchte die Leiche zunächst genauer von außen; schaute, ob an der Haut, in den Haaren, unter den Nägeln etwas zu finden war. Das allein dauerte seine Zeit. Seine Assistentin fotografierte die Stellen am Leichnam, wenn Wegener ihr ein Zeichen gab.

»Keine erkennbaren Abwehrspuren unter den Nägeln«, stellte Wegener fest. »An den Handgelenken und an den Unterarmen finden sich diffuse leichte Unterblutungen. An der Augenbraue etwas geronnenes Blut und ein Brillenhämatom. Näheres dazu nach der gründlichen Untersuchung.«

Wegener und sein Assistent rollten den Toten auf den Bauch.

»Hier, Dirk, das meinte ich am Telefon. Siehst du an den Rippen und an den Kniekehlen die Streifen? Da muss Druck ausgeübt worden sein.« Dann deutete Wegener mit dem Griff des Skalpells auf etliche kleine rote Streifen, die aussahen wie Falten.

»Sind das Striemen? Ist er geschlagen worden?«, fragte Huber.

Wegener hob die Achseln. »Kann ich jetzt noch nicht sagen. Vielleicht finden wir da Material. Aber nach Peitschenhieben oder so sieht das nicht aus. Die müssten ja mehr oder weniger gerade verlaufen.« Wegener beugte sich tiefer und schaute es sich genauer an. »Er könnte irgendwo draufgelegen haben, was Falten als Abdruck in die Haut gepresst hat.«

Damit legte er seine Instrumente beiseite und rollte mithilfe des Assistenten die Leiche wieder auf den Rücken. Er nickte Huber kurz zu. Der verstand dieses Zeichen, steckte sich seine Kopfhörer ins Ohr und suchte nach den Bach-Kantaten. Da hatte Wegener schon das Skalpell im Fleisch des Toten. Haut und Fleisch klafften auseinander, als er das Skalpell mit sicherer Hand vom Brustbein bis hinunter zum Becken führte.

Endlich drangen die tröstlichen Klänge in Hubers Ohr. Er stellte die Musik so leise, dass er noch hören konnte, was Wegener sagte, aber laut genug, um sich gegebenenfalls in seine eigenen Ohrmuscheln zurückziehen zu können.

Die barocke, beinahe mathematische Musik Bachs wirkte auf ihn gleichsam wie eine kontemplative Übung; er konnte konzentriert zuhören und dabei alles andere vergessen.

»Wir haben in der Nähe des Fundortes ein Atemspray gefunden. Kannst du feststellen, ob er Asthma oder so etwas hatte?«

Wegener nahm die Lungen in die Hand, betrachtete sie von allen Seiten und schüttelte nach dem ersten Blick darauf den Kopf.

»Definitiv nicht. Die Lungen sind so gesund wie die eines sportlichen Jünglings. Alles gut durchblutetes Gewebe.«

»Eine Zeugin meint, den Geruch von Schwimmbad wahrgenommen zu haben. Wahrscheinlich Chlor. Hast du in dieser Richtung etwas festgestellt?«

»Hm, auf den ersten Eindruck nicht. Aber als ich die Leiche auf den Tisch bekam, waren ja schon viele Stunden vergangen.«

»Das wäre vielleicht ein Hinweis auf die Todesursache.«

»Bei seinem Beruf als Physiotherapeut ist ja dieser Geruch nichts Ungewöhnliches. Aber bei der Untersuchung des Lungenwassers werden wir noch einmal darauf achten und Vergleiche anstellen. Notfalls müssen wir Proben von Pools und Schwimmbädern nehmen. Das wird dann langwierig.«

Nach einer weiteren Stunde war die Obduktion beendet, die Organe aus den einzelnen Körperhöhlen lagen in Metallschalen und warteten auf die Untersuchungen in feineren Schritten, und das würde Tage bis Wochen dauern.

Ein letzter Blick auf den aufgeklappten Rumpf der Leiche, und Huber verabschiedete sich.

Auf dem Heimweg rief er Katrin Lund vom Auto aus an.

Sie saß am Frühstückstisch, als ihr Handy klingelte. Lena und Tabea waren schon lange aus dem Haus.

»Huber hier. Guten Morgen.«

»Ist es ein guter Morgen?«, fragte Katrin und ließ den Blick aus dem Fenster schweifen. Offensichtlich war es ein guter Morgen, die Sonne schien erbarmungslos.

»Sind Sie noch in Husum?«

»Ja, ich versuche den Kater, der sich gerade seine Krallen an meinem Gehirn wetzt, zu vertreiben.«

»Ich hab den ersten Bericht fertig. Sind Sie in der Lage zu kommen, damit ich das Protokoll Ihrer Aussage aufnehmen kann?«

»Ich werde hier so in einer halben Stunde losfahren. Auf dem Heimweg schaue ich bei Ihnen rein, okay? Reicht das? Ich muss mich hier erst einmal restaurieren.«

»Bis später also. Ich bin den Rest des Vormittags im Büro. Sie wissen schon: langweilige Schreibtischarbeit. Ach übrigens … ein guter Tipp bei Folgeerscheinungen übermäßigen Alkoholkonsums: ein Viertel Liter Wasser, ein Viertel Liter Apfelsaft, einen Teelöffel Salz, einen Esslöffel Zucker, einen Esslöffel Honig. Alles gut verrühren und zügig in langsamen Schlucken trinken. Bringt Ihren Elektrolythaushalt wieder auf Vordermann.«

Stattdessen ließ Katrin noch einen Espresso durch die Maschine laufen. Eines der wenigen Dinge, die Lenas Ire mit einem Faible fürs Italienische ihr nach der Scheidung hinterlassen hatte: die Espressomaschine. Damit war schon die Zubereitung eines Kaffees die pure Freude.

Dann endlich rief sie Sebastian an. Und diesmal erreichte sie ihn.

*

Irgendwann bin ich wohl doch eingeschlafen. Jedenfalls habe ich jetzt einen einigermaßen klaren Kopf und weiß, was zu tun ist. Ich werde selbst herausfinden, wer Papa umgebracht hat. Ich brauche Klarheit. Auch wenn dabei herauskommt, dass ich es war. Oder vielleicht doch Mama.

8

Huber musste das Bild der aufgeschnittenen Leiche loswerden. Sein Schreibtisch lag übervoll mit Akten und Mappen. Zeit, aufzuräumen und Platz für den aktuellen Fall zu machen. Er begann in der Mitte und arbeitete sich dann zu den äußeren Stapeln vor. So vorteilhaft ein großer Schreibtisch war, so unvorteilhaft war er für jemanden wie ihn, der dazu neigte, die Dinge liegen zu lassen und nicht zurückzuräumen.

Katrin Lund lehnte schmunzelnd im Türrahmen und hatte ihn wohl schon eine Zeit lang beobachtet, als er sie endlich bemerkte.

»Ah, Frau Lund. Schön, dass Sie da sind.« Er deutete mit der Hand zum Stuhl vor seinem Schreibtisch. Er raffte den Stapel Akten zusammen, den er darauf abgelegt hatte, und hievte ihn auf das Sideboard. »Nehmen Sie Platz«, und Katrin tat wie geheißen.

»Dann wollen wir mal.« Huber schaltete seinen PC an. »Ach, möchten Sie etwas trinken? Vielleicht einen ziemlich verbrannt schmeckenden Kaffee aus unserem Automaten?« Er zog einen Mundwinkel zu einem ironischen Grinsen hoch.

»Wenn Sie Wasser hätten. Ich glaube, damit ist meinem Stoffwechsel gerade mehr gedient.« Katrin lehnte sich in ihrem Stuhl zurück.

Huber erhob sich und holte ein Glas Leitungswasser, das Katrin in einem Zug leerte, woraufhin er das Glas noch einmal füllte.

»Nur der Ordnung halber: Ich brauche noch Ihren Ausweis.«

»Wollen Sie wissen, ob ich echt bin?« Sie hob kokett die Brauen.

»Das muss dann schon alles mit rechten Dingen zugehen bei uns.«

Sie zog mit einem Griff ihr Portemonnaie aus ihrer Handtasche. Ungewöhnlich, mal eine Frau, die danach nicht stundenlang kramen muss, dachte Huber. Wieder etwas an ihr, was ihm gut gefiel.

Und dann erzählte Katrin alles noch einmal. Huber verglich das Gesagte mit den Notizen, die er und der Polizist Böge am Fundort aufgenommen hatte, und druckte dann ihre Aussage aus.

»Und, hat's geholfen?« Er blickte ihr forschend in die Augen, während der Drucker ratterte.

»Was meinen Sie jetzt?«, fragte Katrin.

»Na, der Elektrolytdrink, den ich Ihnen empfohlen hatte.«

»Ach ja … oh ja!« Katrin lächelte höflich.

Er notierte noch ihre Ausweisnummer auf dem Protokoll und legte es Katrin zur Unterschrift vor. Als sie es gelesen hatte, ergriff sie den Kugelschreiber, den Huber ihr hingelegt hatte – es war nicht sein Montblanc –, und unterschrieb.

»Was glauben Sie? Ist der ermordet worden?« Katrin steckte ihren Ausweis wieder ein.

»Ich darf nichts glauben, Frau Lund. Ich muss die abschließenden Untersuchungen abwarten.«

»Würden Sie mich anrufen, wenn Sie Näheres wissen? Das ist mein erster menschlicher Toter. Und irgendwie bin ich neugierig geworden.«

Huber schmunzelte. »Aber in Ihrem Ausweis steht Katrin Lund und nicht Jane Marple!«

Katrin lachte. »Miss Marple war, soweit ich mich erinnere, eine Rentnerin, die keiner bezahlten Tätigkeit nachging. Ich hätte gar keine Zeit für Hobbyermittlungen.«

»Außerdem war Jane Marple klein und hutzelig, was man von Ihnen nicht gerade behaupten kann.«

Katrin kicherte.

»Und sollten *Sie* etwas hören, sagen Sie mir bitte auch umgehend Bescheid.«

Huber stand auf und begleitete sie zur Tür.

Das konnte Katrin ja quasi als eine Art Aufforderung verstehen, ein bisschen die Ohren offen zu halten.

»Tsss, Miss Marple.« Sie kicherte wieder.

Ein Mann, der einen zum Lachen bringen konnte. Für Katrin wäre das allein schon ein Volltreffer gewesen.

Humor war es auch, was sie so an Sebastian liebte. Es war ja nicht so, dass sie zu Beginn nicht versucht hätte, von ihm loszukommen und sich einen verbindlicheren Mann und eine verbindlichere Beziehung zu suchen. Aber wenn er sie zum Lachen brachte, gehörte sie einfach zu ihm. Sie liebte ihn dafür, und er liebte sie dafür, dass sie über seinen Humor lachen konnte.

So flossen ihre Gedanken auf der Fahrt zurück nach Sankt Peter-Ording dahin. Sie fuhr direkt zum Kurheim.

Auch sie hatte heute viel Schreibtischarbeit zu erledigen. Dieser blödsinnige Quartalsplan für die Stubenrauch. Aber sie hatte schon vor Längerem eine Methode gefunden, die Hauswirtschaftsleiterin auszutricksen. Sie machte brav ihre Pläne, übergab sie ihr, und solange sie mit ihren Ausgaben einigermaßen im Rahmen blieb, konnte die Stubenrauch ihr nichts anhaben. Mit den umliegenden Biohöfen hatte sie eine inoffizielle Abmachung, zu günstigen Konditionen Tagesrestbestände in größeren Mengen abzunehmen. So musste sie nicht nur die behandelten Lebensmittel von den Großmärkten kaufen.

Sie kopierte den Plan vom letzten Quartal in ein neues Dokument und begann, die geplanten Einkäufe den saisonalen Gegebenheiten anzupassen.

Ihre Gedanken schweiften ab. Wie Peer Petersen wohl ums Leben gekommen war? Der Kommissar hätte ihr gern schon mal etwas verraten können. Vermutungen hatte der doch bestimmt schon. Auch sie hatte Vermutungen. Da sie keine Verletzungen bei der Leiche entdeckt hatte, könnte es doch sein, dass der Mann ertrunken war oder erstickt beziehungsweise erwürgt worden war. Nun, erwürgt wohl doch eher nicht, dann hätte er bestimmt einen anderen Gesichtsausdruck gehabt.

Huber las noch einmal gründlich das Protokoll und die bisherigen Berichte. Er machte sich an das Erstellen einer Mindmap. Für ihn persönlich die beste Methode, um sich eine Übersicht und eine Struktur zu schaffen. In einer Mindmap konnte er die Beziehungen aller Beteiligten untereinander deutlicher erkennen und kennzeichnen. Er nahm sich ein DIN-A3-Blatt aus dem unteren Fach des Druckers, räumte in der Mitte seines Arbeitstischs alles beiseite und begann, das Blatt zu beschriften. Manchmal half es ihm, mit visuellen Mitteln wie Kreisen, Linien und Pfeilen Verbindungen herzustellen.

In die Mitte platzierte er einen Kreis, in den er den Namen des Toten schrieb. Während er neue Kreise drum herum zeichnete und beschriftete, tauchte die Frage in ihm auf, ob die Nacktheit des Toten eine Bedeutung hatte und, wenn ja, welche.

Er nahm ein neues Blatt, auf dem er Stichworte sammelte über das, was ihm zu Nacktheit einfiel: Unschuld, Demütigung, wollte der Täter damit eine Botschaft senden, wenn ja, welche? Wer konnte ihm sagen, was der Tote zuletzt getragen hatte? Vielleicht wurde die Kleidung vernichtet, weil Spuren daran zu finden gewesen wären?

Am nächstliegenden war es, Frau Petersen zu fragen. Allerdings war Petersen ja offenbar zuletzt auf der Arbeit gewesen. Er sollte den Spind des Opfers untersuchen. Vielleicht brachte ihn das weiter.

Katrin konnte Huber verstehen: Solange er nichts wirklich Konkretes wusste, durfte und würde er keine Informationen herausrücken. Wie schnell aus einer halbgaren Information ein überbordendes Gerücht wurde, da konnte sie selbst ein Lied von singen. Die Kurklinik war eine einzige Gerüchteküche. Nicht nur unter den Patienten und Kurgästen, auch die Mitarbeiter aus allen Bereichen gaben sich da nichts; in der Physiotherapie genauso wie in der medizinischen Abteilung, in der Küche ebenso wie beim Reinigungspersonal. Es war ein einziger Mikrokosmos, in dessen ausgedörrtem Boden jede Information gierig wie lang ersehnter Regen aufgesogen wurde und dann die herrlichsten und buntesten Blüten trieb.

Jeanette kam herein und stellte einen Teller mit verschiedenen Kuchenvariationen vor Katrin auf den Schreibtisch. Dazu einen Becher dampfenden Kaffees.

»Meine Rettung! Jeanette, du bist ein Schatz.«

»Wir haben heute früh mal die Regale ausgeräumt und Mehl und Zucker entdeckt, die dringend verarbeitet werden mussten. Butterkuchen mit Mandeln, Frankfurter Kranz und Himbeerkuchen. Lass es dir schmecken.«

»Kohlenhydrate sind genau das, was ich jetzt brauche.«

Jeanette verschwand wieder in der Küche, und Katrin loggte sich ins Internet ein. Sie googelte nach den unterschiedlichsten Arten, qua Ertrinken zu Tode zu kommen. Schon nach ein paar Klicks las sie, dass der erste Gitarrist der Rolling Stones, Brian Jones, ertrunken in seinem Swimmingpool gefunden wurde, offensichtlich vollgepumpt mit Drogen. Nach seinem Rauswurf bei den Stones war wohl sein Drogenkonsum rapide gestiegen.

Aber der Petersen schien ihr kein Junkie gewesen zu sein. Na, merkwürdig war er schon irgendwie gewesen, immer kurz angebunden, rannte zielgerichtet durch die Flure, man sah ihn nie mit den Kollegen schwatzen. Aber Drogen? Das konnte sie sich nicht vorstellen. Dafür hatte sie einen Blick. In der Kurklinik liefen unter den Gästen auch immer mal welche herum, die Drogen nahmen, auch Leute, wo man es nicht denken würde oder wollte. Anwälte, Richterinnen, Lastwagenfahrer, Erzieherinnen, Ärzte, lauter Berufe, die für das Leben von Menschen verantwortlich zeichneten, unmittelbar oder mittelbar. Sie sah große Pupillen, aufgedunsene Haut, Akne bei Erwachsenen, leere Blicke oder blinden Aktionismus. Die dachten, sich hier so durchlavieren zu können. Die meisten allerdings wurden von den Ärzten erkannt und dann weiterverwiesen oder wieder nach Hause geschickt, denn für Suchterkrankungen waren sie hier im Ebbe und Flut nicht ausgerichtet.

Jeanette kam wieder herein und wollte das Geschirr abräumen. Schnell stopfte Katrin sich die letzten Krümel des Kuchens in den Mund und trank mit gierigen Schlucken den Kaffee aus.

»Also frisch ans Werk«, motivierte sie sich selbst.

Sie durchsuchte das Lager nach Obst und Gemüse für ihren abendlichen Vortrag. Den wollte sie den Gästen natürlich mit Kostproben schmackhaft machen: Auberginen, Zucchini, Möhren, Paprika, Zitronen, Knoblauch, Perlzwiebeln, dazu frisch geschnittenen Rosmarin und Thymian aus dem Kräutergarten hinter der Küche.

Zucchini und Auberginen in Streifen schneiden und goldbraun braten, halbe Paprika in den Ofen, danach die Haut abziehen. Olivenöl und den Saft der Zitronen im Einmachglas verquirlen, das Gemüse und die Kräuter hinein und dann im Wasserbad köcheln lassen. Bis zum Abend wäre es genügend durchgezogen, und das Öl konnte sie gleich fürs Dressing auf die Salatbar am nächsten Mittag stellen. Zu dem Gemüse buk sie Ciabatta aus Weizenvollkorn- und Dinkelmehl. Eins mit Oliven, eins mit Rosmarin und eins pur. An Obst fand sie Feigen, Granatäpfel, Pfirsiche, Aprikosen.

Der Petersen ging ihr nicht aus dem Kopf.

Sie verrichtete alltägliche Handgriffe, die ihr Gehirn nicht beanspruchten. Das musste aufhören, sie wollte nicht immer an den Toten denken! Womit nur konnte sie ihr Gehirn ablenken? Ach ja, der Quartalsplan.

Sie setzte sich wieder an ihren Computer, und es funktionierte. Irgendwann war sie so im Planen und Kalkulieren gefangen, dass ihre Konzentration keine anderen Gedanken mehr zuließ. Ausdrucken, fertig.

Sie schob die Blätter ordentlich zusammen und machte sich damit auf den Weg zur Stubenrauch.

Auf dem Weg ins Büro der Hauswirtschaftsleiterin kam ihr eine Idee.

*

Als Mama heute Morgen mit dem Pastor nach Kiel gefahren ist, bin ich runter in die Werkstatt im Keller und hab rumgewühlt, weil ich gehofft hatte, irgendwas zu finden, was mir einen Hinweis gibt. An der Wand über der Werkbank hing ein Kalender mit tollen Landschaftsfotos aus aller Welt und auch Fotos von uns. Von Mama und mir zusammen oder einzeln und eins, wo wir alle drei drauf waren und in die Kamera lachten. Ich weiß noch, wann das war. Vor vier Jahren beim Biikebrennen. Da war alles noch in Ordnung.

Er hat alles Mögliche aufgehoben: alte Regalbretter, in den Schubladen Schrauben und Nägel, Scharniere von Schränken, die entsorgt wurden. Und dann fand ich in einer der Schubladen ein Foto. Muss schon älter sein, die Farben sind schon etwas verblichen. Wer ist das? Erst als ich das Licht über der Werkbank anmachte, sah ich einen Mann mit län-

geren schwarzen Haaren. Wenn der unförmige Jogginganzug nicht gewesen wäre, hätte ich gedacht, das ist ein Mädchen. Warum hatte Papa dieses Foto hier? Und dann noch in der Schublade versteckt.

9

Huber trieb es hinaus. Er holte sich den Schlüssel für den Dienstwagen und fuhr nach Sankt Peter-Ording. Überraschend irgendwo aufzutauchen war meistens die beste Strategie, um an Informationen zu kommen. Er wollte sich genauer im Enzian umhören.

Die Autofahrt verbrachte er mit *Beggars Banquet* von den Stones. Einen Stick mit seiner persönlichen Musikdatei trug er als Schlüsselanhänger immer bei sich. Er drückte den Track *No Expectations* und stimmte lauthals ein – quasi als Selbstbeschwörung, auch, um das Kopfkino mit Katrin Lund auszublenden.

Da hatte noch der gute alte Brian Jones die Sitar gespielt. Huber durchwehte ein wehmütiges Gefühl über den unwiederbringlichen Verlust seiner Jugend. Außer im Auto konnte er sich seiner Rockmusikvergangenheit nirgends in voller Lautstärke hingeben.

Er war fünfzehn gewesen, als er das erste Mal ein Mädchen geküsst hatte. Mit fünfzehn! So alt, wie sein Sohn jetzt war. Und so alt, wie Sven Petersen war. Er empfand sich als echten Spätzünder. Alle anderen hatten ihre ersten Küsse schon mit dreizehn oder vierzehn probiert. Klassenfest. Lange schon hatte er es auf ein Mädchen eine Klasse unter ihm abgesehen. Claudia mit den wilden dunkelbraunen Locken und der etwas zu großen Nase. Beim Discjockey hatte er sich *Angie* von den Stones gewünscht. Als er die ersten Takte hörte, schritt er entschlossen zu ihr hinüber – wenn er sich jetzt nicht traute, dann nie mehr, das wusste er – und forderte sie zum Tanzen auf. Sie strahlte ihn an, und ihre Arme umschlangen seinen Körper, so als ob sie auf ihn gewartet hatte. Ihr Kopf legte sich ganz selbstverständlich an seine Brust. Er hatte Angst, dass sie sein Herz wummern hören könnte. Doch dann machte sich eine große Ruhe in ihm breit, und auch er legte seine Arme um sie. Eigentlich war es alles ganz einfach. Obwohl es ein so trauriges Lied war, fühlte er sich glücklich; er hielt das Mädchen, das sein Herz berührt hatte, in seinen Armen, und sie erwiderte offensichtlich seine Gefühle. Er hob ihren Kopf an, sodass sie ihn ansehen musste. Sie strahlte noch immer. Er beugte sich zu ihr hinunter und küsste sie. Ihre Lippen fanden so selbstverständlich zueinander, als ob sie schon seit Jahren ein Paar gewesen wären.

Fünf Jahre blieben sie zusammen, und *Angie* war zu ihrem gemeinsamen Song geworden.

Als er dann zur Ausbildung fortgegangen war und sie ein Jahr später zum Studium nach Berlin, kam es, wie es kommen musste, wenn man so weit entfernt voneinander lebte: Irgendwann trennten sie sich.

Bis Sankt Peter-Ording hatte er alle Songs durchgehört.

Die Türen der Seniorenresidenz Enzian öffneten sich gerade und spuckten fünf Frauen und zwei Männer aus – einige mit, einige ohne Rollatoren –, die auf einen Kleinbus zusteuerten, der links vom Eingang geparkt war. Geduldig warteten sie, bis der Fahrer die Wagentüren öffnete und ihnen beim Einsteigen behilflich war; die Männer versuchten, sich ohne Hilfe in den Transporter zu hieven. Mit geübten Handgriffen klappte der Fahrer die Rollatoren zusammen und verstaute sie im Heck.

Als sie davonfuhren, erkannte Huber die Frau wieder, die tags zuvor ihren Blick nicht von dem knackigen Po des Pflegers hatte lassen können. Er winkte ihr zu, und sie winkte lachend zurück.

Nachdenklich blickte er dem Wagen hinterher. Wie er wohl selbst einmal alt werden würde? Wie *wollte* er alt werden? Weiterhin allein, in einer Beziehung oder in einer Gemeinschaft, in der er seine Bedürfnisse unter einen Hut bringen konnte? Aber vielleicht konnte er dann gar nicht mehr wählen.

Im Foyer der Residenz suchte er auf der Hinweistafel nach der physiotherapeutischen Abteilung. Er ging einen langen Flur entlang, an dessen Wänden Drucke von Emil Noldes farbenprächtigen schleswig-holsteinischen Gemälden hingen, deren kräftiges Blau, Gelb, Rot und Grün einem gleich die Stimmung aufhellten. Hinter den geschlossenen Türen der Physiotherapie-Abteilung hörte er Stimmen murmeln, stöhnen und ächzen. Neben den Türen hingen jeweils Schilder, die vermuten ließen, was dahinter vor sich ging. Dann ein Schild *Büro Physiotherapie*. Er hielt inne und klopfte. Keine Antwort. Er klopfte ein zweites Mal, und diesmal öffnete sich die Tür. Eine hagere, drahtige Frau mit breiten Schultern, sicher Mitte bis Ende fünfzig, empfing ihn. Sie war etwa einen Kopf kleiner als er. Die schwarz gefärbten Haare hatte sie zu einem Pferdeschwanz hochgebunden, und ihre bloßen Arme waren muskulös und sehnig. Für ihr Alter wirkte alles ein bisschen zu jugendlich. Das Gesicht allerdings ließ keine Fragen übrig. Aber immerhin schien sie sich gegen Botox und Silikon entschieden zu haben. Und allein das machte sie schon fast sympathisch.

»Guten Tag, ich bin Kriminalkommissar Huber.«

»Ach so. Ja. Ich habe schon mit Ihnen gerechnet. Äh … ich bin Sabine Kleber.«

Ihre tiefe Stimme erschreckte ihn im ersten Moment. Sie passte nicht zu ihrer äußeren Erscheinung.

»Kann ich reinkommen und Ihnen ein paar Fragen stellen?«

Sie wies mit der Hand auf einen Stuhl vor ihrem Schreibtisch, auf dem Huber sich niederließ. Sie setzte sich hinter den Tisch und blickte ihn erwartungsvoll an.

»Was haben Sie hier für eine Funktion inne?« Huber zückte seinen Notizblock und seinen Stift aus der Innentasche seines Jacketts.

Sabine Kleber atmete tief ein. »Ich bin hier die Abteilungsleiterin.« Kaum hörbar schob sie ein »Noch« hinterher.

Huber merkte auf. »Was soll das heißen?«

Sabine Kleber drückte den Rücken durch.

»Das heißt, dass hier gerade alles umstrukturiert wird. Dank der ständigen Gesundheitsreformen bezahlen die Krankenkassen weniger und weniger. Wir müssen im Gegenzug mehr und mehr neue Zuständigkeiten erarbeiten und Angestellte entlassen. Was bedeutet, dass immer weniger immer mehr arbeiten müssen.«

Da kann sie eine Nummer ziehen und sich hinten anstellen, dachte Huber; das war mittlerweile Standard in der Arbeitswelt.

»Das heißt, das Arbeitsklima ist nicht gut?«

»Man kann sagen, es brodelt.«

»War Peer Petersen auch von einer möglichen Entlassung betroffen?«

»Nein«, erwiderte sie schroff. Es schien, als wollte sie noch etwas sagen, schluckte es aber hinunter. Sie wandte ihren Blick aus dem Fenster.

»Gab es hier Mitarbeiter, die Herrn Petersen gegenüber feindlich gesonnen waren? Oder hatte er Streit mit jemandem?«

Sabine Kleber schaute nach wie vor aus dem Fenster. Sie blinzelte kurz. »Nicht, dass ich wüsste.« Erst jetzt blickte sie Huber wieder an.

»Wie lange war er schon hier beschäftigt?«

»Das kann ich Ihnen ganz genau sagen, weil ich gerade alles für die Personalabteilung zusammenstellen musste.« Sie machte eine Datei auf ihrem Bildschirm auf und scrollte das Bild hinunter. »Er ist … äh … er war seit sieben Jahren und acht Monaten hier beschäftigt.«

»Ist das lange für Ihr Haus?«

»Ja, schon. Fünf Jahre ist bei uns eigentlich der Durchschnitt.«

»Hat Herr Petersen hier einen Spind oder einen Schrank?«

»Ja, alle Angestellten haben einen Spind.«

»Den muss ich mir ansehen. Haben Sie einen Schlüssel?«

Sabine Kleber sprang auf, offenbar dankbar, sich wieder bewegen zu können. Sie griff nach dem Schlüsselbund auf dem Schreibtisch und hielt einen der Schlüssel hoch. »Hier. Generalschlüssel.«

Auch Huber erhob sich.

Sie ging voraus, und Huber fiel ihr wippender Gang auf, der mit dem Wippen ihres Pferdeschwanzes korrespondierte.

Drei Türen weiter befand sich der Umkleideraum für die männlichen Mitarbeiter. Es sah aus wie im Sportstudio der Polizeistelle in Husum, offenbar der gleiche Einrichtungsplaner – alles in einem freundlichen, aber langweiligen Beige. In der Mitte des Raumes eine Bank und rechts und links davon die Spinde.

»Öffnen Sie mir bitte seinen Spind.«

Huber hielt kurz inne, da er meinte, ein Geräusch gehört zu haben. Aber nein, er hatte sich wohl getäuscht. Er zog sich seine Latexhandschuhe an. Sabine Kleber schloss einen Spind auf und wandte sich zum Gehen.

»Moment!«, rief Huber.

»Was?«, fragte sie unwirsch, mitten im Schritt innehaltend.

»Ich brauche Sie als Zeugin. Sie müssen mir leider zugucken.«

»Muss das sein? Ich habe wirklich viel zu tun.«

»Ja, das muss sein.« Hubers Geduld mit dieser übertrieben geschäftigen Frau stieß allmählich an ihre Grenzen. Er sandte ihr einen strengen Blick zu. Mit hörbarem Ausatmen ließ sich Sabine Kleber auf die Bank plumpsen und verschränkte Arme und Beine.

»Na gut.« Sie versuchte, wahrscheinlich aus Respekt vor ihm als Kriminalkommissar, Contenance zu bewahren.

Huber holte alles aus dem Spind heraus und legte es auf der Bank aus: Straßenkleidung, eine Schachtel mit unbenutzten Latexhandschuhen, ein Asthmaspray, zwei weiße Handtücher, eine Armbanduhr, ein Paar Straßenschuhe und ein Paar Sportschuhe.

Huber machte Fotos von den Sachen und bat Sabine Kleber, in dem Raum zu bleiben, bis er mit Asservatentüten wiederkäme.

Er lief zum Auto, kramte die Tüten aus der Kiste und hastete wieder zurück.

Sabine Kleber stand jetzt vor dem Fenster und blickte auf den gepflegten parkähnlichen Garten.

Huber zückte seinen Montblanc und seinen Block und listete all die Gegenstände auf, die er dann sorgsam in einzelne Tüten einpackte und diese mit dem Zipper verschloss.

»Sie müssen hier bitte einmal quittieren.« Er deutete mit dem Stift auf die Liste.

Ohne die Liste noch einmal zu überprüfen, setzte Sabine Kleber ihre Unterschrift darunter. Sie drückte ihm seinen Stift in die Hand und wollte den Raum verlassen.

»Bitte schließen Sie den Spind ab.« Langsam machte es Huber Spaß, die Frau zu nerven.

Hätte sie gekonnt, hätte sie jetzt Feuer aus ihren Nasenlöchern gespien.

Mit lautem Schlüsselgeklimper verschloss sie den Spind.

Sie begleitete Huber bis zur Eingangstür der Residenz, wo er sich von ihr verabschiedete.

»Ich muss dann wieder.« Sabine Kleber erwiderte Hubers Händedruck. »Sie wissen schon, Leute entlassen.«

Wow, dachte Huber, die kann aber zynisch sein!

Abrupt drehte sie sich um und marschierte mit wippendem Pferdeschwanz davon.

Huber verstaute die Tüten im Kofferraum seines Dienstwagens und überlegte, ob er noch im Kurheim bei Katrin Lund vorbeischauen oder ob er doch besser die anwesenden Kollegen und Kolleginnen von Petersen befragen sollte. Entgegen seinem klopfenden Herz bei dem Gedanken an Katrin Lund entschied er sich, eins nach dem anderen zu tun. Also erst die Kollegen von Petersen befragen.

Dienst ist Dienst und Schnaps ist Schnaps. Blöd nur, dass hier beides zusammentrifft. Aber der Druck der Ermittlungen war hoch. Je schneller er zu Ergebnissen kam, desto schneller konnte der Mörder oder die Mörderin überführt werden.

*

In meiner Freistunde bin ich ins Enzian, weil ich in Papas Spind nachgucken wollte, ob ich was finde. Sein Schlüssel hing im Flur am Schlüsselbrett. Ich musste etliche Spindschlösser ausprobieren. Ich wusste nicht mehr genau, welcher Papa gehört, sehen ja alle gleich aus. Dann hörte ich Stimmen und Schritte auf dem Flur und bin schnell nach nebenan in den Duschraum. Ich konnte die Stimme vom Kommissar erkennen und die von der Kleber – blöde Ziege. Ich glaube ja, die war mal scharf auf Papa. Ich hab die Luft angehalten, weil ich keinen Bock hatte, entdeckt zu werden. Dann hab ich mit offenem Mund geatmet, weil das leiser ist. Der dicke Bulle hat den Spind ausgeräumt und ist dann weg, um noch was zu holen. Als ich um die Ecke linste, stand die Kleber am Fenster. Auf der Bank lag neben seinen Schuhen und Handtüchern und solchem Zeug auch mein Asthmaspray. Scheiße! Wenn die rauskriegen, dass das mir gehört, bin ich geliefert. Dann drehte die Kleber sich um und wühlte noch mal ganz hektisch in Papas Sachen. Als ob sie was Bestimmtes suchte. Gott sei Dank hat sie mich nicht entdeckt. Die war viel zu sehr damit beschäftigt, irgendwas zu finden. Dann legte sie alles so wieder hin wie der Kommissar davor. Der kam auch ziemlich schnell wieder. Als die Kleber ihn hörte, hat sie sich schnell wieder ans Fenster gestellt, als ob nichts gewesen wäre.

10

Katrin saß vor dem Schreibtisch der Stubenrauch und beobachtete sie beim Studieren des Quartalsplans. Die Unmutsfalte zwischen ihren Augenbrauen wurde immer tiefer. Dann blickte sie Katrin an und begann das Gespräch mit der üblichen Bemerkung.

»Das ist ja wieder viel zu kostspielig, was Sie da geplant haben. Ich sage es Ihnen jedes Mal, dass wir sparen müssen. Und es scheint Sie überhaupt nicht zu interessieren.«

»Bei aller Liebe, wir müssen jeden Tag etwa zweihundert Patienten mit Frühstück, Mittagessen, Kuchen und Abendessen satt bekommen. Ich weiß nicht, wo ich noch sparen soll.« Katrin rutschte unruhig auf ihrem Stuhl herum.

»Okay, wir können es auch so machen, dass ich Ihnen eine bestimmte Summe zur Verfügung stelle und Sie dann damit auskommen müssen.« Die Hauswirtschaftsleiterin klatschte die Blätter zusammen und schob sie Katrin über den Tisch.

Katrin wusste, dass es leere Drohungen waren. Es war wie ein Spiel, das sie alle drei Monate aufs Neue spielten. Und trotzdem regte sich Katrin jedes Mal aufs Neue darüber auf. Sie bekam im wahrsten Sinne des Wortes einen dicken Hals. »Frau Stubenrauch, ich weiß nicht, warum wir immer wieder die gleiche Diskussion führen müssen. Sie wissen, dass ich bei dem, was wir anbieten, nicht mit weniger Mitteln auskommen kann.«

Sie schnappte sich die Unterlagen, stand auf und verabschiedete sich nur mit einem Kopfnicken.

»Wir machen es, wie ich es gesagt habe!«, rief ihr die Stubenrauch hinterher.

Katrin konnte sich gerade noch beherrschen, nicht die Tür hinter sich zuzuknallen.

Sie stapfte in ihre Küche und mischte sich unter ihre Leute, die in den letzten Zügen der Zubereitung des Mittagessens waren. Sie linste hier und da über die Schulter in die Töpfe, probierte und fand lobende oder kritische Worte.

Sie musste sich irgendwie ablenken, ihren Zorn über die Stubenrauch und ihre wirren Gedanken um den Toten in die richtigen Bahnen bringen.

Mit klaren Ansagen schickte sie die Servicekräfte mit den Platten hinaus an die Tische.

Sie würde ihre Mutter bitten, im Heim ein bisschen über den Petersen zu recherchieren. Vielleicht fanden sie ja zusammen etwas heraus. Ermittlerduo Lund und Lund oder Lund und Tochter oder Lund und Mutter. Sie schmunzelte.

Kurz bevor die Kurgäste fertig gegessen hatten, gesellte sich Katrin an deren Tische, um die Stimmung über das Essen und das, was geschehen war, einzufangen. Der Tote war als Gesprächsthema in aller Munde, darüber gab es keinen Zweifel.

Die Befragung von Petersens Kollegen, die gerade Schicht im Enzian hatten, hatte keine neuen Erkenntnisse gebracht. Alle hatten nachvollziehbare Alibis, und Motive hatte Huber auch nicht entdecken können.

Also fuhr er ins Ebbe und Flut. Schnurstracks marschierte er in den Speisessaal der Kurklinik. Dort sah er Katrin an einem der Tische im Gespräch mit den Gästen. Er schlich sich unbemerkt heran und blieb ein paar Meter hinter ihr stehen.

»Oh, wir haben gehört, dass Sie gestern eine Leiche gefunden haben.« Erwartungsvoll blickten Katrin die blau geschminkten Augen einer honigblond gefärbten Übergewichtigen an. Der Mann neben ihr stupste ihr mit dem Ellenbogen in die Rippen – wegen der vertraulichen Geste offenbar ihr Mann oder vielleicht ihr Kurschatten. Jetzt wollten die anderen Gäste am Tisch auch die Einzelheiten von dem Leichenfund wissen, und dass sie dabei gerade Hähnchenschenkel verspeisten, störte sie nicht im Geringsten.

Lasst doch die arme Frau in Ruhe!, dachte Huber. Doch Katrin drehte den Spieß um und erzählte ausführlich, wie totes Fleisch aussah und wie es sich anfühlte. Als sie bemerkte, wie die Gäste am Tisch immer stiller wurden, schob sie mit einem freundlichen Lächeln nach: »Schmeckt es Ihnen denn, meine Damen, meine Herren?«

Ein stummes Nicken und ein starrer Blick auf die Teller vor ihnen waren die Antwort.

Huber musste grinsen.

Die Kurgäste an den Nachbartischen hatten große Ohren bekommen, und als Katrin sich an ihre Tische wandte, wurde das Gespräch ohne Umwege auf das Essen gelenkt. Wie gut gewürzt es war, dass die Kartoffeln noch nach Kartoffeln schmeckten und dass das Gemüse nicht zu zerkocht sei.

Einige gaben aber auch ihrer Besorgnis Ausdruck, ob sie hier überhaupt noch sicher waren und ob sie nicht lieber die Kur abbrechen sollten.

Jetzt hatte Huber seinen Auftritt. Er stellte sich neben Katrin, zwinkerte ihr zu, stellte sich den Gästen vor und versuchte, sie mit beschwichtigenden Worten zu beruhigen. Die ließen Gabel und Messer fallen, Hähnchenschenkel sein und bestürmten ihn mit ihren Fragen.

Huber fühlte sich von Katrin beobachtet, und nun war sie es, die grinste. Schnell und professionell beruhigte er die verbal auf ihn einstürmende Masse und hob beschwichtigend die Hände. Schließlich konnte er sich loseisen.

»Mögen Sie einen Kaffee mit mir trinken?«, fragte ihn Katrin.

»Genau das hatte ich gehofft, gefragt zu werden«, sagte er. »Allerdings nur, wenn ich Sie nicht von Ihrer Arbeit abhalte?«

»Nein, ich bin froh über Ablenkung. Ich kann sowieso nur an das eine denken … Äh … Also, ich meine die Leiche.« Sie hüstelte.

Sie ging ihm voraus. Huber folgte ihr. Er spürte die neugierigen und amüsierten Blicke, die ihnen folgten. Kaum öffnete Katrin die Tür zur Küche, hörte er das Getuschel in seinem Rücken.

»Espresso, Cappuccino, Latte macchiato, Latte mit Karamell, Latte mit Haselnuss … ich habe alles da. Das ist wie bei Starbucks.«

Huber lachte. »Klein, schwarz und süß. Und bitte nur nach Kaffee schmeckend.«

Katrin führte ihn in ihr Büro.

Die Espressomaschine stand auf dem Sideboard. Katrin drückte den roten Knopf.

»Dauert einen kleinen Moment. Setzen Sie sich doch.« Sie deutete auf den Hocker vor ihrem Schreibtisch.

»Sie mögen es also handbetrieben.« Huber zeigte auf die Espressomaschine, lüpfte kurz seine Anzughose über dem Knie und ließ sich nieder. Katrin beobachtete ihn belustigt.

»Ähm ... die Hose beult sonst an den Knien aus. Ich hasse das.« Er grinste. »Wenn sich das Kurhotel für seine Angestellten solch eine Maschine leisten kann, scheint der Laden ja richtig gut zu laufen.«

»Das ist meine eigene. Ich hasse diese Kapselmaschinen. Schon unserer Umwelt zuliebe. Ich habe neulich gelesen, dass wir allein in Deutschland jährlich zwei Milliarden Kaffeekapseln an Müll produzieren. Das sind viertausend Tonnen! Manchmal bin ich froh, dass ich keine Kinder habe, denen ich diesen Müllberg Erde hinterlassen muss.«

Die Maschine begann zu schnaufen, und Katrin öffnete das Ventil, um Dampf abzulassen.

»Unsere Geschäftsführerin wollte uns so eine hier reinstellen, die man leasen kann wie ein Auto. Aber nicht mit mir. Dann lieber meine eigene.«

»Sie entwickeln ja richtig Leidenschaft«, bemerkte Huber.

»Können Sie sich das nicht von mir vorstellen?« Kokett grinste Katrin ihn an.

Sie gab zwei gehäufte Löffel Espresso in den Filter, stampfte den Kaffee fest und klemmte den Siebträger mit dem Espresso unter Körpereinsatz am Brühsieb fest. Sie drehte den Kopf zu Huber und lächelte ihn an. »Gleich faucht sie.«

»Solange es nur die Maschine ist«, sagte er mit einem Augenzwinkern.

Sie ließ noch einmal Dampf aus der Maschine ab.

»Übrigens kann mir sehr gut vorstellen, dass Sie wie eine Löwin kämpfen, wenn Sie sich für eine Sache einsetzen.«

Sie stellte zwei Tassen auf die Ablage und drückte behutsam den Hebel hinunter. Der wohlriechende, schwarze Saft tropfte in die Tassen.

»Je älter ich werde, desto lieber benutze ich allerdings List und Tücke.« Sie stellte braunen Zucker auf den Schreibtisch und dazu die beiden Tassen. Aus der Schublade zauberte sie eine kleine Dose mit Keksen hervor. »Heidesand.«

»Oh, meine Lieblingskekse. Danke.« Huber nahm sich einen. Dann ließ er einen gestrichenen Teelöffel voll Zucker in den Espresso rieseln und rührte und rührte und rührte.

»Wenn Sie noch weiterrühren, ist der Espresso kalt.« Beherzt nahm Katrin ihm den Löffel aus der Hand und legte ihn auf die Untertasse. »Warum sind Sie eigentlich hier?«

Unverwandt blickte er sie an. »Äh … äh …«, stammelte er. Dann fing er sich wieder. »Ich war heute früh bei der Obduktion von Petersen. Der ist ertrunken, allerdings nicht im Meer.« Augenblicklich biss er sich auf die Lippen.

»Dürfen Sie mir eigentlich so etwas erzählen?«

»Natürlich nicht. Verstehen Sie es als eine Art Zeugenbefragung. Und vielleicht fällt für mich dabei Ihr Blick einer Außenstehenden ab.«

»Ich bin ganz Ohr.« Katrin setzte sich gerade hin. »Ah. War das mit dem Chlorgeruch hilfreich?« Sie trank ihren Espresso mit einem Schluck aus.

»Der Rechtsmediziner fand es nicht so ungewöhnlich, da er ja Physiotherapeut war und wohl auch in der Badabteilung gearbeitet hatte. Aber ich behalte das im Kopf. Wer weiß, vielleicht kann die Information doch noch nützlich sein.«

Huber stellte seine Tasse ab und fuhr fort: »Er hatte eine kleine blutige Stelle an der Augenbraue und ein dazu passendes Veilchen. Sonst konnte der Rechtsmediziner erst mal nichts weiter finden bis auf ein paar Druckstellen an den Unterarmen, am Rücken und in den Kniekehlen. Und die können nicht von der Bank am Leuchtturm kommen. Die Untersuchungen von Blut und Mageninhalt dauern noch. Aber interessant war es vorhin im Enzian. Ich habe mir seinen Spind zeigen lassen. Auf den ersten Blick auch nichts Besonderes. Was fehlte, war seine Arbeitskleidung, dafür standen aber seine Straßenschuhe zusammen mit den Arbeitsschuhen im Spind.«

»Und was ist daran merkwürdig?«, hakte Katrin nach.

»Warum sind seine Sportschuhe im Spind, aber nicht seine Arbeitskleidung? Was ist damit? Der Tote war ja nackt, als Sie ihn fanden.«

Katrin dachte nach. Brian Jones kam ihr in den Sinn. »Ich hätte gesagt: Vielleicht ist er schwimmen gewesen, deshalb auch der Chlorgeruch. Aber wo ist dann die Arbeitskleidung?«

Huber schwenkte den letzten Schluck Espresso in der Tasse. »Ja, na ja …«, er trank den Rest und verzog das Gesicht, »schon kalt geworden … Ich muss dann auch wieder.«

Er stand auf, und Katrin tat es ihm gleich.

»Und was ist mit den Kollegen von Petersen?«, fragte sie.

»Haben alle ein Alibi, zumindest die, die heute Schicht hatten«, antwortete Huber.

Sie erzählte ihm nichts von der Begegnung zwischen dem Jungen und dem Gärtner. Wie der Frau, die sich in den Disput eingemischt hatte, tat der Junge auch ihr leid.

»Ich wünsche Ihnen einen schönen Tag.« Huber reichte ihr die Hand. Als sie seinen Handschlag erwiderte, war da wieder dieses Kribbeln. Schnell entzog Katrin ihm ihre Hand und begleitete ihn zur Tür.

»Ach, noch etwas.« Er drehte sich zu ihr. »Wissen Sie zufällig, ob Herr Petersen Asthma hatte? Der Rechtsmediziner konnte zwar nichts feststellen, aber ich habe in seinem Spind ein Spray gefunden.«

Katrin zuckte mit den Schultern. »Ich kannte ihn ja eigentlich gar nicht.«

Huber drückte zum Abschied Katrins Hand einen Moment zu lang, sah ihr einen Moment zu lang in die Augen und sagte dann: »Auf Wiedersehen.«

»Auf Wiedersehen. Es wäre schön, wenn Sie mich weiterhin auf dem Laufenden hielten.«

»Darum möchte ich Sie auch bitten.«

»Mich? Was sollte ich schon herausfinden?«

»Ich sehe da etwas an Ihrer Nasenspitze …«

Unwillkürlich wischte Katrin mit Daumen und Zeigefinger über ihre Nase. »Nein! Niemals würde ich mich in

Ihre Ermittlungen mischen.« Sie legte so viel Überzeugung wie möglich in diesen Satz.

Als sie die Tür hinter Huber schloss, spürte sie Hitze in ihr Gesicht steigen und fächerte sich mit der flachen Hand Luft zu. Aber ein Grinsen konnte sie nicht unterdrücken. Na, das konnte was werden!

Unruhe drang von außen durch die Bürotür. Sie überprüfte ihr Gesicht im Spiegel – keine Röte mehr – und ging in die Küche. Sie lugte durch die Tür zum Speisesaal. Die letzten Kurgäste schoben gerade ihre Stühle an die Tische und verließen das Schlachtfeld.

Erst wenn der letzte Gast den Raum verlassen hatte, durften die Tische abgeräumt werden. Jetzt aber stürmten die Mitarbeiter mit sechs Geschirrwagen heraus und stellten Teller, Schalen und Schälchen, Gläser und Tassen mit lautem Geklapper zusammen. Innerhalb weniger Minuten gab es von der Speisung der Tausenden keine Relikte mehr. Jungfräulich und ruhig strahlte der Saal in der Mittagssonne, um dann zur Kaffeezeit wieder den gleichen Ansturm zu erleben.

Heute war Freitag, und am frühen Abend würde Katrin Sebastian vom Flughafen in Hamburg abholen. Eigentlich freute sie sich darauf, das Wochenende ausschließlich mit ihm zu verbringen. Nun allerdings, nach den Begegnungen mit Huber, war sie doch ein bisschen verwirrt. Irgendetwas lief da zwischen ihnen. Sie schüttelte sich wie ein Hund, um ihre Gedanken zu zerstreuen.

Die Mittagspause würde sie dazu nutzen, ihre Mutter zu besuchen. Und vielleicht erfuhr sie bei der Gelegenheit etwas mehr über den Toten. Mit ihr oder ihrer Mutter würden die Leute sicherlich lieber sprechen als offiziell mit der Polizei. Und wenn sie dann noch eine Runde Kaffee spendierte, sollte das wohl die Zungen lockern.

Huber wollte noch einmal die Witwe besuchen, bevor er nach Husum zurückfuhr. Das Wochenende als Wochenende zu erleben konnte er sich wohl abschminken. Das war das Negative daran, dass er nun einen Fall hatte. Es gab so gut wie keine Freizeit mehr.

Er fuhr zur Polizeistation SPO und bat einen von der Trachtengruppe – wie sie im Polizeijargon hieß – um Begleitung.

Als Frau Petersen die Tür öffnete, war ihr Blick klar, auch ihre Bewegungen waren eindeutig geschmeidiger als am Tag zuvor. Sie bat die beiden mit einer Geste ins Haus. Wieder nahmen sie am Esstisch im Wohnzimmer Platz.

Huber bat den Polizisten, vor der Tür zum Esszimmer stehen zu bleiben, aber so, dass er alles hören konnte. Er selbst folgte der Witwe.

»Frau Petersen, ich habe leider noch ein paar Fragen.« Er holte seinen Stift und seinen Notizblock heraus. Er hätte das Gespräch auch mit dem Handy aufnehmen können, aber sein Stift hatte magische Bedeutung für ihn – ein Geschenk seiner verstorbenen Frau –, deshalb schrieb er seine Notizen lieber auf.

»Was haben Sie und Ihr Sohn ab vorgestern bis gestern Morgen gemacht?«

Ein Schleier zog sich über Frau Petersens Augen, als ob sie sich in sich zurückzog.

Lange Zeit kam keine Antwort. Dann sagte sie: »Nachdem mein Mann zur Arbeit gegangen war, habe ich meinen Sohn in die Schule begleitet. Eine Lehrerin hatte um ein Gespräch mit mir gebeten. Er hat's grad nicht leicht in der Schule, wissen Sie.«

»Warum? Was ist los?«, fragte Huber.

»Ach, na ja, wie Jungen so sind in dem Alter. Pubertät, keine Lust auf Lernen, Orientierungslosigkeit … so was halt.«

»Wie lange hat das Gespräch mit der Lehrerin gedauert?«

»Etwa eine halbe Stunde, dann musste sie in den Unterricht.«

»Und danach? Wo waren Sie da?«

»Danach bin ich einkaufen gegangen, und dann hatte ich einen Termin beim Hausarzt.«

»Sind Sie krank?«

»Nein. Ich hatte ein bisschen Probleme mit dem Atmen. Das wollte ich abklären.«

»Und, schlimm?«

»Nein, nein!«

»Wie heißt die Lehrerin und wie der Hausarzt?«

Huber schrieb sich die Namen auf. »Und wie lange saßen Sie beim Arzt?«

»Ich glaube, so eineinhalb Stunden. Ist immer sehr überlaufen dort.«

»Und danach?«

»Danach bin ich nach Hause gegangen und habe gekocht. Ich wollte damit fertig sein, wenn Sven aus der Schule kommt.«

»Und, wann kam er?«

Frau Petersen guckte ihn verständnislos an.

»Wann kam Ihr Sohn aus der Schule?«

»Mittwochs ist er immer gegen zwei zu Hause.«

»Haben Sie dann gegessen?«

Sie nickte.

»Frau Petersen, bitte lassen Sie sich nicht alles aus der Nase ziehen!« Huber wurde ungeduldig. »Ich stelle diese Fragen, weil ich die Alibis der Personen im direkten Umfeld Ihres Mannes überprüfen muss. Und zwar lückenlos, wenn es geht. Also bitte erzählen Sie mir, was dann geschah.«

Jetzt schaute sie ihn fest an.

»Sven ist nach dem Essen wie immer in seinem Zimmer verschwunden. Erst zum Abendessen ist er wieder heruntergekommen. Ich habe nachmittags die Küche sauber gemacht und mich dann an die Nähmaschine gesetzt. Ich nähe ab und zu für Bekannte und Nachbarn. Nach dem Abendessen haben wir dann zusammen Fernsehen geguckt. Dann ist Sven ins Bett, und ich habe noch gewartet. Ich habe versucht, meinen Mann auf dem Handy anzurufen, aber er ging nicht ran. Ich habe nichts auf dem Anrufbeantworter hinterlassen, weil ich dachte, der macht wieder eine seiner typischen Touren.«

»Was waren das für Touren?«

»Er zog gerne mal durch die Kneipen der Nachbardörfer.«

»Um da was zu tun? ... Frau Petersen, bitte!«

»Um sich da zu betrinken. Wir führten keine sonderlich glückliche Ehe mehr. So, jetzt wissen Sie es! Und mein Sohn und ich waren bis zum nächsten Morgen hier im Haus.«

Sie verschränkte die Arme vor der Brust und blickte nachdrücklich aus der Terrassentür. Huber wusste, dass es jetzt keinen Zweck mehr hatte zu insistieren. Oben meinte er eine Tür schließen zu hören.

*

Der Bulle ist wieder da. Sitzt schon 'ne ganze Weile unten bei Mama. Ich glaub, der verdächtigt einen von uns. Ich kann das nicht glauben. Ich muss meine Gedanken sortieren. Wenn Mama es tatsächlich war, muss ich irgendwas unternehmen. Die hat so gelitten die letzte Zeit, da gehört sie nicht auch noch bestraft. Was ist, wenn sie sich einfach mal gewehrt hat? Und was soll ich tun, wenn ich es gewesen bin? Wenn er gestorben ist, als ich weg bin? Vielleicht hat er sich an der Garderobenbank den Schädel eingeschlagen und ist verblutet. Da kann er durchaus noch am Leben gewesen sein, als ich weggelaufen bin. Schließlich hat er noch hinter mir her geflucht. Vielleicht ist er da ganz allein vor sich hin gestorben. Und niemand hat ihm geholfen. Warum sagt Mama mir nichts?
Ich höre die Treppe knarren. Nichts wie weg. Der Bulle kriegt mich erst zu sehen, wenn ich irgendwie den Durchblick habe.

11

Ist Ihr Sohn zu Hause?«, fragte Huber Frau Petersen.

»Ja, der müsste oben sein. Soll ich ihn holen?«

»Nein, ich finde den Weg schon.«

Huber ging die Treppe hinauf.

»Die zweite Tür auf der linken Seite«, rief Frau Petersen von unten.

Huber klopfte, legte sein Ohr an die Tür, hörte aber keine Geräusche aus dem Zimmer. Er drückte die Klinke und öffnete die Tür. Ein dünner blauer Vorhang bewegte sich im Durchzug, das Fenster stand offen, das Zimmer war verlassen.

Er schlug mit der Faust auf den Schreibtisch des Jungen, dass die Blätter hochstieben. Verdammte Scheiße, dachte er, der Mistkerl ist getürmt.

Er schaute aus dem Fenster, konnte den Jungen aber nicht mehr entdecken.

Als er die Papiere – Geografie-Unterlagen, wie er feststellte – wieder ordnete, fand er ein Asthmaspray in der Stifteablage. Ein Foto von einem jungen Mann im Jogginganzug lehnte an einem Stapel mit Büchern. Der Mode des Jogginganzugs nach zu urteilen, musste das Foto aus den Achtzigern sein. Zu der Zeit trug man diese Anzüge aus Ballonseide. Er machte ein Foto von Spray und Foto und ging wieder hinunter.

Unten empfing ihn Frau Petersen, noch immer mit vor der Brust verschränkten Armen. »Und, was ist? Ist er doch nicht da?«

»Er scheint aus dem Fenster geklettert zu sein. Wenn er nach Hause kommt, sagen Sie ihm, er soll morgen um neun bei mir auf der Dienststelle in Husum erscheinen. Vielleicht fahren Sie ihn hin. Sie müssen als Elternteil sowieso dabei sein.«

Frau Petersen nickte nur und öffnete Huber die Tür.

»Junge, mach keinen Scheiß!«, rief Huber auf dem Weg zum Auto ins Blaue hinein. Er vermutete den Jungen in der Nähe und wollte ihm damit ein Signal geben.

Er rief Jessen-Nissen an. Wenn er Glück hatte, war der noch nicht im Wochenende. Und tatsächlich meldete er sich am anderen Ende.

»Was gibt's, Dirk?«

»Am Tatort wurde ein Asthmaspray gefunden, das mit dem Toten in Verbindung stehen könnte. Ich will jetzt noch zum Arzt fahren und den befragen. Dazu brauche ich die gerichtliche Anordnung.«

Jessen-Nissen blies seinen Atem hörbar durch den Äther.

»Was ist?«, hakte Huber nach.

»Oh Mann … ich wollte jetzt eigentlich ins Wochenende.«

Huber rollte mit den Augen. »Ey, Karsten, wir haben es hier wahrscheinlich mit einem Mord zu tun, und du denkst ans Wochenende.«

»Okay, okay …«

»Schick's mir als PDF per Mail, ja? Dann hab ich es auf dem Handy.«

Wieder hörte er Jessen-Nissens Atem, das eher einem Fauchen glich.

»Danke. Und mach dir ein schönes Wochenende, während wir hier versuchen, einen Mörder zu fassen.« Huber drückte das Gespräch weg, ohne Jessen-Nissens Antwort abzuwarten.

Er schaute auf die Uhr, dann startete er den Motor. Er könnte es noch schaffen.

Gerti Lund saß bereits auf einem Sessel in der Lounge, als Katrin auf den Vorplatz radelte. Durch die Glasfront sah sie ihre Mutter den Hals nach ihr recken. Sie strahlte übers ganze Gesicht.

»Du kommst aber heute spät, mein Schatz.« Sie hielt ihrer Tochter die Wange hin, um ihren Begrüßungskuss in Empfang zu nehmen. Sie kicherte.

»Mama, das kennst du doch nun. Ich hab nicht so regelmäßige Arbeitszeiten. Außerdem war der Kommissar noch bei mir.«

»Ach ja? Der Kommissar?« Sie zog das A in die Länge. »Komm, setz dich und erzähl mir davon. Ich will alles wissen.« Wieder kicherte sie. Sie griff nach der Hand ihrer Tochter.

Katrin war klar, woher Lena und sie ihre Neugierde hatten. Die Mutter hatte sich hier genetisch eindeutig durchgemendelt.

Katrin löste sich von ihr, holte sich und ihrer Mutter einen Kaffee aus dem Automaten und setzte sich zu ihr auf den zweiten Sessel. Als Gerti Lund den Becher mit ihren Händen umschloss, fing sie an zu lachen.

»Sag mal, Mamilein, was ist los mit dir? Hast du Lachwasser getrunken?«

Das Lachen der Mutter wirkte ansteckend auf Katrin, und auch sie musste lachen; das wiederum steckte die Mutter an. Und so endeten beide in einem Lachkrampf.

Katrin beruhigte sich als Erste wieder. »Nun erzähl mal: Was ist so lustig?«

»Ich weiß nicht, mein Schatz. Ich war vorhin bei einer der Bewohnerinnen, um ein bisschen zu plaudern, natürlich auch über unseren Toten. Wir sprachen zuerst über unsere Wehwehchen, und dann bekam ich von ihr Kaffee und Kekse.« Gerti Lund kicherte erneut. »Seitdem geht's mir irgendwie gut. Auch meine Schmerzen sind wie weggeblasen.«

»War da was drin, in den Keksen?« Katrin schwante etwas.

»Keine Ahnung. Sie sagte, sie bekäme sie vom Gärtner. Und ihr helfen sie gegen die Arthritis.«

»Soso, der Gärtner ...« Mit dem würde Katrin sich mal unterhalten müssen.

Gerti Lund stellte den Becher auf den Tisch. »Aber jetzt mal im Ernst, was gibt es Neues?«

Katrin räusperte sich. »Der Tote ist ertrunken, aber nicht im Meer ... obwohl ich ihn ja am Leuchtturm gefunden habe.«

»Waaas!« Ihre Mutter war entsetzt, wie zuvor Katrins Schwester. Da schien sich mehr als *eine* Eigenschaft vererbt zu haben. »*Du* hast den gefunden?!« Sie japste nach Luft.

Katrin nahm die Hand ihrer Mutter.

»Entschuldige, Mama«, sie strich beruhigend über die zitternde, faltige Hand, »ich bin so in Gedanken daran, dass ich dachte, ich hätte dir das schon erzählt.«

»Aber nein! Wie geht's dir denn damit?«

Seit dem Tod ihres Vaters hatte sich Katrin für die Mutter und die kleine Schwester verantwortlich gefühlt und versucht, schlimme Nachrichten von ihnen fernzuhalten. Aber manchmal ließ sich das nicht vermeiden. Und manchmal rutschte ihr einfach unbedacht etwas heraus.

»Ist ja schon merkwürdig, so einen nackten toten Körper zu finden. Auch, weil es so überraschend war.« Katrin nahm einen Schluck aus dem Becher und stellte ihn wieder ab. Der Becher klapperte auf dem Tisch; diesmal war sie es, die zitterte.

Gerti Lund blickte ihre Tochter mitfühlend an. »Ach, mein armes Mädchen.«

»Kanntest du den Petersen eigentlich, Mama?«

»Na ja, kennen ist zu viel gesagt. Ich hab ab und zu bei seiner Frau etwas nähen oder ändern lassen. Da sind wir uns mal begegnet. Und hier habe ich ihn auch ein paarmal gesehen. Aber außer Guten Tag und Guten Weg hatten wir uns nichts zu sagen. Der war mir auch nicht gerade sympathisch. Wenn ich bei denen zu Hause war, war ich immer froh, das Haus wieder verlassen zu können. Wirkte alles so bedrückend, so dumpf. Ein Haus ohne Fröhlichkeit.« Nun nahm auch Gerti Lund einen Schluck von ihrem Kaffee.

Die beiden Frauen starrten vor sich hin. Plötzlich prustete wieder ein Lachen aus Gerti Lund heraus. Sie biss sich auf die Lippen. »Entschuldige, mein Schatz. Ich habe keine Ahnung, was mit mir los ist.«

Katrin behielt ihren Verdacht für sich. »Sag mal, Mama«, unterbrach sie das Gickern ihrer Mutter, »hast du denn von der Mitbewohnerin etwas über den Toten erfahren?«

Ein Strahlen zog sich über Gerti Lunds Gesicht. »Aber ja. Wollen wir zusammen ermitteln?«

Jetzt musste Katrin lachen. »Ich glaube, da hat der Kommissar was dagegen. Aber mich interessiert es einfach. Wo ich doch schon seine Leiche gefunden hab, hab ich wohl auch ein Recht zu erfahren, was das für einer war. Oder was meinst du?«

Nun wurde Gerti Lund ernst. »Aber sicher hast du das Recht. Er ist wohl nicht gut mit den alten Menschen hier umgegangen, war ziemlich jähzornig und ist auch mal übergriffig geworden.«

»Was heißt das?«

»Ja, so wie ich es sage.« Die Mutter hielt sich die Hand vor den Mund. »Ach du meine Güte, es geht schon wieder los. Ich kann gar nichts dagegen machen.« Sie kicherte wieder. »Dabei ist das alles eigentlich überhaupt nicht lustig.«

Katrin war hilflos. Da musste die Mutter nun wohl durch.

»Wann warst du denn zu Kaffee und Keksen bei der Mitbewohnerin?«

»Das war direkt nach dem Frühstück. Ich habe sie am Tisch angesprochen, und dann hat sie mich eingeladen.«

»Und wie viele Kekse hast du gegessen?«

»Natürlich nur einen. Einen Anstandskeks. Ich war ja noch satt vom Frühstück.«

Katrin rechnete nach: Dann sollte der Rausch allmählich verebben.

Sie war beruhigt und flachste: »Ja, mit Keksen solltest du vorsichtig sein, zumal, wenn sie vom Gärtner kommen. Du weißt doch, der Mörder ist immer der Gärtner.«

»Ach, der doch nicht.«

»So, ich muss jetzt los, Mamilein.«

»Kannst du das denn verkraften mit dem Toten?«

Katrin hatte sich über die Jahrzehnte eine Art Unbeschwertheit zugelegt. Damit konnte sie fast jeden blenden, sogar ihre Mutter, meistens auch ihre Schwester.

»Ich hab schon so viele tote Lebewesen gesehen. Da gibt es kaum einen Unterschied, ob Truthahn oder Mensch.« Das hätte sie gern selbst geglaubt.

Sie stand auf, drückte ihrer Mutter den obligatorischen Kuss auf die Wange und schnappte sich ihren Rucksack.

»Heute Abend kommt Sebastian. Da werde ich wohl nicht herkommen. Außer mit ihm zusammen.«

Gerti Lunds Miene verlor ihre Heiterkeit. »Soso, kommt dich dein Geliebter mal wieder besuchen?«

»Mama! Ehrlich! Wie kannst du nach acht Jahren immer noch von ›meinem Geliebten‹ sprechen? Und wenn, bin ich *seine* Geliebte. Denn *er* ist ja schließlich verheiratet und nicht ich.« Katrin stand kerzengerade vor ihrer Mutter, auf Krawall gebürstet. Das ärgerte sie am meisten, dass sie immer wieder aufs Neue so empfindlich reagierte. »Ich kenne deine Meinung. Und die darfst du gerne für dich behalten. Die hat sich ja seit Jahren nicht geändert.«

Gerti Lund wusste, wie ihre Tochter auf solche Bemerkungen reagierte. Sie gab augenblicklich klein bei. »Ja gut, bring ihn gerne mit. Ist ja auch schön, ihn mal wiederzusehen; eigentlich ja auch ein netter Junge.«

»Ahoi, Mama.« Katrin winkte, bevor sie durch die Glastür verschwand. Ihr fiel Brian Jones von den Stones ein, der vollgepumpt mit Drogen ertrunken war. Sollte das hier vielleicht auch eine Rolle gespielt haben? Sollte sie sich den Gärtner vorknöpfen? Vielleicht am Montag. Jetzt am Wochenende hatte sie anderes vor, und ihr Herz tat beim Gedanken daran einen freudigen Hüpfer.

»Ich möchte gern Herrn Doktor Matthießen sprechen.« Huber lehnte sich über den Tresen zur Arzthelferin hinüber.

»Das möchten viele«, entgegnete sie schnippisch. »Haben Sie einen Termin?«

»Nein.«

»Na, Sie sind lustig, kommen fünf Minuten vor Praxisschluss und wollen den Doktor sprechen. Da werden Sie wohl Montag wiederkommen müssen.«

»Das glaube ich nicht.« Huber hielt ihr seinen Dienstausweis direkt vor die Nase.

Ihr Gesicht lief rot an. »Ähm … entschuldigen Sie, ich sage ihm gleich Bescheid.«

»Na, geht doch.« Huber grinste breit.

»Nehmen Sie bitte einen Moment im Wartezimmer Platz, ich rufe Sie, sobald der jetzige Patient draußen ist.«

Das Wartezimmer war leer. Pünktlicher Feierabend geht eben über alles.

Huber nahm sich eine Zeitschrift. *Auto, Motor und Sport* war das einzige Magazin, das nicht ausschließlich für Frauen war. Er blätterte lustlos darin herum – in Gedanken bei dem Jungen, der vorhin fluchtartig das Haus verlassen hatte. Sein Telefon brummte in der Jacketttasche. Er warf einen Blick darauf und lächelte befriedigt. Jessen-Nissen hatte sich tatsächlich beeilt. Er steckte das Telefon zurück und blätterte weiter.

Nach ein paar Minuten holte ihn die scharfe Stimme der Arzthelferin aus seinen Gedanken. »Der Doktor erwartet Sie.«

Huber folgte ihr ins Sprechzimmer und reichte Doktor Matthießen die Hand.

»Huber, Kripo Husum.« Dann setzte er sich ungebeten auf den Stuhl vor dem Schreibtisch.

»Was habe *ich* denn mit der Kripo zu tun?« Matthießen lehnte sich in seinem Schreibtischsessel zurück und verschränkte die Arme vor der Brust. Ach, wie Huber diese Geste kannte – meistens von Leuten, die doch etwas zu verbergen hatten.

»Der Mann einer Ihrer Patientinnen ist ermordet worden.« Huber behauptete das jetzt erst mal, noch ohne stichhaltige Hinweise. Aber er erhoffte sich so eine größere Auskunftsbereitschaft des Arztes. »Peer Petersen … Und seine Frau hat ausgesagt, dass sie vorgestern bei Ihnen in der Praxis war.«

»Sie wissen aber schon, dass ich Ihnen wegen meiner beruflichen Verschwiegenheitspflicht eigentlich nicht einmal sagen darf, *wer* bei mir in Behandlung war oder ist?«

Huber zückte sein Mobiltelefon und öffnete das PDF. »Das Original folgt selbstverständlich.« Er reichte Matthießen sein Telefon über den Schreibtisch. »Es soll ja alles seine Ordnung haben, nicht wahr, Herr Doktor?«

Der Arzt nahm den Telefonhörer ans Ohr und drückte einen der Knöpfe.

»Schau doch mal nach, ob die Petersen vorgestern hier gewesen ist.« Er nickte Huber zu und wartete. Dann sprach er in den Hörer, ohne den Blick von Huber zu lassen.

»Danke. Okay. Ja, du kannst jetzt Feierabend machen. Bis dann.«

»Tatsächlich. Frau Petersen war vorgestern am Vormittag hier in der Praxis.«

»Und warum war sie hier?«

Matthießen öffnete die Akte auf dem Bildschirm, scrollte runter und wieder hoch. Dabei strich er sich mit der linken Hand übers Kinn. Dann schien er gefunden zu haben, was er suchte, und drehte Huber den Bildschirm mit einem Röntgenbild hin.

»Sehen Sie das hier?« Er tippte mit dem Zeigefinger auf einen Teil des Brustkorbs.

Huber konnte die Rippen erkennen. Aber sonst? Er zuckte mit den Schultern. »Ja, und?«

Matthießen tippte wieder auf die gleiche Stelle. »Gebrochene Rippe.«

Huber schaute ihn erwartungsvoll an.

»Sie sagte, sie sei hingefallen. Aber sie sagte nicht, warum sie hingefallen war. Ich vermute, ihr Mann hat mal wieder zugeschlagen. Das ist jetzt aber nur eine Vermutung. Also, nicht, dass Sie das verwerten.«

»Oh doch, das werde ich.« Huber wedelte mit seinem Telefon.

Der Arzt schluckte.

»Ich denke schon eine geraume Zeit, dass Petersen seine Frau verprügelt. Ich hab sie auch mal vorsichtig darauf angesprochen, aber sie deckt ihn natürlich. Schon enorm, was die so an Schmerzen aushalten kann. Gott sei Dank hat es dann jetzt ja damit endlich ein Ende. Sie denken doch aber nicht, dass …« Matthießen verstummte.

Huber zückte seinen Notizblock und notierte sich etwas. Dann blickte er Matthießen an. »Danke für die Auskunft, Herr Doktor. Das hat mir wirklich sehr geholfen.«

»Meinen Sie, ich muss vor Gericht in dieser Sache aussagen?«, fragte Matthießen kleinlaut.

Feigling, dachte Huber, keinen Arsch in der Hose. Er verließ das Sprechzimmer, ohne Matthießen noch einmal die Hand zu reichen.

»Ich melde mich wieder«, sagte er beim Hinausgehen.

»Machen Sie das«, hörte er Matthießen hinter sich.

Hubers Weg von dem aufwendig restaurierten Friesenhaus mit Reetdach zu seinem Auto führte ihn durch einen Vorgarten, in dem sich Rosenbüsche und üppige Lavendelsträucher abwechselten. Gediegen. Der schien mit seiner Praxis gut zu verdienen oder hatte gut geerbt.

Als er auf die Badallee kam, war es vorbei mit der Idylle: Touristen mit Eis oder Fischbrötchen in der Hand, quengelnde Kinder und Gerüche von Pommesbuden, Dönerläden und Kaffeestuben. Diese Mischung überreizte Hubers Sinne.

Er flüchtete in sein Auto und fuhr los.

Das war doch mal ein Anhaltspunkt. Wenn Petersen seine Frau – und vielleicht auch den Sohn – verdroschen hatte, war Rache zumindest ein Motiv.

*

Ich muss herausfinden, wo Mama gewesen ist. Nachmittags war ich bei Papa. Danach kann ja noch viel passiert sein – wenn er da noch am Leben war. Gefunden wurde er erst am nächsten Morgen. Da kommen so einige in Betracht. Wer hatte mit Papa zu tun?
Mama: Sie könnte es gewesen sein, aber das will ich nicht glauben. Das kriegt sie nicht hin. Schon gar nicht so, wie sie grad drauf ist. Aber ein Motiv hätte sie schon gehabt. Die Schläge, die er ihr ab und zu verpasst hat.
Die Tussi mit dem Pferdeschwanz könnte es gewesen sein. Vielleicht ist die ausgerastet, weil Papa sie nicht wollte. Jedenfalls war die ein paarmal hier, und Papa hat sie immer schon an der Haustür abgewimmelt. Ich hab nicht mitgekriegt, was genau sie wollte, auf jeden Fall haben die beiden sich angeschrien.
Auch der Wollenweber kommt infrage. Papa war ja mal ganz dicke mit ihm und dann plötzlich nicht mehr. Was war da los?
Und dann der Rudi. So wie der mich zur Sau gemacht hat, nur weil ich auf seine dämlichen Pflanzen getreten bin. Vielleicht hat der gedacht, dass ich was ausplaudere. Ich muss mich wieder gut mit ihm stellen, sonst kriege ich nichts mehr. Mit ihm fange ich an. Vielleicht finde ich dabei ja was raus.
UND DANN ICH!
Ich versuche, klar zu denken, aber dann schiebt sich immer wieder die Frage dazwischen: Was, wenn ich es doch war?

12

Jeanette holte gerade einen Kuchen aus dem Ofen, als Katrin die Küche betrat. Sie zog Jeanette die Thermofäustlinge von den Händen und holte den nächsten Kuchen heraus. Ein gemütlicher Duft nach warmen Äpfeln verbreitete sich in der edelstahlblitzenden Küche.

»Geh du jetzt mal Pause machen.« Katrin stellte den Kuchen zum Abkühlen auf das Gitter.

»Danke, Chefin.« Jeanette band ihre Schürze ab, hängte sie an den Haken an der Wand und verschwand.

Ein Kuchen nach dem anderen landete auf dem Gitter. Freitagnachmittags war Kaffeeschmaus für die Gäste angesagt. Es gab gedeckten Apfelkuchen. Die Äpfel waren Restbestände unterschiedlichster Sorten vom Biohof, die am Morgen in einer Kiste vor der Küchentür gestanden hatten. Alle schon ein bisschen angestoßen, aber köstlich im Geschmack. Einige süß, andere säuerlich. Eine tolle Mischung.

Katrin nutzte die Zeit, in der die Kuchen abkühlten, um beim Biohof anzurufen und sich zu bedanken.

»Wenn ihr wollt, holt euch nachher einen Kuchen ab. Sind gerade aus dem Ofen.«

»Ich schick dir unseren Praktikanten«, hörte sie vom anderen Ende der Leitung. »Danke.«

Kurz zuckte es in ihren Fingern, ob sie Huber anrufen sollte, um ihm von ihrer Vermutung zu erzählen, dass in der Seniorenresidenz Haschkekse im Umlauf waren. Aber zum einen würde sie sich wie eine Petze fühlen, und zum anderen wollte sie den Bewohnerinnen und Bewohnern die Freude nicht verderben – auch wenn einige die Kekse sicher nicht nur wegen der Schmerzen nahmen. Also würde sie es erst mal für sich behalten.

Sie gesellte sich zu denen, die das Geschirr für die Kaffeetafel auf die Tische stellten und das Buffet vorbereiteten. Und Hand in Hand war alles innerhalb einer Viertelstunde fertig.

Sie ging in die Küche zurück und schnitt die Kuchen auf. Von jedem Kuchen nahm sie jeweils ein Stück heraus und platzierte es auf Tellern. Frische Sahne schlug sie auch noch und portionierte sie neben den Kuchenstücken.

»Kommt mal alle her«, rief sie in die Küche.

Sie drückte jedem einen Teller in die Hand. »Lasst es euch schmecken.«

Jeanette kam gerade rechtzeitig in die Küche zurück, um auch ein Stück abzubekommen.

Schweigend saßen sie zusammen um den kleinen Besprechungstisch und kauten genussvoll.

Dann stand Jeanette auf, holte den Sahneeimer aus der Kühlkammer und goss die Sahnemaschine voll. Sechs Liter passten hinein. Allerdings verwendeten sie wie immer für die Patienten nicht die frische Sahne, sondern pasteurisierte. Sie gab noch ein paar Esslöffel Vanillezucker hinzu und stellte die Maschine an. Heute Nachmittag durften die Gäste schwelgen, die Stubenrauch war schon seit dreizehn Uhr aus dem Haus, wie jeden Freitag.

Auch Katrin hatte dieses Wochenende frei. Ein ganzes Wochenende! Es kam allerdings nur alle drei Wochen einmal vor, dass sie zwei Tage am Stück frei hatte. Da hatte sie es nicht so gut wie die Stubenrauch, allerdings hatte sie ja auch keine Beamtenseele.

Sie verschwand im Büro und kehrte Sekunden später mit Straßenkleidung und Rucksack zurück.

»So, Leute, ich verlasse euch jetzt.« Sie stellte sich an den Tisch, wo alle noch kauten oder die Sahne aus der Schüssel löffelten. »Auch ich muss mal von meinen Überstunden runter. Und das Arbeiten nicht vergessen, auch wenn die Katze aus dem Haus ist.« Allseitiges Gemurmel begleitete ihren Abgang.

Sie schwang sich auf ihr Rad und fuhr am Deich entlang nach Hause.

Und wieder Gegenwind.

Sie trat in die Pedale, und die Vorfreude auf den Abend ließ sie die körperliche Anstrengung mit Leichtigkeit nehmen.

Wegener kam gerade heraus, als Huber vor der Tür der Gerichtsmedizin parkte.

»Du willst doch jetzt nicht ernsthaft schon Feierabend machen!« Huber packte Wegener bei den Schultern, drehte ihn um und schob ihn in Richtung Tür zurück.

»Doch. Eigentlich schon«, entgegnete der Rechtsmediziner, allerdings halbherzig.

»Das kommt gar nicht infrage. Ich will erst etwas über den Tod von Peer Petersen hören. Ich warte schon den ganzen Tag auf deinen Anruf.«

»Ich kann dir eigentlich nur das wiederholen, was du schon weißt.«

»Nämlich?«

»Dass dein Toter nicht im Salzwasser, also im Meer, ertrunken ist. Es war aber auch kein Chlorwasser, wie es beispielsweise in öffentlichen Schwimmbädern benutzt wird. Die genaue Analyse wird noch dauern.«

»Ja was, ist der in der Kloschüssel ertrunken, oder was?«

»Das musst *du* herausfinden, Dirk. Wenn du dann die Analyseergebnisse hast. Könnte vielleicht ein Pool oder Ähnliches gewesen sein.«

Huber überlegte. Bei den Petersens gab es keinen Pool.

Sie waren im Untersuchungsraum angekommen. Wegener zog sich wieder seinen Kittel über, und mit einer Edelstahlbahre im Schlepptau ging er zu einer der Kühlkammern und rollte den Toten heraus.

Wegener reichte Huber ein Paar Präparatorenhandschuhe.

»Meine Leute sind schon im Wochenende. Wenn du also unbedingt mehr wissen willst, musst du schon selber mit anpacken!«

Er gab Huber ein Zeichen, ihm beim Hinüberziehen der Leiche auf die Bahre behilflich zu sein. Huber versenkte seine Hände in der Hosentasche. Erst ein strenger Blick von Wegener brachte Huber dazu, die Handschuhe überzustreifen und dem Rechtsmediziner zu helfen.

Sie rollten den Toten unters Licht. Beim Anblick der groben wulstigen Naht des Y-Schnitts musste Huber sich kurz abwenden. Nachdem er ein paarmal geschluckt hatte, drehte er sich wieder der Leiche zu.

»Wir haben an seinem Körper ein paar Metallrückstände gefunden.«

Huber blickte Wegener ungeduldig an.

»Die KTU hat herausgefunden, dass es verzinkter Stahl ist, aber gemischt mit Rückständen von Erde, konkret Muttererde, Wurzelwerk, verschiedenen Samen. Also den Abmessungen und den Ergebnissen zufolge würde ich auf eine Gartenschubkarre tippen.«

Huber atmete laut aus und kratzte sich die Stirn. Er überlegte.

»Gartenschubkarre …«, wiederholte er nachdenklich. »Der hat sich doch bestimmt nicht im lebenden Zustand mit 'ner Gartenschubkarre rumfahren lassen.«

»Nein, die Abdrücke sind erst postmortal entstanden.«

»Also erst ertrunken und dann weggekarrt.«

»Und dann die vielen kleinen Streifen hier. Das könnten Abdrücke von Falten von einer Folie oder so etwas sein. Übrigens sind die auch postmortal verursacht.«

»Also ertrunken, eingewickelt und weggekarrt.«

»So scheint es.«

Wegener schob den Toten wieder zurück zur Kühlkammer.

»Eindeutig prämortal ist seine Verletzung am Auge. Hat aber definitiv nicht zum Tod geführt.«

»Was ist mit den Abdrücken an den Armen? Vor oder nach Eintreten des Todes?«

»Die sind auch vor Eintreten des Todes beigebracht worden. Mit viel gutem Willen könnte man Handabdrücke vermuten.«

»Danke, Wegener.« Huber wollte gehen.

»Halt, halt, mein Freund. Du musst mir schon helfen, deinen Toten wieder zurückzuhieven.«

In der Ankunftshalle des Hamburger Flughafens kam Katrin genau in dem Moment an, als sich die Türen des Terminals öffneten, aus dem Sebastian kommen sollte. Katrin drängelte sich nach vorn, konnte es nicht erwarten, sich endlich in die Arme schließen zu lassen.

Sie liebte die Atmosphäre in Flughäfen. Das Treiben, das Geräusch der Kofferrollen, das Rufen der aufgeregten Stimmen von Menschen, die sich wiedersahen, der Geruch von den Kaffeebars, das Geplapper der unterschiedlichen Nationalitäten, all das füllte die großen Hallen aus, schürte ihre Sehnsucht nach der Ferne und ließ Erinnerungen an faszinierende und aufregende Urlaube in ihr hochkommen.

Ihr weitestes Ziel bisher war Asien gewesen, Indien. Das Land war so vielfältig, so bunt, so voller Wohlgerüche, aber auch so voller Gestank und Tristesse während der Monsunzeit. Alles Schöne und alles Schreckliche, alles Laute und alles Leise, alles Triste und alles Bunte existierten hier nebeneinander.

Endlich! Sebastian trat durch die Tür, suchte mit seinem Blick die wartende Menge ab und schob sich dann an den anderen Suchenden vorbei, direkt auf Katrin zu. Er ließ seine Reisetasche auf den Boden fallen, drückte sie an sich, hob sie hoch und küsste sie lange und ausgiebig. Dann wurde er kurzatmig und ließ sie wieder los.

»Du bist wohl nicht im Training«, feixte sie.

Er nahm seine Tasche in die linke Hand, und mit der Rechten umfasste er ihre Schulter, als sie in Richtung Ausgang schlenderten.

»Ich glaube, du wirst immer schwerer.« Er küsste sie auf die Nase. »Aber du weißt, wie ich das liebe, dass ich dich anfassen kann und nichts zerbricht.«

*

Morgen früh müssen wir nach Husum zu dem dicken Bullen. Genau das wollte ich nicht. Aber ganz ehrlich möchte ich jetzt doch mal gerne von ihm hören, was passiert ist, damit ich weiß, ob ich es gewesen sein kann oder nicht. Diese Ungewissheit macht mich krank. Und ich kann ja niemanden fragen. Niemand da, mit dem ich sprechen kann. Mama sagt, ich soll das Reden ihr überlassen und sie wird so wenig wie möglich sagen. Ich dreh durch! Wenn sie es war, muss ich ihr ein Alibi geben.

13

Am Abend erzählte Katrin Sebastian alles, was ihr in den letzten Tagen widerfahren war.

Sie tranken beinahe zwei Flaschen Wein – er hatte wieder welchen mitgebracht, diesmal aus der Basilicata. Katrin liebte es, wenn sie den Boden herausschmecken konnte, auf dem die Weinstöcke wuchsen. Neben dem blumigen, fruchtigen Aroma meinte Katrin das Vulkanische des Bodens zu schmecken.

Sebastian küsste sie wieder und wieder. Auf die Stirn, auf die Augen, die Ohren, den Mund. Sie liebte seine vollen, weichen Lippen auf ihrem Mund. Und sie liebte es, wenn er ihr Gesicht in seine Hände nahm.

Dann kramte er seinen Laptop aus dem Koffer und zeigte ihr die Fotos, die er während der Woche in Italien gemacht hatte. Fotos für einen kulinarischen Reiseführer.

Zwei Wochen zuvor war das Team schon einmal dort gewesen und hatte den Norden Italiens abgeklappert. Dieses Mal war es der untere Teil des Landes gewesen.

Katrin war froh über die Ablenkung. Endlich verschwand das Bild der Leiche aus ihrem Kopf. Die Fotos erinnerten sie an die Fotos und Gemälde, die bei dem Italiener in Berlin hingen, bei dem Sebastian und sie sich endgültig ineinander verliebt hatten. Zuvor waren sie auf der Grünen Woche in Berlin einander vorgestellt worden. Katrins Ausbilder hatte dort in jedem Jahr einen Messestand und kochte live. An sich hasste sie Messetrubel jeglicher Art. Zu viele Menschen auf zu engem Raum bei zu schlechter und zu warmer Luft. Aber sie freute sich immer wieder, Georg Kessler zu treffen, an einem Abend während der Messe mit ihm in ein gutes Berliner Restaurant zu gehen und mit ihm über das Leben und das Kochen zu sprechen, er war ihr mit den Jahren ein guter Freund geworden.

Und vor seinem Stand hatte sie vor etlichen Jahren Sebastian getroffen, der gerade Fotos von Georg schoss, wie der seine Pfannen schwang, in seinen Töpfen rührte und Gemüse schnibbelte.

Katrin lächelte bei dem Gedanken daran. Sie erinnerte sich, wie sie statt mit Georg mit Sebastian essen gegangen war; dass sie bei einem Italiener in Charlottenburg landeten und dass die Nonna sie nach etlichen Gläsern Grappa eingeladen hatte, sie in ihre Küche zu begleiten. Und dort verriet diese ihr auch das Rezept für die Caponata, die seither in verschiedenen Varianten zu Katrins Vorratsküche gehörte.

Und als ob er ihre Gedanken hatte lesen können: »Wenn du morgen deine berühmte Caponata Basilicata machst, beize ich dir deine Balken ab. Ist das ein Deal?« Sebastian grinste verschmitzt.

Katrin goss noch Wein nach. »Ein guter Deal, wie ich sagen möchte.«

Sie stießen an, und wieder landeten Sebastians Lippen auf ihrem Gesicht. Diesmal ließ sie ihn aber nicht wieder entwischen. Fotos hin oder her.

*

Ich muss es systematisch angehen: alle von meiner Liste abklappern. Wenn es von denen niemand gewesen ist, MUSS ich es gewesen sein.

14

Sven und seine Mutter saßen bereits auf dem Flur und warteten, als Huber aus dem Treppenhaus in den Flur trat.

Frau Petersen stand sofort auf, als sie Huber erblickte, und knuffte dann ihren Sohn in die Seite, der sich nun auch erhob – eher schwerfällig und widerwillig, wie Huber bemerkte. Den plagte wohl das schlechte Gewissen, weil er weggelaufen war.

»Guten Morgen, kommen Sie bitte mit in mein Büro.« Huber marschierte voran.

Er bedeutete den beiden mit der Hand, auf den Stühlen vor seinem Schreibtisch Platz zu nehmen. Dann hängte er sein Jackett an einen der Haken neben der Tür. Da er schwitzte, knöpfte er sich seine Weste auf und setzte sich auf die andere Seite des Schreibtischs. Huber benutzte die drei Stockwerke zu Fuß als sein tägliches Kreislauftraining. Irgendetwas musste er tun, um seinen stets fülliger werdenden Leib in seine Schranken zu weisen.

Hubers PC reagierte sofort auf seinen Knopfdruck und fuhr hoch. Übers Telefon rief Huber einen Kollegen hinzu. Das alles dauerte etliche Minuten, in der die zu Befragenden schmorten. Das war seine Taktik: Er zwang sie quasi, unruhig zu werden, sodass sie die Befragung dann fast als Erleichterung empfanden.

»Dies ist keine Vernehmung, sondern nur eine Befragung. Sie sind zum jetzigen Zeitpunkt Zeugen, und als solche haben Sie wahrheitsgemäß auszusagen, es sei denn, dass Sie sich selbst oder Angehörige belasten würden.« Er blickte Sven fest in die Augen. Trotzig erwiderte der seinen Blick.

»Was hast du dir denn eigentlich dabei gedacht, einfach abzuhauen? Du hast gestern doch gehört, dass ich dich noch befragen wollte.«

Der Junge zuckte nur mit den Schultern.

Ein Polizist in Uniform betrat das Büro und nickte Huber nur kurz zu. Dann nahm er auf einem Stuhl an der Wand Platz.

»Okay«, sagte Huber, »dann wollen wir mal.«

Sven machte sich gerade. Jetzt wurde es offiziell.

»Wie war denn dein Verhältnis zu deinem Vater?«

Offenbar hatte Sven mit dieser Frage nicht gerechnet. Verwirrt guckte er seine Mutter an, die stur vor sich hin blickte und keine Miene verzog. Der Junge war auf sich allein gestellt.

»Also …«, begann er zögerlich, »was meinen Sie denn jetzt?« Er versuchte, Zeit zu schinden.

»Ich meine, ob ihr euch gut verstanden habt? Ob ihr euch oft gestritten habt? Seid ihr euch aus dem Weg gegangen? So was eben.«

»Na ja, oft gesehen haben wir uns nicht. Er war ja in der letzten Zeit nicht oft zu Hause. Er sagte, dass er viel arbeiten muss.«

»Okay, dann jetzt mal anders: Wo warst du am Mittwochabend?«

Schnippisch antwortete Sven: »Das haben Sie doch gestern schon meine Mutter gefragt. Und Sie wissen auch, dass ich das gehört habe. Also warum soll ich das noch mal erzählen? Ich war zu Hause.« Er ließ sich auf seinem Stuhl zurückfallen und kreuzte die Arme vor der Brust. Aus den Augenwinkeln sah er wieder seine Mutter an, die sich immer noch nicht rührte.

Hier stimmt irgendwas nicht, dachte Huber. Aber da hier beide mauern, werde ich im Moment keine großen Chancen haben.

»Nun gut, ich nehme zur Kenntnis, dass Sie sich gegenseitig ein Alibi geben. Dass das nicht viel wert ist, wissen Sie schon?« Eindringlich blickte er die Mutter an. Von der kam keine Reaktion, sie guckte auf ihre Hände.

An den wartenden Polizisten gewandt, sagte Huber: »Bringen Sie die beiden bitte hinaus.«

Frau Petersen und Sven standen auf. Auch der Polizist erhob sich.

»Ach, noch eine Frage.« Huber stand nun ebenfalls auf. Er hatte sich für einige Fälle die Colombo-Methode angeeignet. Im letzten Augenblick, wenn die Zeugen oder Verdächtigen sich in Sicherheit wähnen, noch einmal mit einer wichtigen Frage zuzuschlagen.

»Frau Petersen, war Ihr Mann asthmakrank?«

»Wieso?«, platzte die Frage aus ihr heraus.

»Weil wir in seinem Spind dieses Spray gefunden haben.« Huber zog eine Schreibtischschublade auf und griff nach der Tüte mit dem Asservat.

Frau Petersen schaute jetzt ihren Sohn an, und beide bekamen große Augen.

»Und ich habe gestern auf deinem Schreibtisch, Sven, ebendieses Spray bei deinen Stiften gesehen.«

Sven blickte hilflos zu seiner Mutter.

Frau Petersen reagierte sofort. »Ja, mein Mann hatte Asthma. Die Sprays liegen bei uns in der ganzen Wohnung herum. Können wir jetzt gehen?«

Es war schon sehr merkwürdig, dass auch bei der nackten Leiche nichts weiter als dieses Spray gefunden worden war. Darauf konnte Huber sich beim besten Willen keinen Reim machen.

»Ja, gehen Sie.« Er würde jetzt nichts mehr erreichen. Gemeinsam mit dem Polizisten verließen Frau Petersen und Sven sein Büro.

Huber schaute ihnen hinterher. Nicht ein Wort sprachen Mutter und Sohn miteinander, kein Blick wurde getauscht. »Da ist etwas faul im Staate Dänemark«, murmelte er vor sich hin. »Und ich komm euch schon noch drauf.«

Er würde noch mal den Arzt befragen müssen.

»Los, du Faulpelz, komm aus den Federn. Der neue Tag ruft.« Katrin zog mit einem Schwung die Bettdecke weg. Trotz seiner zweiundfünfzig Jahre hatte Sebastian immer noch eine athletische Figur. Das lag sicher auch an seinem ständigen Unterwegssein. Sie stellte ihm einen Kaffee auf den Nachttisch.

Langsam robbte er sich in die Sitzposition, lehnte sich an die Wand und schlürfte von dem heißen Getränk.

»Und was hat Madame heute vor?«

»Die Sonne scheint, und Madame geht gleich mit ihrem Liebsten ans Wasser.« Katrin riss die Vorhänge auf, und die Sonne strahlte direkt auf Sebastian.

»Obwohl, wenn ich mir diesen Körper so ansehe, überlege ich es mir vielleicht noch einmal anders.« Sie ließ den Morgenmantel von ihrem Körper gleiten und legte sich wieder zu Sebastian, der sie mit seinen Armen umfing.

Eine halbe Stunde später klingelte Katrins Handy.

»Wie ist es denn, kommt ihr mich heute besuchen?«, hörte sie ihre Mutter am anderen Ende. »Ich hab nämlich schon etwas herausgefunden.« Mit einem Mal saß Katrin senkrecht im Bett.

»Und was?«, fragte sie ihre Mutter eindringlich.

»Das erzähle ich dir, wenn du kommst.«

»Das ist Erpressung, das weißt du.«

»Wie sollte ich sonst die Zuwendung meiner Tochter bekommen?«

»Okay, wir kommen heute Nachmittag. Reservier doch einen Tisch in eurem Café.«

»Mach ich. Wann? Ist sechzehn Uhr in Ordnung?«

»Bestens.«

Katrin drückte den roten Punkt.

»So, komm, mein Liebster. Der Tag hört nicht auf zu rufen.« Sie gab Sebastian einen Klaps auf den Po.

Sie duschten gemeinsam und frühstückten kurz, dann radelten sie zum Böhler Leuchtfeuer.

Katrin zeigte Sebastian die Stelle, an der sie den Toten gefunden hatte. Das Gelände war immer noch abgesperrt, die rot-weißen Bänder flatterten im Küstenwind. Katrin überkam wieder ein Unbehagen, und als ob Sebastian es geahnt hätte, fasste er sie bei der Hand und drückte sie.

Sie stellten die Räder ab und schlenderten auf dem Holzsteg durch die Salzwiesen Richtung Seekiste, einem der fünf Pfahlbaurestaurants von Sankt Peter-Ording. Die Wiesen schimmerten in den Morgenstunden in allen Nuancen von saftigem Grün bis hin zu leuchtendem Gelb. Wattfurchen durchzogen die Grasinseln und mäanderten in schillerndem Grau bis hin an den Strand.

»Ich glaube ja, der Mensch ist nur dazu da, um die Schönheit der Natur wahrzunehmen und Freude darüber zu empfinden.« Katrin konnte ihren Blick nicht von den Wiesen lösen. Wenn sie dunkle Gedanken plagten, konnte sie sich mit dieser Gewissheit beruhigen.

Sebastian drückte sie an sich.

»So philosophisch heute?« Er löste die Umarmung, nahm Katrin bei der Hand, und sie spazierten weiter.

Katrin genoss den Moment, in dem sie ihre Schuhe auszog und den feuchten kühlen Sand an ihren Fußsohlen spürte. Barfuß stapften sie bis zur Wasserlinie hinaus. Sebastian holte seine Kamera heraus und fotografierte Strandgut, in sich verschlungene, verschiedenfarbige, kaputte Netze und die gleichmäßigen wellenförmigen Riffelungen im Watt. Als Katrin in den Himmel blickte, erkannte sie das gleiche Muster in den Wolkenformationen.

Er hielt die Kamera auf sie, und der Auslöser klackte etliche Male hintereinander.

»Du bist so schön!«, sagte er verliebt.

»Und du weißt, dass ich es hasse, fotografiert zu werden.«

»Ich will Erinnerungen an dich, an uns, wenn ich unterwegs bin. Kannst du das denn nicht verstehen?«

»Deine Erinnerungen sollten da oben drin sein.« Katrin tippte mit dem Finger an ihren Kopf. »Ich will einfach nicht das Objekt deiner Kamera sein. Neben Landschaften, Auberginen, Weinflaschen und Lammkeulen. Und das solltest *du* mal verstehen.«

»Aber, Katrin ...« Sebastian wollte sie in den Arm nehmen, aber sie wich einen Schritt zurück.

»Und ich will es auch aus dem Grunde nicht, weil ich nicht will, dass deine Familie die Fotos irgendwann sieht und herauskriegt, dass es mich gibt, wer ich bin, und dann bei mir anruft oder gar vor meiner Tür steht.«

Tränen stiegen ihr in die Augen.

»Unsere Beziehung funktioniert nur, weil ich nichts mit deiner Familie zu tun habe und das zwischen uns auch ausgeblendet wird. Ich weiß, dass ich mir da was vormache, aber nur so kann es gehen. Sobald sich dieser Pakt auflöst, habe ich Angst, dass auch unsere Beziehung sich auflöst.«

Jetzt drückte er sie gegen ihren Widerstand fest an sich.

»Ich liebe dich nämlich auch!«, sagte Katrin trotzig. »Und ich will, dass es so bleibt, wie es ist.« Jetzt strömten ihr die Tränen über die Wangen.

Er löste sich von ihr, hielt sie bei den Armen und blickte ihr fest in die Augen. »Alles wird so bleiben, wie es ist. Das verspreche ich dir.«

Katrin legte ihren Kopf an seine Brust, und er umfasste sie zärtlich.

»Ich bin nur manchmal so hilflos.« Ihrer Mutter und ihrer Schwester gegenüber würde sie das niemals eingestehen.

Er strich ihr über die Haare.

Irgendwann hatte Katrin sich beruhigt, holte ihr Taschentuch heraus, schniefte laut hinein und wischte über ihr Gesicht, die Tränen fort.

»Guck mal, die Wolken haben das gleiche Muster wie das Watt.« Sie zeigte mit der Hand, die noch das Taschentuch hielt, in den Himmel. Es war, als ob der Himmel das Spiegelbild des Wassers wäre, und umgekehrt. Zwei unterschiedliche Elemente, die in Beziehung zueinander standen.

Wortlos zog Sebastian die Kamera hervor und ging in die Hocke, sodass er das Muster des Sands und das der Wolken gemeinsam aufs Bild bekam. Dann zeigte er Katrin die Fotos auf dem Display seiner Kamera.

Die wären ein schönes Beiwerk zu ihren Rezepten aus der nordischen Küche, dachte sie.

Sie kehrten um und steuerten direkt auf die Seekiste zu. Das war ihr gemeinsames Ritual: nach dem ersten Spaziergang einen ordentlichen schwarzen norddeutschen Kaffee, der die Lebensgeister im Moment des ersten Schlucks von null auf hundert bringen würde.

Auf dem Rückweg fuhren sie noch zum Hofladen des Biobauern, von dem Katrin immer die Reste bezog, und kauften alles für die Caponata ein.

*

Mama hat den Bullen angelogen. Warum??? Papa hatte doch gar kein Asthma. Denkt sie, ich hab ihn umgebracht, und will mich schützen? Oder will sie sich selbst schützen? Als wir wieder in SPO waren, bin ich zu Rudi und hab mich entschuldigt. Er hat

mich mit in sein Gewächshaus genommen, und wir haben einen durchgezogen.
Er braucht das gegen seine Arthritis.
Dann hat er erzählt, dass Papa ihm mit seinen Graspflanzen draufgekommen ist. Er hatte Rudi gedroht, er solle mich in Ruhe lassen. Wenn er das nicht täte, wollte er ihn anzeigen wegen seinem Stoff. Ich hab ihn einfach gefragt, ob er Papa umgebracht hat. Da hat er angefangen, laut zu lachen, und hat mir meine Haare verwuselt. »Na, du bist mir einer«, hat er gesagt. »Wegen dem bisschen Gras bring ich doch keinen um.« Dann hat er wieder gelacht, und ich musste mitlachen. Kann ich mir auch nicht vorstellen, dass Rudi jemanden tötet. »Aber was hättest du denn gemacht, wenn er dich tatsächlich angezeigt hätte?« »Ach, Kleiner, ich weiß von jedem hier, wo der seine Leichen im Keller hat.«
Dann hat er mich gedrückt und mir 'ne kleine Tüte zugesteckt.
Ich wäre froh, wenn er mir von den Leichen im Keller erzählen würde. Hab mich aber nicht getraut zu fragen.

15

Am frühen Nachmittag begann Huber damit, die Kollegen und Kolleginnen von Petersen aufzusuchen, die tags zuvor keinen Dienst gehabt hatten. Die meisten würden zu Hause sein, da im Heim am Wochenende kaum Anwendungen stattfanden.

Er begann mit denen, die den gleichen Dienstplan wie Petersen am Tag seines Todes gehabt hatten.

Alle, die er antraf, konnten Alibis für die Zeit des Todes vorweisen. Gut zu sprechen auf Petersen war allerdings niemand der Befragten. Petersen sei unfreundlich, herrisch und, ja, auch manchmal jähzornig gewesen.

Bei einem der Kollegen, Markus Wollenweber, traf Huber ins Schwarze. Nach einigem Hin und Her gestand er ein, dass er an dem besagten Abend mit Petersen aneinandergeraten war.

Er packte aus. Den plagt wohl ein Schuldgefühl, und er ist froh, es endlich loszuwerden, dachte Huber. Immer noch besser, als wegen Mordes verdächtigt zu werden.

Am Montag habe sich Wollenweber bei Petersen Geld geliehen, das der nun plötzlich hätte zurückhaben wollen. In der Umkleide habe Petersen ihn beschimpft und angerempelt. Da sei es zu einer Rangelei gekommen, während der er Petersen die Faust ins Gesicht geschlagen habe. Der habe an der Augenbraue geblutet und sei fluchend verschwunden. Mehr sei nicht gewesen. Petersen habe gelebt, nur eben verletzt. Huber guckte skeptisch.

»Wirklich, mehr war nicht«, bekräftigte Wollenweber.

»Wie viel Geld hatten Sie sich denn geliehen?«

Eine senkrechte Falte bildete sich auf Wollenwebers Stirn.

»Wozu wollen Sie das denn wissen? Reicht es nicht, wenn ich sage, dass ich mir Geld geliehen habe?«

»Nein, Herr Wollenweber, das reicht eben nicht. Die Höhe der Summe kann ja immerhin für ein Motiv sprechen. Oder sehen Sie das anders?« Huber wurde ungeduldig.

»Nein.« Wollenwebers Stimme wurde leise.

»Also, wie viel?«, mahnte Huber.

»Es waren zweitausend Euro.«

»Und jetzt müssen Sie mir bitte noch sagen, warum Sie sich das Geld geliehen haben? Ist ja kein Pappenstiel.«

Wollenweber druckste herum.

»Na, warum?«, hakte Huber nach.

»Ich geh ab und zu ins Casino nach Flensburg. Montags ist mein Glückstag. Wenn, gehe ich immer montags dahin. Ich hatte im Urin, dass ich an diesem Montag im Black Jack absahnen würde.«

»Und, haben Sie abgesahnt?«

Kleinlaut antwortete Wollenweber: »Leider nicht. Ganz im Gegenteil. Ich habe alles verloren. Das war ja auch der Grund, warum ich Petersen das Geld noch nicht wiedergeben konnte.«

»Ja, und?«

»Und dann kam es eben zu der Schlägerei. Erst hat er mich geschubst, dann ich ihn, und dann sind wir aufeinander los.«

Huber stand auf.

»Wir zwei fahren jetzt mal ins Präsidium, damit ich Ihre Aussage aufnehme und Sie sie dann unterschreiben.«

Mit schlaffen Schultern trottete Wollenweber hinter Huber her zu dessen Auto.

Sebastian zog sich alte Kleidung an und holte die Beize aus dem Stall hinter dem Haus. Früher waren hier Hühner und Kaninchen untergebracht gewesen. Katrin und er deckten in dem Zimmer, das einmal Wohnzimmer werden sollte, den Boden und die Möbel mit Folie ab.

»Du wohnst nun schon so lange hier, und das Einzige, was bewohnbar ist, sind Küche und Schlafzimmer. Das werden wir jetzt mal ändern.« Beherzt stieg Sebastian mit seinem Eimer die Leiter hinauf, die Katrin ihm aufgestellt hatte.

»Und du geh in die Küche, Weib, und mach Essen.«

Katrin stapfte kichernd davon.

Sie packte alles aus der Kiste: Auberginen und Tomaten. Dann holte sie aus der Speisekammer, was sie noch für die Caponata brauchte: Olivenöl, Tomatenmark, Rosinen, und weil sie Pistazien, die eigentlich hineingehörten, nicht vertrug, nahm sie Mandelstifte zum Anrösten.

Zuerst schnitt sie die Auberginen in Scheiben, die sie dann viertelte, in ein großes Sieb gab und kräftig salzte, damit sie überschüssige Feuchtigkeit abgaben. Dafür musste sie ihnen mindestens eine Stunde Zeit lassen, also ging sie zu Sebastian zurück. »Brauchst du meine Hilfe?«

»Mir wäre mit einer Atemmaske gedient. Die Beize ist ganz schön aggressiv.«

»Moment, ich hol dir eine. Die Handwerker, die neulich die Wand oben rausgeschlagen haben, haben ihre Masken vergessen.«

Katrin lief in den Stall hinter dem Haus und wurde auch gleich in einer Kiste fündig. Sie nahm eine der Masken aus der noch nicht angebrochenen Packung heraus. Auch schnappte sie sich eine der Augenmasken, die ein bisschen aussahen wie Tauchmasken. Und schon musste sie wieder an den ertrunkenen Petersen denken.

Sie ging zurück ins Haus und reichte die Masken Sebastian. Er griff nur nach der Mund-Nasen-Maske und klemmte sich die Riemen hinter die Ohren.

Katrin verzog sich wieder in ihre Küche, um sich der Caponata zu widmen. Sie fotografierte das Chaos auf der Arbeitsplatte. Das schräg einfallende Sonnenlicht machte aus diesem Durcheinander von Auberginenstücken, gewürfelten Tomaten, gerösteten Mandelsplittern und von Fett vollgesogenen Rosinen ein wunderschönes Stillleben. Sie scrollte durch die Fotos in der Datei »Kochbuch«, und ihre Erinnerungen machten sich selbstständig. Weit vorn fand sie ein Foto von diesem Haus. Sie schmunzelte, erinnerte sie sich doch noch genau an den Tag der Fotografie, als wäre es gestern gewesen.

Sie hatte mit Sebastian eine Fahrradtour über die Halbinsel Eiderstedt gemacht. Den Tümlauer Koog waren sie hochgeradelt, von wo sie einen fantastischen Blick hinüber zum berühmten Westerhever Leuchtturm hatten, dann weiter landeinwärts, über Garding hinunter zum Naturzentrum Katinger Watt, wo sie die volle Schönheit Eiderstedts erleben konnten, mit all den Vogel- und Pflanzenarten. Im Mai blühten dort sogar Orchideen. Nach einer schönen Tour am Deich entlang mussten sie durch den Grothusenkoog wieder landeinwärts, ein paar Kilometer die Landstraße entlang und dann wieder links ab in Richtung Wasser den Hafenweg am Siel zum kleinen Hafen Ehstensiel. Der Gegenwind erwischte sie hier mit voller Wucht. Nach der langen, öden Strecke an der Landstraße entlang musste Katrin absteigen und ein Stück schieben. Da lag das kleine weiß gestrichene Reetdachhäuschen etwas abseits vom Weg. Das Grundstück wurde zum Weg hin von einem Friesenwall begrenzt, auf dem Lavendel und kleine Röschen in Büschen blühten. Im Vorgarten stand ein Apfelbaum. Unter dem Baum lagen viele kleine rote Äpfel, und mit der weiß gestrichenen Kate mit den hellblauen Fensterrahmen im Hintergrund sah es aus wie auf einer Kitschpostkarte, »mit den besten Grüßen aus Nordfriesland«. Vor dem Haus saß ein altes Paar Hand in Hand in der Nachmittagssonne auf einer Bank. Um die tiefe Eingangstür ins Haus rankten ebenfalls Rosen. Es war fast ein bisschen zu idyllisch. Katrin blieb stehen, und die Frau sprach sie an. Katrin fragte, ob sie fotografieren dürfte. Sebastian, der schon vorweggefahren war, kehrte um und gesellte sich ebenfalls dazu. Und schon waren sie beide zum Tee eingeladen worden. Sie freundete sich mit dem Ehepaar Banzer an, aus der Einladung zum Tee entstand im Laufe der Zeit eine Freundschaft. Katrin besuchte die beiden mindestens einmal im Monat. Sie hatten keine Kinder, und als sie sich entschlossen, ins betreute Wohnen zu ziehen und das Haus zu verkaufen, boten sie es Katrin an. Sie wussten es bei ihr in guten Händen. Doch ahnte sie damals noch nicht, was an Arbeit auf sie zukommen sollte. Die beiden hatten in den letzten Jahrzehnten nicht viel am und im Haus gemacht. So waren noch alle Elektroleitungen über Putz verlegt. Beim Entfernen der Tapeten entdeckte sie das Fachwerk darunter. Die Gefache mussten teilweise neu aufgebaut und verputzt werden, ein paar Balken waren vermodert und mussten erneuert werden; eins kam zum anderen. Die Liebe zu diesem Haus aber ließ sie das alles ertragen. Nur manchmal wünschte sie sich, in ein Zuhause zu kommen, in dem nicht auch noch Arbeit auf sie wartete, wo sie alles von sich abfallen lassen konnte und einfach nur entspannen.

Das Ehepaar Banzer hatte eine kleine Wohnung im Enzian bezogen. Auch hier hatte Katrin die beiden regelmäßig besucht – bis zum Tod von Herrn Banzer vor einem Jahr.

*

Vorhin habe ich versucht, aus Mama rauszukriegen, wo der Wollenweber wohnt. Ich hab gedacht, ich stelle es geschickt an, von hinten durch die Brust ins Auge. Hab ein belangloses Gespräch angefangen über die Freunde von Papa und wen wir denn alles zur Trauerfeier einladen wollen, hab nach diesem und jenem gefragt und dachte, so krieg ich seine Adresse raus. Aber dann ist Mama ganz komisch geworden. »Wozu willst du das denn alles wissen?«, hat sie gefragt. »Da ist noch Zeit genug für. Außerdem weiß ich gar nicht, ob ich will, dass all die Leute kommen. Keiner von denen konnte Papa leiden, und nun sollen die ihm das letzte Geleit geben? Nee!« Sie räumte mit lautem Geklapper den Geschirrspüler ein. Ein Zeichen, dass das Thema für sie erledigt war. Vielleicht frage ich Rudi mal, der weiß doch alles.

16

Huber war noch immer im Gespräch mit Wollenweber, als sein Handy klingelte. Am anderen Ende des Äthers hörte er die aufgeregte Stimme von Sabine Kleber, der leitenden Physiotherapeutin aus dem Enzian.

»Petersens Spind ist aufgebrochen worden.«

»Okay, bleiben Sie dort. Ich schicke Ihnen gleich die Spurensicherung.«

»Ich kann eigentlich nicht so lange warten.«

»Frau Kleber, bitte. Das ist wichtig.«

»Wissen Sie, dass Wochenende ist? Aber so was kennen Sie wohl nicht.«

Huber atmete tief durch. »Können Sie den Umkleideraum abschließen? Dann machen Sie das bitte. Die Kollegen melden sich bei Ihnen. Wo sind Sie zu finden?«

»In meinem Büro. Ich werde dann die Zeit für Schreibkram nutzen.«

Huber rief die Polizei in Sankt Peter-Ording an und danach die Kollegen von der KTU, damit sie eventuelle Spuren sichern konnten. Gut, dass er den Spind schon ausgeräumt hatte.

»Nun noch mal zu uns.« Huber schaute Wollenweber fest in die Augen. »Und jetzt die Frage, auf die Sie sicher schon gewartet haben: Wo waren Sie am Abend von Petersens Tod, also Mittwoch?«

»Ich bin dann nach unserer Auseinandersetzung nach Flensburg in die Spielbank gefahren.«

»Dafür gibt es doch sicherlich Zeugen, oder?«

»Ja, die kennen mich dort.«

So viel dazu, dass er ab und zu spielt. Hat wohl eher ein massives Suchtproblem, dachte Huber.

»Gut, ich werde das natürlich überprüfen.«

Huber druckte die Aussage von Wollenweber aus und ließ ihn unterschreiben.

Er fragte ihn, ob er noch ein Handyfoto von ihm machen dürfe zum Zwecke der Wiedererkennung. Wollenweber stimmte zu.

»Ich muss wieder zurück nach Sankt Peter-Ording. Soll ich Sie mitnehmen?«

Irritiert blickte Wollenweber ihn an. »Ja, gerne.«

Katrin und Sebastian nahmen wieder die Fahrräder, um ins Enzian zu gelangen.

Das Café im Wintergarten lag von Sonnenschein durchdrungen im hinteren Teil des Gebäudes, zu einem sehr gepflegten Garten hin, der eher wie ein Park anmutete. Vom Licht geblendet, konnte Katrin ihre Mutter in der Menge zuerst nicht ausmachen. Aber dann hörte sie ihre Stimme. »Kindchen, hier bin ich.«

Jetzt sah Katrin die winkende Hand, dann erkannte sie die Umrisse ihrer Mutter und schlängelte sich mit Sebastian durch die Tische, die zu dieser Uhrzeit von Bewohnern und deren Gästen belegt waren. Der Laden brummte.

Auch hier im Café war alles in Blau-Weiß gehalten: die Tischdecken, die Hussen der Stühle, die Vorhänge.

Katrin küsste ihre Mutter auf beide Wangen, und Sebastian umfasste die Hand der alten Dame mit beiden Händen.

»Schön, dich wiederzusehen, mein Junge«, sagte sie zu ihm.

Sebastian lächelte. »Ich freue mich auch, Frau Lund.«

»Und wie geht's der Familie?« Sie konnte das Sticheln nicht lassen.

»Mama!«, zischte Katrin.

»Lass ruhig«, sagte Sebastian, »es ist doch nett gemeint.« An Frau Lund gewandt: »Oder, Frau Lund?«

»Aber selbstverständlich!« Sie schmunzelte.

Während sie sich setzten, kam auch schon eine Servicekraft und nahm die Bestellung auf.

»So, Mama, dann erzähl mal, was du herausgefunden hast.«

Frau Lund beugte sich zu Katrin und Sebastian und sagte leise: »Der Petersen soll es schlimm mit den Bewohnern hier getrieben haben. Gemeinheiten, Bestechung, Jähzorn. Hatte ich dir ja auch schon von erzählt. Auch die Kollegen hatten wohl unter ihm zu leiden.«

Frau Lund unterbrach ihren Bericht, weil die Kellnerin mit Kaffee und dem Kuchen kam. Alle am Tisch schwiegen, bis sie wieder davoneilte.

»Keiner der Bewohner ist gut auf den zu sprechen. Ich hab es ja hier gut in meiner Kurzzeitpflege und dann noch als Privatpatientin. Da bekomme ich vom normalen Alltag nicht so viel mit. Zu mir sind sie alle sehr zuvorkommend. Die spekulieren wohl darauf, dass ich mich hier niederlasse, wenn mal der Zeitpunkt kommt, dass ich mich nicht mehr allein versorgen kann.« Sie grinste die beiden schief an.

»Kannst du dir denn vorstellen, dass einem der Alten mal die Sicherung durchgebrannt ist?« In Katrin entflammte wieder der Spürsinn.

»Also wirklich, mein Schatz, wie soll denn so ein alter Tattergreis so einen Hünen wie den Petersen umbringen können?« Frau Lund schüttelte entrüstet den Kopf.

Huber ließ Wollenweber mitten auf der Dorfstraße in Sankt Peter-Ording aus dem Auto und fuhr weiter ins Enzian.

Sabine Kleber erwartete ihn schon im Foyer. Offenbar hatte sie ihre Behandlung und ihren Schreibkram, wie sie gesagt hatte, bereits beendet.

Kaum taten sie die ersten Schritte in Richtung Umkleideraum, kamen zwei Kollegen von der Kriminaltechnik mit ihren Köfferchen durch die Tür.

»Herr Huber, waren Sie schon vor Ort?«

»Nein, ich bin auch gerade erst gekommen. Frau Kleber hier …«, Huber deutete auf die Frau an seiner Seite, »… hat den Raum abgeschlossen, nachdem sie den Einbruch entdeckt hatte.«

Sie nickte heftig zu seinen Worten. Ihr Pferdeschwanz wippte.

»Dann lassen Sie uns zuerst hinein.«

Sabine Kleber ging voran, die Männer folgten ihr. Sie schloss ihnen die Tür auf, und die beiden KTU-ler zogen noch im Flur ihre Schutzanzüge über, öffneten die

Koffer und holten das Equipment heraus, um Fingerabdrücke und Einbruchspuren zu sichern und zu fotografieren.

»Und Sie haben hier nichts angerührt?«, fragte einer der Männer.

Sabine Kleber schüttelte energisch den Kopf, und ihr Pferdeschwanz wippte erneut. »Ganz bestimmt nicht.«

»Herr Huber, wir geben Ihnen Bescheid, sobald wir was Konkretes sagen können. Wollen Sie vielleicht einen Kaffee trinken gehen?«

»Gibt es hier so etwas wie ein Café?«, fragte Huber Sabine Kleber.

Sie riss ihren Blick von den Männern der KTU. »Oh … Ja. Ich bringe Sie hin.«

In dem Moment, in dem sie Huber direkt ansah, wusste er, woher er ihr Gesicht kannte. Während sie mit großen Schritten vorauseilte, holte er sein Handy aus der Brusttasche und scrollte durch seine Fotos. Tatsächlich!

»Hier können Sie warten.« Frau Kleber stieß die Tür zum Café auf und verschwand mit raschen Schritten, bevor Huber reagieren konnte.

Fassungslos blickte er auf das Display. Er zog das Foto groß. Dieser Junge mit dem lilafarbenen Jogginganzug, dessen Foto er im Zimmer von Sven fotografiert hatte, war Sabine Kleber. Oder ihr Bruder. Das Gesicht ließ keinen Zweifel zu.

Was fing er jetzt an mit dieser Information?

Woher hatte Sven das Foto?

*

Ich musste Rudi gar nicht fragen, wo der Wollenweber wohnt. Die Adresse steht in unserem Adressbuch im Flur. Als ich hin bin, war niemand zu Hause. Ich war schon ein paar Meter mit meinem Fahrrad gefahren, da hielt der dicke Bulle mit seinem Wagen vor Wollenwebers Tür. Ich bin schnell um die Ecke und konnte sehen, wie der Wollenweber ausgestiegen ist. Also doch! Der ist verdächtig. Warum sollte der Bulle ihn sonst im Auto gehabt haben?

17

Frau Lund beugte sich gerade wieder vor, um Katrin und Sebastian erneut etwas zuzuflüstern, als Huber an ihrem Tisch auftauchte.

»Guten Tag zusammen.« Huber blickte, noch ganz in Gedanken, in die Runde. »Das sieht ja hier sehr konspirativ aus.«

Katrin sprang auf, wie ertappt. Sie wich Hubers Blick aus.

»Das ist Herr Kirchner, ein guter Bekannter meiner Tochter«, preschte Gerti Lund vor. Sebastian stand ebenfalls auf.

»Kommissar Huber.« Die beiden Männer reichten sich die Hand, während Huber Katrins Blick suchte.

»Darf ich mich dazusetzen?« Er holte sich, ohne die Antwort abzuwarten, einen Stuhl vom Nebentisch heran und fixierte Katrin weiterhin, als ob er sie um eine – wenn auch wortlose – Erklärung bat.

Katrins Mutter überspielte die Stille, die plötzlich eingetreten war.

»Nun, Herr Huber, sind Sie denn schon weitergekommen mit der Aufklärung des Falls?«

»Zumindest gehe ich mittlerweile von Fremdverschulden aus und ermittle in alle Richtungen.«

Niemand in der Runde war überrascht.

»Und deshalb sind Sie jetzt an einem Samstag hier?«

»Ich bin hier, weil es in der Umkleidekabine der Angestellten aus der Physiotherapie einen Einbruch gegeben hat. Die Kollegen von der KTU untersuchen das gerade.«

»Und nun die übliche Frage: Haben Sie denn schon jemanden in Verdacht?« Katrins Mutter konnte es nicht lassen.

»Nein, im Moment kommen mehrere Personen in Betracht. Aber ich bin noch lange nicht so weit, etwas Konkretes sagen zu können. Und wenn ich etwas vermuten würde, dürfte ich das in dieser Runde auch keinesfalls äußern.«

Enttäuscht lehnte sich Gerti Lund in ihrem Stuhl zurück.

»Na gut, dann werde ich Ihnen auch nichts sagen, wenn ich hier etwas herausfinde«, sagte sie süffisant lächelnd.

Huber überging das und wandte sich Katrin zu. »Haben Sie frei dieses Wochenende?« Er wollte auf ein anderes Thema lenken, das merkten alle.

»Ja.« Katrin kam nicht dazu, vollständig zu antworten, weil in diesem Moment einer der Kollegen von der KTU – natürlich ohne seinen Schutzanzug, man wollte ja die Leute hier nicht erschrecken – an ihren Tisch kam und Huber auf die Schulter tippte. »Wir wären dann so weit.«

»Auf Wiedersehen. Ich muss. Sie sehen ja.« Huber eilte dem Mann hinterher.

Katrin rief ihm hinterher »Vergessen Sie nicht, mich auf dem Laufenden zu halten.«

Huber drehte sich noch einmal um.

»Sie haben es versprochen.« Katrin hob die Hand zu einem Winken, doch Huber war schon durch die Tür verschwunden.

»Den finde ich ja äußerst sympathisch«, meinte Katrins Mutter. »So höflich und freundlich. Im Fernsehen zeigen sie uns ja immer nur die mürrischen, depressiven oder zynischen Kommissare.«

Sie beugte sich wieder vor, um weitere Informationen an Katrin und Sebastian weiterzugeben. »Auch habe ich gehört, dass es in der Familie von dem Petersen nicht so gut gelaufen ist. Die Frau nimmt wohl Tabletten oder andere Drogen und der Sohn, na ja, Jungs in dem Alter eben: aufmüpfig und aggressiv.«

Sebastian stand auf. »Ich gehe noch mal an den Strand, ein paar Fotos machen. Ist gerade so ein schönes Licht.« Er deutete mit der Hand nach draußen. Die Sonne stand tief, und die Büsche und Bäume im Park warfen lange Schatten.

»Geh nur, mein Junge«, sagte Frau Lund. »Ist ja auch nicht so interessant für dich.«

Sebastian gab Katrin einen Kuss und raunte ihr ins Ohr: »Fotos für dein Kochbuch.«

Erschrocken blickte sie ihn an. »Wie …?«

»Glaubst du, mir entgeht das?«

Sie lächelte ihn an. »Bis gleich, Basti. Kommst du wieder hierher zurück?«

»Mach ich.« Er trollte sich mit seiner Fototasche.

Kaum war er aus der Tür, legte Katrins Mutter los. »Und, hat er sich nun mal geäußert, ob und wann er sich scheiden lassen will?«

»Mama! Hör doch mal auf damit! Hast du dich eigentlich mit Lena gegen mich verschworen? Selbst wenn er sich scheiden lassen würde, weiß ich gar nicht, ob ich überhaupt mit ihm zusammenleben will! Ich kann immer nur wieder sagen: Es ist gut so, wie es ist. Für ihn und für mich.«

Katrin orderte noch zwei Tassen Kaffee. Sie wollte dieses Gespräch mit ihrer Mutter nicht weiterführen. »Noch mal zurück zu Petersen. Du sagtest, in der Familie läuft es nicht so gut.«

Die Mutter blickte sich wieder um, bevor sie flüsterte: »Ja, man munkelt sogar, er sei regelrecht gewalttätig gewesen.« Sie rückte näher an Katrin heran. »Und das nicht nur zu Hause.«

»Was meinst du damit?«

»Damit meine ich, dass er wohl hier auch mit den alten Leutchen ziemlich rüde umgegangen ist. Also, nicht nur mit Worten, meine ich.«

Katrin dachte nach.

»Und in diesem Zusammenhang finde ich es doch sehr bedenkenswert, wenn hier eine Patientin mit einem sogenannten Brillenhämatom herumläuft. Die sagt, sie sei hingefallen. Na ja!« Sie zog die Brauen hoch.

»Aber Mama, das kann doch durchaus sein. Dir ist doch auch schwindelig geworden, als du gestürzt bist, was zu *dem* hier geführt hat.« Katrin deutete auf den Oberschenkel der Mutter. Doch im gleichen Augenblick musste sie an den blauen Fleck auf dem Unterarm von Frau Banzer aus der Kochgruppe denken.

»Ja, du hast ja recht. Aber passen tut es schon, finde ich«, lenkte Gerti Lund ein.

»Meinst du, ich kann mich bei Frau Petersen mal umhören? Du kennst sie doch, warst schon öfter bei ihr mit

Sachen zum Nähen und Ändern. Denkst du, sie nimmt tatsächlich Drogen?«

»Na ja, ein bisschen lethargisch war die Frau schon manchmal. Aber ob das auf Drogen zurückzuführen ist?« Nachdenklich trank Frau Lund ihren letzten Schluck Kaffee aus. Da kam auch schon die Kellnerin mit dem neuen.

*

Ich war mit dem Foto von dem Jungen bei Rudi. Der hat lange draufgeguckt. »Tja, was soll ich dazu sagen?« Das war erst mal alles von ihm. Ich fragte, ob er den Typen da auf dem Foto kennt. Er schlurfte in seine Kochnische, setzte Wasser für Tee auf und füllte den Filter mit einem seiner Kräutertees. Er setzte sich wieder zu mir, und während der Tee zog, schob er das Foto wieder zu mir rüber. »Guck mal genau hin. Erkennst du das Gesicht?« Ich konnte nichts erkennen, der Typ war mir noch nie begegnet. Woher auch, das Foto ist ja mindestens dreißig Jahre alt. Rudi goss mir Tee ein. »Das ist Sabine Kleber, als sie jung war.« Ich guckte noch mal genau hin. Ja, eine Ähnlichkeit war vorhanden. Aber die Kleber war doch eine Frau und das auf dem Foto eindeutig ein Mann. »Das war Sabine Kleber früher mal, als sie noch ein Mann beziehungsweise ein Junge war.« In meinem Kopf war alles durcheinander. Rudi forderte mich auf, den Tee zu trinken. Der tat gut. »Aber wieso war der denn … oder die denn … scharf auf Papa? Papa hätte doch nie … Hat die denn noch 'nen Schwanz?«

Rudi grinste. »Das weiß ich nicht. Ich hab nicht nachgeguckt.« Jetzt lachte er. »Bist du dir sicher, dass die scharf auf deinen Vater war? Manches scheint so eindeutig, weil wir uns nur bestimmte Dinge vorstellen können. Passt diese Idee jetzt auch noch?« Ich schüttelte den Kopf. Jedenfalls war Papa bestimmt nicht scharf auf SIE.

Ich trank noch einen Schluck von dem Tee. Der wärmte meinen Bauch. Jetzt wusste ich gar nicht mehr, was ich denken sollte. Aber in dem Moment war mir das total egal. Ich hatte so ein gutes warmes Gefühl im Körper und auch im Kopf.

Als ich ging, sagte Rudi noch: »Jetzt lass mal die Polizei ihre Arbeit machen. Versuch dich zu entspannen, Kleiner. Triff dich doch mal mit Freunden, damit du auf andere Gedanken kommst.« Er grinste breit durch seinen Zottelbart.

18

Die beiden Männer von der KTU zeigten Huber die Stelle, an der der Spind aufgebrochen worden war.

»Das war kein Brecheisen, eher ein metallener Stab. Könnte ein Schraubenzieher oder so etwas gewesen sein. Diese Spinde sind ja nicht so wirklich sicher. Dünnes Blech. Kann man leicht verbiegen.«

Huber betrachtete die Stelle genauer. »Haben Sie denn Fingerabdrücke gefunden?«

»Na klar. Jede Menge. Die meisten dürften von dem Toten sein. Das müssen wir im Labor überprüfen und vergleichen.«

»Sonst noch irgendetwas Erhellendes?«

Die beiden schüttelten synchron die Köpfe.

»Dann kommen Sie doch bitte gleich Montagmorgen und nehmen von allen Mitarbeitern hier Fingerabdrücke. Wir brauchen Vergleiche mit denen am Spind. Ach, und wo Sie dann schon dabei sind, müssen auch von Frau Petersen und ihrem Sohn Fingerabdrücke genommen werden. Da könnten Sie vielleicht vorher, gleich früh, hinfahren. Ich kündige Sie dort an.« Er kritzelte die Adresse auf einen Zettel aus seinem Block.

Einer der beiden nahm den Zettel entgegen, dann nickten sie und zogen mit ihren Koffern ab.

Huber ging schnurstracks zum Büro der Kleber, um sie wegen des Fotos zur Rede zu stellen. Aber natürlich war sie jetzt am Samstagnachmittag nicht mehr da. Also musste er bis Montag warten.

»Sebastian fährt ja morgen wieder, und ich hab noch frei. Hast du nicht Lust, deine auskunftsfreudigen Informanten nachmittags auf ein kleines Schwätzchen zu Kaffee und Kuchen zusammenzutrommeln?« In Katrin entbrannte eine Unruhe, die sie gut kannte. Wenn sie einer Sache auf den Grund gehen wollte, kribbelte es hinter ihren Ohren. Das hörte erst dann auf, wenn sie tatsächlich auf den Grund gestoßen war. Nicht, dass es ein unangenehmes Gefühl war, aber sie musste etwas tun.

Gerti Lund hob mahnend den Zeigefinger. »Mädchen, ich kenne dich. Da blitzt mal wieder was aus deinen Augen heraus.«

»Aus deinen übrigens auch«, erwiderte Katrin.

»Ich sag meinen neuen Freundinnen und Freunden hier mal Bescheid. Wer keinen Familienbesuch bekommt, freut sich bestimmt über ein bisschen Ablenkung … und ein Stück selbst gebackenen Kuchen.«

Gerti Lund stützte sich auf ihrer Gehhilfe ab und stemmte sich in den Stand hoch.

»So, mein Schatz, dein Mütterlein braucht jetzt Ruhe. Das ist doch alles sehr aufregend für mein altes Herz.« Sie hielt Katrin, wie üblich, ihre Wange hin, um von ihr geküsst zu werden. Wie auf Bestellung kam in diesem Moment Sebastian durch die Tür und steuerte auf die beiden zu. Ihm hielt sie ihre andere Wange für einen Kuss hin. Dann humpelte sie zum Fahrstuhl und schickte Katrin und Sebastian mit einer Geste aus dem Haus.

»Bis morgen dann, Mamilein.«

Als Sebastian sie bei den Fahrrädern mit einem Kuss bedachte, sah sie Huber aus den Augenwinkeln in seinem Auto vorbeifahren. Er winkte nur kurz, ohne sie anzusehen. Sie spürte, wie Hitze in ihrem Gesicht hochstieg. Hatte sie ihn verprellt? Ja, sie hatte mit ihm geflirtet, und ja, sie mochte ihn. Aber mehr?

Nach einem üppigen Abendessen überredete Sebastian Katrin zu einem Sonnenuntergangsspaziergang am Strand. Sie fuhren mit dem Auto zum Parkplatz bei der Seekiste. Hand in Hand spazierten sie durch die Deichwiesen. Zu später Stunde gab es hier kaum noch Touristen. Sie widmeten sich dem Abendessen oder aber waren von der Seeluft so kaputt, dass sie früh zu Bett gingen.

Die Sonne rutschte tiefer und tiefer und wurde größer und röter, je mehr sie sich dem Horizont näherte.

Die Pfahlbauten konnten sie gegen die Sonne nur noch als schwarze Schatten ausmachen. Das flache Wasser im Watt spiegelte die untergehende Sonne rubinrot. Katrin hatte ein Gefühl, als würde sie sich gerade jetzt mit dem Kosmos verbinden, als wäre sie ein Teil des Ganzen.

»Versprich mir, dass du dich nicht in Gefahr begibst.« Sebastian löste seine Hand aus Katrins und nahm sie stattdessen in seine Arme.

»Wieso sollte ich mich in Gefahr begeben? Was meinst du?« Katrin blickte zu ihm hoch.

»Das ist immerhin ein Mord, in den du da deine Nase stecken willst. Ich kenne dich und weiß mittlerweile, wenn dich der Hafer sticht.«

»Ach, Basti, was soll mir passieren? Ich will doch nur wissen, was da los war. Ich hab den ja schließlich gefunden.«

»Bitte, pass auf dich auf, ja?«

»Also ehrlich, Basti! Jetzt mach mal halblang. Ich bin ein großes Mädchen und verspreche dir, keine Dummheiten zu machen. Außerdem bist du ja eh nicht hier, um mich davon abhalten zu können.« Sie schob keck nach: »Oder gar auf mich aufpassen zu können.«

Sebastians Miene verfinsterte sich. »Das ist nicht fair, Katrin! Du weißt genau, dass ich nicht aus meiner Situation herauskann. Noch nicht.«

»Jetzt aber ehrlich: Ich lebe ohne dich und meistere mein Leben ohne dich. Da brauchst du nicht in den wenigen Momenten, in denen wir uns sehen, den Beschützer raushängen zu lassen.«

»Was regst du dich denn so auf? Ja, ich bin ehrlich! Ich darf mir wohl Sorgen um dich machen. In einem Mordfall herumzustochern ist nicht ungefährlich. Du weißt doch gar nicht, was da alles hintersteckt.«

Katrin lenkte ein. »Ich hab es doch gar nicht so grundsätzlich gemeint. Das mit dem Beschützer sollte eher ein Scherz gewesen sein.«

»Dieser Scherz war, wie du sagen würdest, ehrlich gesagt ziemlich missglückt!«

Schweigend stampften sie im Watt nebeneinander her.

Nach ein paar Minuten, in denen beide ihren Groll gehegt hatten, schmiegte sich Katrin an Sebastians Arm und raunte kleinlaut: »'tschuldigung.«

Seine Körperspannung löste sich, und Arm in Arm schlenderten sie weiter, der Sonne entgegen, bis sie mit dem Horizont verschmolz. Dann drehten sie um, um noch im Dämmerlicht zurück zu sein und nicht von der Flut überrascht zu werden. Die Priele füllten sich allmählich wieder. Aber Katrin kannte sich aus und wusste, welche zu meiden waren.

*

Als ich von Rudi weg bin, hab ich den Kommissar wieder auf dem Parkplatz gesehen. Der hat mich gar nicht wahrgenommen, obwohl ich mit dem Fahrrad direkt an ihm vorbei bin, als er grad ins Auto gestiegen ist. Ich hab sogar »Hallo« gesagt, aber der hat gar nicht reagiert. Als ob den jemand hypnotisiert hätte. Ich werde jetzt mal nichts machen und erst mal versuchen, mein inneres Chaos zu durchblicken.

19

Am Sonntagmorgen stand Dirk Huber zeitig auf, um sich vor seinem Ausflug nach Flensburg ein üppiges Sonntagmorgenfrühstück zu gönnen, mit frischen Brötchen – die ihm sonntags immer ein Ehepaar aus der Nachbarschaft mitbrachte –, Omelett, viel Kaffee und, nicht zu vergessen, der selbst gemachten Marmelade seiner Mutter.

Als er sich gestärkt fühlte, machte er sich auf den Weg. Er verband seinen Besuch im Flensburger Casino mit einem Bummel durch die Stadt. Es gab hier ein paar Ecken, die er liebte: die Rote Straße mit ihren kleinen Läden und Kneipen, den Museumsberg, der sich über der Stadt erhob und einen herrlichen Blick über die Stadt bot. Und schließlich der Hafen. So ganz anders als der Husumer. Man merkte hier eben doch die Ostsee. So einen Hafen konnte man an der schleswig-holsteinischen Nordseeküste nicht finden. Dort war alles viel rauer, flach und natürlich von den Gezeiten abhängig. Die gab es hier ja kaum. Dafür musste man in Flensburg bergauf und bergab laufen, außer auf der Einkaufsstraße, die auf einer Ebene durch die Stadt führte.

Er begann seinen Ausflug in der Roten Straße. In einem Restaurant leistete er sich einen verfrühten kleinen Lunch und anschließend einen guten Kaffee in einer Hausrösterei. Dann machte er sich auf den Weg durch die Einkaufsmeile zum Hafenviertel. Flensburg war eine Stadt, in der es vom Hafen aus bergan ging. Husum und seine Umgebung war flaches Deichland. Man konnte gucken bis zur Horizontlinie, und zwar nicht nur Richtung Wasser, auch in Richtung Land. Das Auge konnte weit schweifen. Hier in Flensburg war mehr Ablenkung. Er selbst mochte den weiten Blick lieber. Er fühlte sich in Husum wohl.

Die letzte Begegnung mit Katrin, oder besser die Begegnung mit ihrem Freund, musste Huber erst mal verdauen. Die Möglichkeit, dass sie gebunden war, hatte er überhaupt nicht in Erwägung gezogen. Er musste sich eingestehen, dass er gar nicht darüber nachgedacht hatte. Das Gefühl für Katrin hatte ihn so unvermittelt getroffen, dass es ihn blind gemacht hatte. Er schüttelte über seine eigene Dummheit den Kopf.

Beim Wasser angelangt, stellte er fest, dass sich das Casino hier gar nicht mehr befand. Er rief die aktuelle Adresse in seinem Handy auf, machte kehrt und steuerte die neue Adresse der Spielbank direkt beim ZOB an. Sie war ganz unauffällig untergebracht in einem Neubau zwischen einem Sportgeschäft und dem Restaurant einer Fastfood-Kette, den oberen Bereich zierte eine Glasfassade. Er stieg die Treppe zum ersten Stock empor und betrat den schmalen Eingangsbereich des Casinos. Eine gläserne Schranke hielt ihn davon ab, gleich hineinzugehen.

Das hier war ganz und gar nicht wie Baden-Baden – also jedenfalls, wie er sich Baden-Baden vorstellte. Nicht, dass er schon einmal dort gewesen wäre. Die Welt des Glücksspiels war so gar nicht seine.

Aus dem hinteren Bereich hörte er eine männliche Stimme: »Ich bin gleich da.« Huber wartete. Ihm fiel auf, dass der Eingangsbereich doppelt mit Kameras gesichert war. Einmal direkt über dem Jetonausgabebereich und dann noch eine Kamera, die jeden im Visier hatte, der das Casino betrat. Auf der Seite, wo sich die Spieltische befanden, ließ die große Glasfassade viel Licht in den Raum. Es gab sogar einen Raucherbereich. Die Automaten waren im hinteren Teil.

Ein junger Mann kam um die Ecke und schlüpfte in den Glaspavillon, vor dem Huber stand. »Entschuldigen Sie, ich bin im Moment allein hier.«

Huber stellte sich vor und zeigte dem Mann seine Dienstmarke.

In aller Frühe standen Katrin und Sebastian auf. Er musste zum Flughafen nach Hamburg. Auf dem Rückweg nach Italien wollte er noch den Tag mit seiner Familie in Düsseldorf verbringen.

Die Stimmung in Katrins Auto war schweigsam. Sie kannte das bereits. Der Liebeskater stellte sich schon ein, bevor Sebastian ins Flugzeug oder in den Zug stieg. Wenn er dann weg war, litt sie zwei Tage unter schwersten Entzugserscheinungen. Ab da aber freute sie sich jedes Mal auf das Wiedersehen. Und die Zeit zwischen den Treffen gehörte ihr. Was war daran falsch? Was ihre Mutter und Lena daran bloß auszusetzen hatten? Nun ja, manches Mal wünschte sie schon, dass Sebastian länger bleiben würde, oder sie malte sich tatsächlich aus, er ließe sich scheiden. Aber eigentlich hatte sie diesen Gedanken nie zu Ende gedacht.

Sebastian nahm ihre Hand, die auf dem Schaltknüppel lag.

»Ich vermiss dich jetzt schon.« Mit traurigen Augen blickte er sie an.

»Mir geht's genauso.« Katrins Blick streifte kurz Sebastians Gesicht, dann konzentrierte sie sich wieder aufs Fahren. Sie gerieten in den üblichen Stau vor der Abfahrt zum Flughafen. Das Schweigen klaffte zwischen ihnen.

Endlich konnte sie Richtung Fuhlsbüttel abbiegen. An diesem Abzweig zog sich ihr Herz jedes Mal zusammen. Ab dann war der Abschied unausweichlich. Tränen stiegen in ihr hoch, und sie presste die Augen zusammen, damit sie abflossen und sie wieder sehen konnte. Sebastian beugte sich vor und wischte sie ihr zart mit dem Daumen von den Wangen. Ihm ging es genauso, auch seine Augen waren tränenfeucht. Sie biss sich auf die Lippen und lächelte tapfer.

Direkt vor dem Terminal bekam sie einen lang anhaltenden Abschiedskuss.

»Vergiss nie, wie lieb ich dich hab«, sagte er und gab ihr noch einen zarten Kuss auf den Hals. Seine Lippen würde sie noch Stunden später dort spüren.

Sebastian stieg aus, zog seine Reisetasche vom Rücksitz und verschwand hinter der gläsernen Tür. Katrin wischte sich noch einmal über die Augen und fuhr weiter, den großen Bogen zurück auf den Zubringer zur Autobahn.

Sie legte *The Gospel Truth* von Ida Sand in den CD-Player, und beim zweiten Titel *Ain't no sunshine* brach dann die ganze Tränenflut heraus.

Lauthals schluchzte sie den Text mit.

Sie liebte diesen von Ida Sand interpretierten Song von Bill Withers, da sie besang, wie eine Frau den Abschied von ihrem Mann betrauerte, nicht wie im Original umgekehrt.

Ihren Schmerz herausgeschrien, konnte sie nun an kommende Dinge denken.

Während der junge Mann in schwarzer Hose und weißem Hemd mit angemessen leiser Stimme mit dem Geschäftsführer telefonierte, beobachtete Huber die wenigen, ausschließlich männlichen Spieler, die sich hier an einem Sonntagnachmittag die Zeit vertrieben. Eine gewisse Kleiderordnung war erwünscht, und eine ruhige, zurückhaltende Stimmung schwebte über allem.

Der junge Mann bat Huber hinein und lotste ihn an den Tresen, wo er ihm einen Espresso anbot. »Der Geschäftsführer ist in der Hauptstelle in Kiel und wird in etwa einer Stunde hier sein. Wenn Sie so lange warten wollen?«

»Ich gehe lieber noch eine Runde spazieren und komme später wieder.« Huber trank den Espresso mit einem Schluck, bedankte sich und rauschte ab. Unten vor der Tür bog er nach links, dann wieder nach links in die Rathausstraße, querte die Einkaufsstraße und stieg hinauf zum Museumsberg. Das letzte Mal war er wohl als Schüler hier im Museum gewesen.

Hier wurde gerade gebaut. Er ging die stählerne Rampe auf den Eingang zu und betrat einen lichten Raum, in dem sich ein kleines Museumscafé befand. Er bezahlte sein Eintrittsgeld und schlenderte durch die aktuelle Fotoausstellung. So viel hatte sich hier geändert. Alles war neuer und heller, als er es in Erinnerung hatte. Und er sah eine fantastische Ausstellung über einen Flensburger Fotografen, der um 1900 in der ganzen Welt herumgekommen war und mit seinem damaligen Equipment gestochen scharfe Fotos vor allem von den Wassern und Bergen der nordischen Länder gemacht hatte. Huber ließ sich durch die Ausstellung treiben. Als er seinen Rundgang beendet hatte, blickte er auf die Uhr. Die Zeit war wie im Flug vergangen, und er beeilte sich, zum Casino zurückzukommen.

Der Geschäftsführer erwartete Huber bereits im Glaspavillon. Er sah eher aus wie ein Bankdirektor – was er in einem gewissen Sinne ja auch war –, trug einen dunkelgrauen Anzug, ein hellblaues Hemd und eine nachtblaue Krawatte.

Nach den üblichen Begrüßungsfloskeln kam Huber zur Sache. »Ich habe einen Zeugen, dessen Angaben ich überprüfe. Er behauptet, am Mittwochabend hier gewesen zu sein.«

Der Geschäftsführer öffnete die Schranke und geleitete seinen Gast an den Tresen.

Huber fuhr fort: »Ich sehe, dass Sie hier zwei Überwachungskameras installiert haben.« Er deutete auf die beiden Kameras. »Ich bräuchte die Aufnahmen und die Registrierungen vom Mittwoch bis in die Nacht hinein.«

»Oje, das tut mir leid. Das ist genau einer von den beiden Tagen, an denen unser System zusammengebrochen war. Mittwoch und Donnerstag hatten wir hier einen Totalausfall. Die Automaten funktionierten, also lief das Geschäft weiter, und die persönlichen Daten der Spielenden wurden handschriftlich aufgenommen.

Die IT hat erst zum Donnerstagabend alles wieder einrichten können. Diese beiden Tage waren unser persönliches Armageddon. So etwas darf eigentlich nicht passieren.«

»Dann brauche ich den Firmensitz Ihrer IT-Firma. Und bitte noch den Dienstplan vom Mittwoch.«

Der Geschäftsführer bat seinen Mitarbeiter, den Dienstplan vom Mittwoch auszudrucken. »Von denen ist aber heute keiner hier. Die haben das Wochenende frei.«

»Okay, dann benötige ich auch noch deren private Anschriften.«

»Machen wir fertig.« Er ging noch einmal zu dem jungen Mann.

Kurze Zeit darauf kam er mit beiden Listen zu Huber zurück.

»Danke.« Huber lächelte freundlich.

»Um wen handelt es sich denn?«, fragte der Geschäftsführer. »Vielleicht kann ich Ihnen weiterhelfen. Einige Besucher kennt man ja hier.«

»Ein Markus Wollenweber.«

»Nein, tut mir leid, der Name sagt mir nichts.«

Er ging selbst noch einmal zu dem Computer im Glaskasten, da der Mitarbeiter gerade mit einem Kunden beschäftigt war, und guckte mit zusammengekniffenen Augen auf den Bildschirm. Dann setzte er seine Brille von der Stirn auf die Nase und schaute erneut auf den Bildschirm.

»Ja, wir haben seine Daten, aber als regelmäßiger Spieler ist er hier nicht gespeichert.«

Huber nahm Abstand von seiner Theorie mit dem Suchtproblem Wollenwebers.

20

Wieder zu Hause, machte Katrin sich daran, den Kuchen für die Kaffeerunde im Enzian vorzubereiten. Sie zerbröselte eine halbe Packung Haferkekse auf dem Boden der Kuchenform, füllte ein Kilo Quark in die Rührschüssel, gab Vanillezucker, Mandarinensaft und Eier hinzu und verquirlte das Ganze zu einer cremigen Masse. Menschen verlieren die feinen Nuancen ihrer Geschmacksempfindungen im Alter, das war der Grund, warum viele Ältere so gerne Süßes aßen, das konnten sie gut schmecken. Also tat Katrin ihnen den Gefallen und gab noch ein bisschen Zucker in den Quark.

Während der Kuchen im Ofen war, räumte sie die Spuren der letzten Tage auf, stellte den Geschirrspüler an und las noch ein bisschen in dem Magazin, das seit einer Woche ungelesen auf der Küchenanrichte lag.

Seit Jahren hatte sie eine Psychologie-Zeitschrift abonniert. Sie liebte es, den verschiedenen Facetten der menschlichen Seele auf den Grund zu gehen, und fand in dieser Zeitschrift genügend Futter dafür. Und wie gerufen fiel ihr in der Inhaltsangabe ein Artikel über Neugierde auf. Da es ein längerer Beitrag war, hob sie sich den für einen Moment auf, in dem sie Zeit dafür finden würde. Sie blätterte weiter und las einige kurze Berichte über Buchtipps, Forschungsergebnisse und die Kolumne einer Schriftstellerin, die hier sehr launig über alltägliche Dinge wie Aprilscherze, Hundeliebe oder verschwindende Briefkästen schrieb.

Sie nahm ihr Handy und öffnete die Fotodatei. Nicht nur ihren ganzen Kram in den Kartons, sondern auch ihre Fotos sollte sie endlich einmal sortieren. Sie ging hinüber ins Wohnzimmer, verband ihren Laptop mit dem Handy und lud die Fotos, die sie für ihr Kochbuch geeignet hielt, herunter. Sie klickte sie durch, da waren etliche dabei, die stimmungsvoll waren und die sie verwenden wollte. Am Ende würde sie sowieso viel kürzen müssen, aber wenigstens dienten sie der Inspiration.

Der Backofenwecker klingelte. Sie speicherte die Fotos ab, ging in die Küche und prüfte, ob der Kuchen fertig war. Seine Oberfläche hatte eine goldgelbe Farbe angenommen. Sie stellte den Ofen aus und ließ den Kuchen abkühlen.

Sie war richtig gespannt darauf, was die Alten ihr wohl zu erzählen hatten. Neben Klatsch und Tratsch kam hoffentlich auch etwas heraus, was mit dem Toten zu tun hatte.

Huber begann seine Runde unter den Spielbank-Angestellten. Kreuz und quer fuhr er durch Flensburg und Umgebung. Gott sei Dank gab es Navis. Er hatte gedacht, er kenne sich aus in der Stadt. Weit gefehlt. Er kam nun in Ecken, in denen er nie zuvor gewesen war.

Viermal das gleiche Spiel: vorfahren, klingeln, das Foto zeigen, Fragen stellen. Einige waren auch gar nicht zu Hause. Er kam zu keinen weiterführenden Ergebnissen. Ärger kroch in ihm hoch. War es doch keine so gute Idee gewesen, an einem Sonntag zu ermitteln?

Aber an der fünften Tür dann traf er auf einen Croupier, der sich, als Huber ihm das Foto auf seinem Handy zeigte, an das Gesicht Wollenwebers zu erinnern meinte.

»Ich glaube, den habe ich am Donnerstagabend an meinem Tisch gesehen. Aber ich sehe eigentlich nie das pure Äußere. Ich nehme eher die Stimmungen in den Gesichtern wahr: Ist jemand aufgeregt, verärgert, enttäuscht ... so etwas eben. Und natürlich die Hände. Wenn er Karten gespielt hat, dann kann ich mich am besten an die Hände erinnern. Man bekommt einen Blick für ehrliche Hände, aber auch für welche, die tricksen wollen. Könnte ich seine Hände sehen, würde ich mich sicherlich erinnern. Hat er etwas angestellt?«

»Das wissen wir noch nicht. Wären Sie eventuell zu einer Gegenüberstellung bereit? Vielleicht morgen?« Huber steckte sein Handy wieder in die Anzugtasche. Eine Handgegenüberstellung! Auch mal interessant. Manchmal fand er seinen Beruf richtig spannend.

»Kein Problem, das mach ich gern.«

*

Wow! Ich hab mich gestern, nachdem ich von Rudi gekommen bin, hingelegt und bis eben durchgeschlafen, fast vierundzwanzig Stunden. Ich kann mich nicht erinnern, dass ich schon mal so lange geschlafen habe. Aber ich fühlte mich gar nicht matschig. Ganz im Gegenteil. Es fühlte sich an, als ob sich meine Gedanken im Schlaf sortiert hätten. Ich fühle mich ganz ruhig. Ich hoffe, das hält an.

21

Wenn er schon mal an einem Sonntag in Flensburg war, wollte Huber auch seine Eltern besuchen.

Die bewohnten eine typische Doppelhaushälfte, wie sie nach dem Zweiten Weltkrieg vielerorts an den Stadträndern gebaut worden waren. Geringe Wohnfläche, aber viel Land drum herum. Die Idee war, dass die Besitzer die Gartenflächen zur Selbstversorgung nutzen konnten. Als die Eltern in den Siebzigern das Häuschen gekauft hatten, hatten sie Bohnen, Möhren, Zwiebeln, Kartoffeln und alle Arten von Beeren gepflanzt und geerntet. Der Garten war ihr ganzer Stolz, und Huber erinnerte sich daran, dass bei heimischen Festen die Gäste erst einmal durch den Garten geführt wurden. Alle tauschten ihre Erfahrungen in der heimischen Obst- und Gemüseproduktion aus, gaben sich Tipps zur Schädlingsbekämpfung und bewunderten die Beete und Rabatten, bis dann die Hausfrau wieder ins Haus bat, wo die gedeckte Kaffeetafel auf die Gäste wartete. Auch erinnerte er sich daran, dass er beim Ernten und Verarbeiten hatte helfen müssen: Johannisbeeren abstribbeln, Bohnen zum Einmachen vorbereiten, Kirschen entkernen … Wahrscheinlich kam daher seine Freude am Kochen. Eine Fertigpizza in den Ofen zu schieben würde ihm im Traum nicht einfallen.

Mit dem Älterwerden der Eltern wurde die bewirtschaftete Fläche des Gartens immer kleiner und wich einer immer größer werdenden Rasenfläche. Ein Junge aus der Nachbarschaft mähte sie alle zwei Wochen gegen die Aufstockung seines Taschengeldes.

Huber schloss die Haustür auf und rief ein lautes »Hallo, hier ist euer Sohn« ins Haus, damit sich die Eltern nicht erschreckten, wenn er vor ihnen stand. Seine Mutter streckte den Kopf aus der Küchentür, und ein breites Lächeln zog sich über ihr Gesicht, als sie Huber sah. Sie öffnete die Tür ganz und breitete ihre Arme aus, um ihren Sohn an sich zu drücken. Huber ließ sich in die Umarmung sinken. Er hatte das Gefühl, dass seine Mutter von Mal zu Mal kleiner und zarter wurde.

»Mein Junge, du kommst genau richtig. Der Kuchen ist ausgekühlt, und ich wollte gerade Kaffee aufsetzen. Wie schön! Komm, setz dich so lange zu mir in die Küche. Dein Vater hält noch seinen Schönheitsschlaf.« Sie zwinkerte ihm zu. »Du hättest doch anrufen können.«

»Ich hatte hier spontan zu tun. Und da dachte ich genauso spontan daran, euch zu besuchen.«

»Und? Was ist es, was du hier so spontan zu tun hast?«

»Endlich mal wieder was Richtiges. In Sankt Peter-Ording gab es einen Toten, bei dem Fremdverschulden anzunehmen ist. Und da die Kollegen vom K 1 hier in Flensburg völlig überlastet sind, musste beziehungsweise durfte ich den Fall übernehmen.«

»Hier, probier mal.« Hubers Mutter schob ihm ein Stückchen vom frischen Butterkuchen in den Mund.

»Hmmm, lecker.« Die gerösteten Mandelblättchen knackten zwischen seinen Zähnen.

Die Küchentür öffnete sich, und Huber senior schob sich herein. »Ach, Dirk, wie schön!«

Der Sohn stand auf und umarmte seinen Vater. Er spürte die Knochen unter der Strickjacke und fragte sich einmal mehr, woher er selbst bloß seine Neigung zur Fülle hatte.

»Komm mit mir ins Wohnzimmer und erzähl mir von der Welt da draußen.«

»Kann ich schon etwas mit reintragen, Mama?«

Mutter Huber stellte Tassen, Teller, Milch und Zucker auf ein Tablett und legte Besteck dazu.

»Ich komme gleich mit dem Rest nach.« Sie goss Wasser in den Kaffeefilter nach. Hubers Mutter schwor auf Selbstaufgebrühten. Keine Kaffeemaschine und schon gar kein Kaffeeautomat. Sie mahlte den Kaffee sogar noch selbst, in einer elektrischen Mühle mit zwei unterschiedlichen Mahlgraden, die auch aus den Siebzigerjahren zu stammen schien. Ein ähnliches Modell hatte er neulich in einer Ausstellung mit Alltagsgegenständen in Hamburg gesehen. Huber wusste, woher er seine Vorliebe für guten Kaffee hatte.

Bis zu seiner Pensionierung hatte Hubers Vater bei Robbe und Berking, in der Silberschmiede des Unternehmens, gearbeitet. Als Kind war Dirk immer mal wieder im Betrieb gewesen, um seinen Vater von der Arbeit abzuholen. Was die alles aus Silber herstellen konnten: Nicht nur Besteck, sondern auch Kerzenleuchter, Schalen, sogar eine lebensgroße, blank polierte Ritterrüstung aus Silber hatte er in einer Ausstellungsvitrine gesehen. Auch die Schiffsmodelle aus Silber fand er sagenhaft. Als er seinen Vater fragte, ob man so eins kaufen könnte, hatte der Vater nur schallend gelacht.

Natürlich wurde jetzt zum Sonntagnachmittagskaffee das Silberbesteck von Robbe und Berking benutzt.

»Soso, ein Toter, der vielleicht ermordet worden ist. Da ist bestimmt viel Aufregung in dem Örtchen.« Hubers Vater knöpfte seine Strickjacke auf und ließ sich auf dem Sofa nieder, Huber selbst setzte sich in den Sessel, in dem er schon als Junge gesessen hatte. Früher war er darin verschwunden, heute füllte er ihn ganz und gar aus. Überhaupt fühlte er sich, seitdem er ausgezogen war, immer viel zu groß für das Haus, in dem er aufgewachsen war.

»Wir versuchen so gut wie möglich, Wirbel zu vermeiden. Sonst steigt uns noch die Kurverwaltung aufs Dach. Aber das zieht natürlich Kreise. Deswegen bin ich auch hier.« Er berichtete von seinen Ermittlungen, wissend, dass die mageren Informationen, die er seinem Vater zukommen ließ, nicht weitererzählt wurden.

Die Mutter kam mit der Porzellankanne voll duftenden Kaffees herein und goss die drei Tassen voll. Dann verschwand sie noch einmal, um gleich darauf mit dem gefüllten Kuchenteller wiederzukommen.

»Und, hast du schon Verdächtige?«, fragte der Vater nach.

»Es kommen ein paar Personen in Betracht. Ich glaube aber, da wird noch der eine oder die andere Verdächtige hinzukommen.«

»Man sagt ja, meistens ist der Täter im nächsten Umfeld zu suchen, also Familie. Hast du die Familie denn im Visier?« Der Vater nahm ein Stück Kuchen und legte es sich auf den Teller.

»Der Tote hinterlässt seine Frau und einen pubertierenden Sohn. Irgendwas ist komisch mit denen. Also ja, vorstellen könnte ich mir so etwas. Der Mann hat seine Frau wohl geschlagen. Aber sie und der Sohn geben sich gegenseitig ein Alibi. Und ein bloßes Motiv reicht beileibe nicht aus, um sie festzunageln.« Huber goss sich Milch in seinen Kaffee. »Aber jetzt lasst uns über etwas anderes sprechen. Ich bin ja hier, um mich von meinem Job zu erholen und zu erfahren, wie es euch beiden geht. Wie steht es denn um eure Feier zur Goldenen Hochzeit? Müssen wir da noch irgendetwas bedenken?«

Die Eltern schauten sich an. Die Mutter stellte ihren Kuchenteller auf dem Tisch ab und räusperte sich.

»Sei jetzt nicht enttäuscht, mein Junge. Aber dein Vater und ich haben uns überlegt, wir wollen verreisen, in die Berge. Erst nach Bayern, in den Geburtsort deines Vaters, und dann weiter ins Zillertal. Dorthin, wo wir unsere Hochzeitsreise gemacht haben. Und wir möchten allein reisen. Nur wir beide. Wie damals.«

Huber spürte, wie augenblicklich sein Hals anschwoll. Es platzte aus ihm heraus: »Das ist jetzt aber nicht euer Ernst! Erst lasst ihr mich alles planen und buchen, und dann wird nichts draus?« Er sprang vom Sessel auf. »Ich hätte es besser wissen müssen.«

Er war enttäuscht und verärgert. Er musste raus hier.

»Aber Dirk …« Seine Mutter rief ihm hinterher.

Er wollte weg, in den Garten, brauchte Luft.

Ganz hinten stand, von Sträuchern geschützt, eine Bank, seine Bank. Sie war vom Haus aus nicht zu sehen. Er hatte sie als Jugendlicher mit seinem Vater gemeinsam gebaut. Sein Rückzugsort. Seitdem er nicht mehr zu Hause wohnte, pflegte sein Vater diese Bank, strich sie alle paar Jahre, und so überdauerte sie bis heute. Huber wurde warm ums Herz, als er mit seinen Fingern über die neue Farbe strich.

Nach ein paar Minuten kam seine Mutter hinterher und setzte sich neben ihn.

Huber schlug trotzig die Beine übereinander und verschränkte die Arme.

»Dirk, mein Junge, nun sei uns nicht böse.« Sie wandte sich ihm zu und griff nach seiner Hand, aber er entzog sie ihr.

»Weißt du, in unserem Alter wissen wir nicht, wie viel Zeit wir noch miteinander haben. Und da haben wir uns vorgenommen, mehr Dinge zu tun, die uns beiden wichtig sind, und weniger Dinge, die man von uns erwartet oder die man tun sollte … oder tun müsste. Vielleicht kannst du das verstehen?«

Sie blickte ihn um Verständnis heischend an.

Huber wurde milder, sein aufgewühltes Herz beruhigte sich. Sie hatten ja recht, seine Eltern. Man machte viel zu viele Dinge, die andere von einem erwarteten – auch er.

Jetzt war er es, der die Hand der Mutter nahm und sie umfasste.

»Ich bin ein großer Junge, Mama. Ihr habt ja recht! Ich bin nur einfach so enttäuscht, dass alle meine Bemühungen umsonst waren.«

Er sah ihren dankbaren Blick und musste lächeln. Es war so einfach, andere Menschen glücklich zu machen. Und Verständnis und Vergebung gehörten nun einmal dazu. Er merkte, wie sich die Zorneswelle immer weiter zurückzog.

»Ich rufe morgen überall an und storniere die Buchungen. Ist ja noch rechtzeitig.«

»Nun komm, Junge, der Kaffee wird kalt.« Mühsam erhob sich die Mutter. Gemeinsam gingen sie zurück ins Haus, die Mutter bei ihrem Sohn untergehakt.

Als alle wieder gemeinsam um den Wohnzimmertisch saßen, widmeten sie sich Kaffee und Kuchen und ließen es sich schmecken. Die Eltern schauten sich an und lächelten. Die Mutter nickte dem Vater zu, als ob sie sagen wollte: Siehst du, was habe ich dir gesagt? Er wird Verständnis haben.

»Was sagt denn eigentlich euer Pfarrer zu der Entscheidung?« Huber stellte seinen leeren Teller auf den Tisch. »Habt ihr ihn schon eingeweiht?«

»Auch er hat Verständnis für uns.« Der Vater nahm einen Schluck Kaffee. »Obwohl er ein junger Mann ist – also im Verhältnis zu uns –, kann er erstaunlich tief blicken.«

Hubers Eltern waren regelmäßige Kirchgänger und gut in ihrer Gemeinde aufgehoben. Auch wenn Huber selbst nicht so viel mit der Kirche am Hut hatte, war er doch froh, dass seine Eltern dort eine gute Gemeinschaft hatten.

Es begann Fäden zu regnen, und Katrin entschied sich, mit dem Auto statt mit dem Fahrrad ins Enzian zu fahren. Außerdem war das sicherer für den Kuchen.

In den einzelnen Fluren gab es Aufenthaltsräume mit Kaffeemaschinen und Wasserkochern zur Selbstbedienung, damit die Bewohner nicht immer ins Café hinuntermussten, wenn sie sich treffen oder nur mal einen Kaffee oder Tee trinken wollten.

Die Runde saß schon wartend um einen großen Tisch, als Katrin hereinrauschte. Vier Frauen und zwei Männer.

Sie begrüßte ihre Mutter mit Küsschen und wandte sich dann der Gruppe zu.

»Guten Tag, ich bin Katrin Lund, die Tochter dazu.« Sie lächelte und deutete zu ihrer Mutter. »Schön, dass Sie Zeit für uns haben.«

Eine der Alten antwortete: »Ihre Mutter hat uns verraten, dass Sie den weltbesten Kuchen backen. Da konnten wir nicht widerstehen.« Sie rieb sich die Hände, als Katrin die Haube vom Kuchen nahm. Sie hatte die richtige Wahl getroffen, lauter glückliche Gesichter. Alte Menschen lieben Quarkkuchen, da kommen Erinnerungen hoch. Der Geruchssinn hat das längste Gedächtnis. Als Köchin wusste sie das natürlich.

Sie holte Teller, Becher und Besteck aus der Anrichte. Dieses antike Möbelstück gab dem ansonsten eher nüchtern eingerichteten Raum eine gemütliche Note. Beim Einschenken des Kaffees begrüßte sie Frau Banzer aus ihrer Kochgruppe persönlich.

»Guten Tag, Frau Banzer, konnten Sie auch nicht widerstehen?« Katrin zwinkerte ihr zu.

Die Frau erwiderte kurz Katrins Blick und schaute dann auf ihre Tasse, die sie Katrin entgegenhielt. Katrin bemerkte, dass die kleine, von dunklen Adern durchzogene Hand zitterte. Katrin nahm ihr die Untertasse mit der Tasse aus der Hand, schenkte ein und stellte den Kaffee vor Frau Banzer auf den Tisch.

»Ihre Mutter hat uns erzählt, dass Sie den toten Petersen gefunden haben«, sagte die Nachbarin von Frau Banzer, der Katrin nun den Kaffee eingoss.

»Ja, habe ich. Und das war keine schöne Situation, das kann ich Ihnen sagen.« Sie erntete mitfühlende Blicke.

Die meisten der Alten taten sich nicht nur Milch in den Kaffee, sondern auch noch einen Klacks von der geschlagenen Sahne, die Katrin mitgebracht hatte. Katrin verteilte den Kuchen auf den Tellern und ließ die Sahne herumgehen.

»Gibt es denn schon Ersatz für den verstorbenen Physiotherapeuten? Sie brauchen doch Ihre Behandlungen.« Sie blickte in die Runde. Einige der Alten nickten kauend.

»Man hat uns versprochen, dass unsere Therapien ab Montag so weiterlaufen, wie wir es gewohnt sind.«

Einer der Männer hatte ruckzuck seinen Kuchen verschlungen und hielt Katrin auffordernd seinen Teller für ein weiteres Stück entgegen. Seine Hände waren mit weißen Baumwollhandschuhen bedeckt.

Er bemerkte Katrins Blick. »Neurodermitis.« Sie legte ihm ein zweites Stück nach. »Nur eins meiner vielen Leiden. Die Hautkrankheit, nicht die Kuchensucht.« Der Alte grinste schief.

Einige der Frauen schüttelten entrüstet den Kopf.

»Was ist?«, entgegnete der Mann trotzig. »Wenn man schon mal so leckeren Kuchen kriegt … Der unten im Café kommt doch aus der Retortenbäckerei. Kann mir doch keiner erzählen, dass der selbst gebacken ist. Das erkenne ich als Bäcker nach dem ersten Bissen, ach, meistens schon am Geruch, ach was, schon am Aussehen!« Er haute seine Gabel in den Kuchen, als ob er jemanden ermorden wollte.

»Also, ich brauche meine Behandlung jeden Tag«, hörte Katrin ein leises Stimmchen aus der Runde. Eine kleine alte Dame – Typ Hamburger High Society – mit einem blau-weiß gestreiften Blazer und zweireihiger Perlenkette über dem dunkelblauen Rollkragenpullover klimperte mit den Wimpern. Katrin erkannte in ihr die Frau, die dem Gärtner beherzt die Meinung gesagt hatte, als der den Jungen zu fassen bekommen hatte. »Ich merke es nach jedem Wochenende, wenn ich zweimal keine Therapie hatte, dass ich weniger beweglich bin.«

»Ja, Sie sind ja auch Privatpatientin! Wir können doch froh sein, wenn wir einmal in der Woche behandelt werden«, raunzte der Alte.

Beleidigt zog sich die kleine Hanseatin in sich selbst zurück.

Der Alte bollerte weiter. »Mir ist es eigentlich egal, Hauptsache, wir haben den Petersen nicht mehr. Der war doch ein Arschloch.« Er erhielt böse Blicke von den anderen aus der Runde. »Ist doch wahr!«, setzte er nach. Aufgeregt fummelte er eine Sprayflasche aus seiner Hosentasche und inhalierte einen Stoß. Seine Bronchien rasselten.

»Bäckerasthma.« Wieder grinste er schief. »War allergisch gegen Mehl, hat man aber früher nicht ernst genommen.«

»Der hatte Zauberhände. Wenn die sich auf meinen Körper legten, war ich schon halb gesund«, warf eine stämmige Frau in die Runde, und sie lächelte bei der Erinnerung. Einige der alten Damen nickten zustimmend und versonnen.

»Auch wieder eine Privatpatientin«, brummte es dazwischen.

»Ach, Herr Adam, der war ja nicht immer so. Ich wohne ja nun schon seit zwölf Jahren in diesem Haus. Früher war er richtiggehend charmant, einfühlsam, hat sich unsere Sorgen angehört.«

»Davon ist ja nun heute nichts mehr zu merken. Ähm … war ja jetzt nichts mehr zu merken.« Der Bollerige verschränkte trotzig die Arme über seinem Bauch.

»Und dann? Warum war er dann anders?«, hakte Katrin nach.

»Ich weiß nicht. Vor ein paar Jahren ist er von einem Tag auf den anderen kalt geworden. Mich hat's immer richtig erschauert, wenn ich zu ihm reinmusste.« Sie ruckelte ihren massigen Körper auf dem Stuhl zurecht.

Katrin blickte fragend von einem zur anderen. »Möchte noch jemand Kuchen?«

Drei Teller streckten sich ihr entgegen.

»Also, ich sag Ihnen jetzt mal was im Vertrauen.« Ein alter Herr mit gestrickter Wollweste beugte sich zu Katrin vor. »Keiner von uns konnte den wirklich leiden.« Wieder strafende Blicke von einigen aus der Runde.

»Ich mache aus meinem Herzen keine Mördergrube«, sagte er nachdrücklich. Alle hörten auf zu kauen und starrten ihn entsetzt an.

»Man hätte es schon längst der Heimleitung oder der Geschäftsleitung da irgendwo in Bayern stecken müssen, wie der mit uns umgegangen ist. Und als ich mal seine Frau gesehen habe, da wusste ich, dass er das auch zu Hause macht. Ein Veilchen hat die gehabt.«

Katrin stand auf und goss neuen Kaffee in leere Tassen nach.

Wieder tauschten die Alten unruhige Blicke miteinander. Katrins Mutter nickte ihnen auffordernd zu.

Die Hanseatin meldete sich wieder zu Wort. »Na ja, die müssen ja jede Minute mit uns abrechnen, und wehe, wir ziehen uns mal nicht schnell genug aus oder an. Die stehen ja auch unter solchem Druck. Da sind einige andere Therapeuten aber nicht anders. Das muss alles immer ganz schnell gehen.«

»Aber noch lange kein Grund, einen zu schubsen oder zu kneifen.« Die jetzt das Wort an sich riss, saß auf der Sitzfläche ihres Rollators. »Mich hat der gestoßen, sodass ich fast in die Wanne gerutscht wäre. Und das mit meiner kaputten Hüfte. Die sollen uns eigentlich helfen, gesund zu werden, und nicht kränker oder kaputter machen, als wir sowieso schon sind.«

»Und wie der immer geredet hat«, sagte der mit der Strickweste. »Der hat uns immer mit unserer Krankheit aufgerufen: ›Die Hüfte‹ aus Zimmer soundso oder ›das Herz‹ aus Zimmer blablabla oder ›der Magenkrebs‹ aus Zimmer schießmichtot. Zutiefst entwürdigend war das! Nee, Sie hatten schon ganz recht: Ein Arschloch war das.« Er nickte dem anderen Mann zu.

Katrin schluckte. Auch ihr selbst ging es manches Mal so, dass sie in Gesprächen in der Küche oder mit der Stubenrauch von der Krankheit und nicht von dem Namen des Patienten sprach.

»Mir hat er auch tatsächlich mal einen Klaps gegeben, als ich mich nicht auf den Boden legen wollte, weil ich Angst hatte, nicht mehr hochzukommen.« Die Perlenkette bebte regelrecht auf der Brust der kleinen Zierlichen.

»Papperlapapp. Der hat dir keinen Klaps gegeben, der hat richtig doll geknufft. Du hast mir doch den blauen Fleck auf dem Rücken selbst gezeigt.« Die Frau neben ihr drückte ihr tröstend die Hand. Die Hanseatin guckte verunsichert in die Runde.

»Und seine Kollegen haben auch unter ihm gelitten. Wenn der irgendwo langging, sind doch alle in den Behandlungsräumen verschwunden. Der führte sich auf, als ob er der Abteilungsleiter wäre. Ich hab einmal mitgekriegt – ich saß gerade im Flur und wartete auf meine Behandlung«, erklärte der Bäcker Katrin und ihrer Mutter, »wie er zu der Frau Kleber, also, das ist tatsächlich die Abteilungsleiterin, wie der zu ihr rein ist und sie lautstark zur Sau gemacht hat ... bei offener Tür. Ich kann nicht verstehen, was man dem so alles hat durchgehen lassen. Der muss doch gewusst haben, ob und wo die anderen Dreck am Stecken haben.« Wieder kamen aus allen Richtungen entsetzte Blicke.

Die Hanseatin bäumte sich auf. »Ich finde es ganz und gar nicht gut, wenn wir hier so auf diese Weise über den Toten sprechen. Das ist doch pietätlos.«

Katrins Mutter wiegelte ab. »Ja, es gibt schon so Leute, die aus scheinbar unerfindlichen Gründen Macht über andere haben.«

Alle in der Runde nickten eifrig.

Katrin guckte Frau Banzer an, die die ganze Zeit kein Wort gesprochen hatte. »Der blaue Fleck an Ihrem Unterarm, ist der auch von Herrn Petersen gewesen?«

Frau Banzer nickte stumm mit abgewandtem Blick.

»Tschüss, mein Sohn«, rief Mutter Huber, als der die Autotür aufschloss.

»Tschüss, ihr beiden.« Huber winkte noch einmal und brauste davon. Im Rückspiegel sah er die beiden Arm in Arm stehen und winken. Eine Welle von Melancholie schwappte über ihn. Seine Eltern trugen sich gegenseitig durch das Alter. Und er? Wer würde denn ihn bis an sein Ende begleiten? Er würde so gerne sein Leben mit jemandem teilen. Und die zart aufgekeimte Hoffnung hatte sich wohl gestern in Luft aufgelöst. Von Katrin Lund jedenfalls würde er sich erst mal fernhalten. Das hatte ihm doch einen heftigen Stich versetzt, als er sie mit diesem Kirchner gesehen hatte. Offenbar war das ja wohl etwas Festes, wenn die beiden gemeinsam ihre Mutter besuchten – also quasi mit Familienanschluss! Was hatte er sich bloß gedacht? Er schüttelte den Kopf über sich.

Als er mit seinen Eltern über den Pfarrer gesprochen hatte, fiel ihm Pastor Brüning ein, mit dem er gemeinsam die Todesnachricht an Frau Petersen überbracht hatte. Wenn er die Frau kannte, hatte er sicher auch den Toten gekannt, vielleicht sogar gut gekannt. Mit ein bisschen Glück würde er ihn heute noch antreffen. Außerdem fand er den Mann sympathisch. Mit dem würde er gern mal einen Wein trinken – und zwar keinen Messwein. Er schmunzelte bei dem Gedanken.

Die Erregung um den Tisch verebbte allmählich, und die letzten Kuchenkrümel wurden mit den Fingerspitzen von den Tellern getupft. Die Alten waren erschöpft, das merkte Katrin. Trotzdem fragte sie, ob noch jemand Nachschlag wollte. Alle schüttelten den Kopf oder raunten ein »Nein, danke«.

Die Frau auf dem Rollator erhob sich als Erste. »Ich muss mich vor dem Abendessen ein bisschen ausruhen.« Sie drehte sich noch einmal zu Katrin um. »Vielen Dank für den leckeren Kuchen.« Dann wackelte sie davon.

Katrin wandte sich an Frau Banzer. »Jetzt ist es vorbei. Sie können wieder getrost Ihre Anwendungen wahrnehmen.«

Ein kleines Lächeln zog über Frau Banzers Gesicht. Dann sagte sie, fast flüsternd: »Aber bitte erzählen Sie das nicht den anderen in der Kochgruppe.«

»Ganz bestimmt nicht.« Katrin streichelte ihr über die Schulter.

Auch die anderen hatten sich von ihren Stühlen erhoben, bedankten sich bei Katrin und schlurften aus dem Raum.

Als nur noch Katrin und ihre Mutter übrig waren, ließ Katrin sich auf einen Stuhl plumpsen. »Meine Güte, der hat die Alten ja regelrecht gequält. Und niemand hat das mal öffentlich gemacht. An deren Stelle wäre ich auch froh, dass der jetzt das Zeitliche gesegnet hat.«

»Ach, mein Kind. Ich glaube, wir haben gar keine Ahnung, was in der Pflege so wirklich geschieht. Die eine Dame hatte schon recht. Das Personal steht mächtig unter Druck, und ständig ändert sich was. Diese Anspannung schafft sich dann auf die eine oder andere Weise Luft.«

»Mamilein.« Katrin stand auf und umarmte ihre Mutter. »Du musst mir versprechen, dass du mir sofort Bescheid sagst, wenn dich mal jemand so behandeln sollte.«

»Mach dir mal um mich keine Sorgen. Noch kann ich mich ganz gut zur Wehr setzen. Und jetzt komm mit auf mein Zimmer, damit ich dir eine Hose für Frau Petersen mitgeben kann.«

»Geh schon mal vor, ich räume hier noch auf.«

Als Katrin allein war, räumte sie den kleinen Geschirrspüler mit dem Kaffeegeschirr ein.

Alle von den Alten hatten ihre eigene Lebensgeschichte. Und die verlief nicht immer glücklich und geschmeidig; das hatte sie heute erfahren. Aber alle hatten das Beste aus ihrem Leben gemacht. Ihr Herz wurde mit einem Mal ganz weich. Sie spürte, wie ihr Tränen über die Wangen liefen. Auch ihre Mutter hatte ihr eigenes Leben und zudem noch das von ihr und Lena gemeistert – ohne den Vater. Sie hatte es ermöglicht, dass sie beide eine Ausbildung in einem Bereich machen konnten, der ihnen lag. Beide waren glücklich mit der Wahl ihres Berufs. Ihre Mutter hatte sich selbst so oft eingeschränkt. So hätte sie gerne große Reisen gemacht, wie sie Katrin mal erzählt hatte, in ferne Länder, gern andere Kulturen und Menschen kennengelernt. Die eine oder andere Reise hatte sie sich dann gegönnt, als die Mädels in ihren Berufen etabliert waren.

In all diesen individuellen Leben konnte doch so ein Petersen nicht einfach herumtrampeln und die alten Menschen sogar quälen. Beinahe trotzig wischte sie sich die Tränen aus dem Gesicht. Wer auch immer den ermordet hat, wird einen guten Grund gehabt haben, dachte sie.

*

Morgen werde ich zu der Kleber gehen, ihr das Foto zeigen und sie fragen, was sie von Papa wollte. Ich werde Klartext mit ihr reden! Ihr sagen, dass ich weiß, dass sie auf Papa scharf war. Dann werden wir ja sehen, wie sie reagiert.

Pah, von wegen »die Polizei ihre Arbeit machen lassen«. Rudi hat ja keine Ahnung. Wie soll denn die Polizei darauf kommen, dass die Kleber mit Papas Tod etwas zu tun haben könnte? Das weiß doch nur ich, weil ich das Foto gefunden habe.

22

Am frühen Abend klingelte Huber an der Tür des Pastorats. Und tatsächlich öffnete ihm Brüning selbst die Tür. Mit erstauntem Gesichtsausdruck, der sich schnell in ein Lächeln verwandelte, begrüßte er Huber.

»Herr Kommissar.« Brüning hielt die Tür auf und bat Huber mit einer Geste hinein. Als sich Huber an ihm vorbeischob, berührten sich ihre Bäuche. »Was haben Sie auf dem Herzen?«

Auf dem Herzen hatte er die Gedanken und Gefühle für Katrin Lund, aber in seinem Kopf spukten Gedanken und Fragen über seinen Toten. Und darüber wollte er mit Brüning sprechen, nicht über das, was er auf dem Herzen hatte.

Pastor Brüning ging voran ins Wohnzimmer und bat Huber, Platz zu nehmen. Zwei schwarze Ledersofas standen einander gegenüber, dazwischen ein niedriger Couchtisch. Kaum hatte Brüning selbst Platz genommen, schoss ein hellbrauner Labrador aus der Zimmerecke, sprang schnaufend an Brünings Seite und schmiegte seine Schnauze auf seinen Oberschenkel. Brüning kraulte den Hals des Hundes.

»Sind Sie schon weitergekommen mit Ihren Ermittlungen?«

»Das ist ja meistens so: Je länger man ermittelt, desto mehr Möglichkeiten blättern sich auf. Man beginnt, hinter die Kulissen zu schauen, und da tun sich dann die Abgründe auf.«

»Ja, das ist meinem Alltag sehr ähnlich.« Brünings Hand ruhte. Doch der Hund stupste ihn an; eine Aufforderung, ihn weiterzukraulen.

»Pastor Brüning, Sie schauen doch täglich in die Seelen der Menschen Ihrer Gemeinde.«

Brüning lachte. »Ich merke schon, Sie wollen mir auf den Zahn fühlen, ob ich Ihnen etwas über die Petersens sagen kann.«

»Nun ja, wenn Sie es so direkt ansprechen: ja.«

In diesem Moment betrat Brünings Frau das Wohnzimmer.

»Elke, wir haben Besuch.«

Huber erhob sich. »Dirk Huber, Kriminalpolizei Husum.« Er reichte Frau Brüning die Hand. Eine sportlich wirkende Frau mit praktischem Kurzhaarschnitt.

»Freut mich sehr. Thomas hat mir schon von dem Drama der Petersens berichtet. Das Essen steht auf dem Tisch. Wollen Sie nicht mit uns zu Abend essen?«

Huber schaute fragend zu Brüning hinüber. Der nickte, schob den Hund sanft von seinen Beinen und stand ebenfalls auf. »Aber selbstverständlich. Seien Sie heute Abend unser Gast. Es sei denn, Sie haben noch etwas vor.«

»Wenn es wirklich keine Mühe macht, esse ich sehr gerne mit Ihnen.« Huber folgte Frau Brüning.

Am Tisch waren schon drei Kinder versammelt, zwei pubertierende Jungen und ein Mädchen, das mit den

Füßen noch nicht auf den Boden reichte. Huber gab allen die Hand und stellte sich vor. Die Kleine reagierte sofort.

»Geil, einer von der Kripo.« Die Mutter warf ihr einen strengen Blick zu. Das Mädchen ließ ihre langen blonden Haare vors Gesicht fallen und schob ihr Glas mit Saft durch diesen Vorhang zum Mund. Dann schüttelte sie die Haare wieder aus dem Gesicht. »Und warum bist du bei uns?«

»Der Herr Huber ist hier, weil vor ein paar Tagen jemand in Sankt Peter-Ording gestorben ist. Und jetzt ist Schluss! Lasst uns danken.« Brüning breitete die Hände zum Segen aus und sagte: »Segne, Vater, diese Speise, uns zur Kraft und dir zum Preise. Wir bitten, Herr, sei unserm Haus ein steter Gast tagein, tagaus, und hilf, dass wir der Gaben wert, die deine Güte uns beschert. Amen.«

»Amen«, murmelten die restlichen Familienmitglieder, und auch Huber stimmte mit ein.

Nach dieser Besinnungspause begann wildes Besteck- und Geschirrgeklapper. Die Stimmen der Kinder schwirrten durcheinander quer über den Tisch, bis der Älteste fragte: »Woran ist denn Herr Petersen gestorben?« Er hatte ungefähr das Alter von Hubers Sohn.

Der Kommissar blickte hilflos zu Pastor Brüning hinüber, unsicher darüber, was und wie viel er den Kindern erzählen durfte.

Brüning reagierte schnell. »Ende im Gelände! Wir wollen bei Tisch nicht über die Arbeit von Herrn Huber sprechen. Außerdem darf er uns als Außenstehenden gar nichts verraten. Das kennt ihr aus den *Drei Fragezeichen*.«

Jetzt meldete sich der Mittlere zu Wort. »Haben Sie auch Kinder?«

»Ja, ich habe einen Sohn. Er ist in deinem Alter.« Dabei schaute er den Ältesten an.

»Geht der auch hier zur Schule?«, insistierte der Mittlere weiter.

»Nein, mein Sohn wohnt nicht bei mir. Als meine Frau gestorben ist, hat die Schwester meiner Frau ihn mit nach Amerika genommen.«

»Bist du traurig?«, fragte die Kleine.

»Ja, das bin ich.« Huber fühlte den Kloß in seinem Hals anwachsen. Am liebsten wäre er aufgestanden und gegangen.

Brüning griff wieder ein. »Erzähl mal von deinem Judo-Training«, bat er die Kleine, und sofort schwenkte sie um und erzählte voller Begeisterung von ihrem neuesten Griff, den sie gerade gelernt hatte.

»Soll ich dir den mal zeigen?«, fragte sie Huber.

Der lachte jetzt und sagte: »Ja, nach dem Essen kannst du mir den gerne zeigen.«

»Kannst du auch Judo?«, fragte sie wieder.

»Ja, ein bisschen.« Huber hatte seinerzeit während der Ausbildung einen Kampfsport lernen müssen. Er hatte sich tatsächlich für Judo entschieden.

Die Kleine schlenkerte voller Vorfreude mit den Beinen und stopfte sich das Brot in ihren kleinen Mund. Sie konnte es offenbar kaum erwarten, mit Huber zu trainieren.

Nach dem Essen rutschte sie von ihrem Stuhl, fasste ihn bei der Hand und zog ihn mit sich ins Wohnzimmer. Er entledigte sich seines Jacketts. Sie gab ihm Anweisungen, wie er sich hinzustellen hatte. Er war ein gelehriger Schüler und tat alles, was ihm die Kleine sagte.

»Und so musst du jetzt stehen bleiben.«

»Jawohl, Judoka.«

Sie entfernte sich einige Schritte von ihm, um dann wieder auf ihn zuzustapfen, seinen rechten Arm zu nehmen, diesen zu drehen und Huber in der Drehung zu Boden gehen zu lassen. Als sie halb auf ihm lag, umfasste er sie und drehte nun wiederum sie über sich hinweg auf ihren Rücken. Danach machten sie die Übung noch einmal, und diesmal ließ Huber der Kleinen ihren Sieg und freute sich mit ihr.

Sie riss die Arme hoch, rief: »Yeah!«, und strahlte übers ganze Gesicht. Behände kam Huber auf die Beine. Er wunderte sich über sich selbst, dass er noch so fit war. Da war noch nicht Hopfen und Malz verloren, trotz seines Bauchs.

»Und jetzt marsch ins Bett.« Elke Brüning stand im Türrahmen, und die Kleine verabschiedete sich formvollendet mit einem Ojigi. »Rei!«, antwortete Huber und verbeugte sich ebenfalls.

Endlich konnte er mit Pastor Brüning sprechen. Brüning und er ließen sich auf die Sofas fallen. Doch Brüning stand sogleich wieder auf. »Ich hole uns mal eine Flasche Wein aus dem Keller.«

»Ein Glas wird nicht schaden«, meinte Huber in der festen Absicht, es bei diesem einen Glas zu belassen.

Während er allein im Wohnzimmer saß, blickte er sich um. Das Zimmer war karg, aber stilvoll mit Holzmöbeln eingerichtet. Es bot viel Platz für die Kinder zum Toben. Weiße Wände, an denen ein paar gerahmte Grafiken hingen; zumeist welche, die die norddeutsche Landschaft zeigten. Eine farbige Malerei war darunter, die zwischen einer gelb changierenden und einer tiefblauen rechteckigen Fläche ein Kreuz zeigte, offensichtlich ein Symbol für den Weg vom Dunkel ins Licht durch das Kreuz. Das Bild gefiel ihm. Es strahlte. Die Farben strahlten.

Brüning kam wieder, holte aus einer Schublade den Korkenzieher und aus der Anrichte zwei Weingläser. Der Korken ploppte, und Huber erfreute sich an dem Geräusch des gluckernden Weins, als Brüning eingoss. Er nahm den weichen Duft von Leder und Waldfrüchten wahr. Wenn er allerdings ernsthaft abnehmen wollte, sollte er wohl als Erstes seinen Weinkonsum einschränken.

Sie stießen die Gläser an ihrer bauchigen Stelle aneinander und schauten einander in die Augen, als wollten sie mit dieser Geste eine Freundschaft besiegeln. Den Wein auf der Zunge, schmeckte Huber noch eine feine Note von Kräutern, und an den Seiten seiner Zunge kitzelte ein Lakritzgeschmack. Das musste ein Barolo sein. Er beugte sich vor und schaute auf das Etikett. Tatsächlich. Der Pastor ließ einen so guten Wein für ihn springen?

»Pastor Brüning …«, begann Huber nun.

»Thomas«, unterbrach ihn Brüning. »Mein Vorname ist Thomas. Wie der Heilige, aber auch der Ungläubige.« Er grinste breit und nahm einen großen Schluck. Huber tat es ihm gleich und trank. Ein köstlicher Wein. All seine Geschmackssinne wurden angeregt.

»Mein Sohn heißt auch Thomas. Und ich heiße Dirk. Ziemlich profan.«

»Nein, mitnichten. Dirk kommt von Dietrich und bedeutet ›Mächtiger Herrscher‹. ›Rich‹ steht für mächtig und ›diet‹ für Volk. Ist althochdeutsch.«

Der gelehrige Gast staunte nicht schlecht.

»Ist ein Hobby von mir«, sagte Brüning. »Namensforschung.«

Sie stießen erneut an, ein voller Klang schwebte durch den Raum.

»Also mächtiger Herrscher, was ist dein Begehren?«

»Wie Sie … wie du ja weißt, muss ich im Fall Petersen ermitteln, denn mittlerweile gehe ich von Fremdverschulden aus.«

Brüning nickte, als fordere er Huber auf weiterzusprechen.

»Ich brauche einfach ein paar mehr Informationen über ihn, seine Familie, sein Umfeld. Und da du Frau Petersen scheinbar gut kennst, dachte ich mir, dass du mir vielleicht ein bisschen auf die Sprünge helfen kannst.«

Der Labrador stupste Huber am Oberschenkel, als Aufforderung, ihn zu kraulen, was der auch prompt, wie automatisch, tat.

»Dir ist aber schon klar, dass ich als ihr Seelsorger nicht allzu viel sagen darf?« Brüning goss Wein nach.

»Nur noch ein halbes Glas.« Huber machte eine Geste, die zeigte, dass es dann genug sei.

»Aber du könntest deine Fragen so formulieren, dass ich nicht mit Worten zu antworten brauche.« Brüning stellte die Flasche wieder auf den Tisch und lächelte mit zusammengepressten Lippen.

Huber brauchte eine kleine Weile, bis er realisierte, was Brüning damit meinte, und nickte dann.

»Okay, lass mich überlegen.« Er nahm noch einen Schluck.

Abwartend saß Brüning da, mit seinem Glas in der Hand und ließ ihm die Zeit, die er brauchte.

»Ich weiß, dass Peer Petersen seine Frau geschlagen hat. Ich nehme an, das war schon immer so?«

Brüning schüttelte kurz den Kopf.

»Das heißt, er ist mal ein anderer gewesen? Also muss irgendetwas vorgefallen sein, das ihn dazu gebracht hat, sich zu verändern?«

Brüning nickte.

»Okay, du darfst mir nicht sagen, was das war. Schon klar. Hm …« Huber zupfte sich am Ohrläppchen. »Hat er seinen Sohn auch geschlagen?«

Brüning zuckte mit den Schultern.

»Aber man kann davon ausgehen?« Huber trank wieder einen Schluck und stellte das leere Glas auf dem Tisch ab.

Der Pastor wiegte den Kopf hin und her. Wie variantenreich die Kopfbewegungen des Geistlichen doch sind, dachte Huber. Die Wirkung des Weins breitete sich allmählich in seinen Beinen und seinem Kopf aus.

»Irgendetwas in der Familie ist passiert, das diese Veränderung hervorgerufen hat.«

Wieder wiegte Brüning seinen Kopf.

Huber blickte sich ratlos im Wohnzimmer um. Zwischen den Topfpflanzen auf der Fensterbank lag ein Herz aus bunter Keramik als Dekoration.

»Er hatte ein Verhältnis.«

Brüning verneinte mit heftigem Kopfschütteln.

»Dann vielleicht sie?«

Diesmal nickte Brüning.

»Aber du weißt nicht, wer es war?«

Wieder Kopfschütteln. Brüning machte eine Geste, wie eine Schleife, eine Endlosschleife.

»Ah …« Hubers Gesicht hellte sich auf. »Das Verhältnis besteht noch!«

Brüning blickte ihn unverwandt an, dann nickte er leicht. Er verteilte den Rest der Flasche auf die Gläser.

»Ich muss noch Auto fahren«, sagte Huber mit nicht mehr ganz so festem Vorsatz.

»Wir haben ein Gästezimmer, das immer bereit ist, verlorene Seelen zu beherbergen.«

Huber brauchte nicht lange überredet zu werden und nippte an dem jetzt wieder vollen Glas. »Der Wein ist aber auch wirklich gut.« Er hielt Brüning sein Glas hin, um erneut anzustoßen.

»Aber noch einmal zurück zu meinem Fall. Kannst du dir vorstellen, Frau Petersen oder Sven wären in der Lage, einen Mord zu begehen? Oder vielleicht beide zusammen?«

»Wer weiß so etwas schon?«, unterbrach Brüning sein Schweigen zu dem Thema. »Du wirst bestimmt keine Mutmaßungen von mir hören!«, sagte er dann bestimmt.

Huber merkte, wie ihm der Wein langsam die Sinne und seinen klaren Verstand vernebelte.

»Du hast vollkommen recht. Entschuldigung. Der Wein.«

»Ich hole uns noch eine Flasche hoch.« Brüning erhob sich, nicht mehr ganz so leichtfüßig wie vorhin. Der Labrador tänzelte hinter ihm her.

Ehe Huber sich versah, war Brüning wieder da und goss die Gläser voll.

»So. Und nun erzähl doch mal, was ist da mit deiner Frau und deinem Sohn geschehen?« Brüning ließ sich ins Sofa sinken.

»Ach, das ist eine lange Geschichte.«

»Ich habe Zeit. Und die Nacht ist noch jung. Und genügend Wein ist auch noch im Keller.«

»Ich rede eigentlich nicht so gerne darüber. Zu schmerzhaft.«

»Das Leben ist immer auch Schmerz, lieber Freund. Aber es wird weniger schmerzhaft, wenn man drüber spricht.«

Und so erzählte ihm Huber seine Geschichte. Dass seine Frau seine zweite große Liebe gewesen war, von ihrer Zahnentzündung, die niemand entdeckt hatte, bis es dann zu spät gewesen war und die Entzündung bereits auf ihr Herz übergegriffen hatte. Er war gerade in England zu einer Fortbildung zu Forensischer Psychologie gewesen, als sie starb. Alles war so schnell gegangen. Dann war er alleine mit seinem Sohn gewesen. Er hatte ständig Angst, dass ihm selbst etwas in seinem Job passieren könnte. Was wäre dann mit Thomas geschehen? Die Schwester seiner Frau lebte in Amerika und hatte ihm angeboten, den Jungen in ihrer Familie aufzunehmen. Es hatte ihm das Herz gebrochen, dass er kurz nach dem Tod seiner Frau auch noch seinen Sohn hergeben sollte. Aber für den war es besser. Und in den Ferien und auch sonst besuchten sie einander. Seinem Sohn ging es gut dort drüben, aber in Hubers Herzen war seitdem ein Loch, in das immer wieder der Schmerz einzog.

»Wie alt ist dein Sohn jetzt?«, fragte Brüning nach.

»Er ist gerade fünfzehn geworden.«

»Hat er schon eine Freundin?«

»Ich glaube, so etwas am Telefon rausgehört zu haben. Ich war genau in seinem Alter, als ich meine erste Freundin hatte.«

Sie schwiegen eine Weile.

Brüning goss den Rest Wein in die Gläser, stand auf und hielt Huber die leere Flasche vor die Nase. »Eine geht doch noch, oder?« Er grinste.

Huber nickte lächelnd.

23

Katrin musste erst mittags zur Arbeit. So kochte sie sich nach dem Aufwachen einen Darjeeling, zog im Schlafzimmer die Vorhänge auf und schlüpfte mit dem Tee und ihrer Zeitschrift zurück ins Bett. Sie klopfte sich die Kissen im Rücken zurecht.

Während sie vorsichtig die ersten heißen Schlucke trank, blickte sie aus dem Fenster direkt am Fußende des Bettes. Wenn sie nicht früh zur Arbeit musste, war das ihre heilige halbe Stunde. Den Tag auf sich zukommen lassen. Die Morgendämmerung erleben, hören, wie die Vögel wach werden und einer nach dem anderem ihr Morgenkonzert beginnen. Das Leben zieht in die Welt. Sie genoss mit geschlossenen Augen das frische, blumige Aroma des Darjeeling.

Die schmale Straße, die in der Nähe ihres Häuschens an dem Siel entlangführte, war eine Sackgasse und somit kaum befahren. Außer in der Urlaubszeit, da nutzten die Touristen jede Möglichkeit, ans Wasser oder den Deich zu kommen. An der kleinen Schleuse am Ende des Siels konnten ein paar Autos parken, aber dann kam man nur noch zu Fuß oder mit dem Rad weiter.

Sie blätterte durch die Zeitschrift bis zu dem Artikel über die Neugierde. Den wollte sie jetzt endlich lesen. Er begann mit der Geschichte der Neugierde, fing buchstäblich bei Adam und Eva an. Eva war diejenige, die es nach Erkenntnis dürstete, was Gott, so stand es dort, gefährlich erschien. Deshalb folgte auf Neugierde die Bestrafung mit der Vertreibung aus dem Paradies. Bis Galileo Galilei hatte die katholische Kirche an dem Verbot von Forschung und Neugier festgehalten.

Der Artikel war trocken geschrieben. Was Katrin aber interessant fand, war die Bedeutung der Neugierde und dass sie existierte, seitdem es Menschen gab. Ihre Gedanken schweiften ab. Sie wusste, das war nicht ihr Tag. Da war wieder die leere Stelle in ihrem Herzen, die alles wie ein Vakuum in sich hineinzog. Und das tat weh. Warum schmerzte es nur jedes Mal aufs Neue und in der gleichen Intensität? Ihr Kopf wusste doch, dass sie Basti wiedersehen würde. Und dennoch …

Und dann war da noch Frau Petersen.

Sie wollte der armen Frau nicht auf die Füße treten, aber sie wollte mehr über Petersen erfahren. War er tatsächlich so ein Mistkerl, als den ihn alle beschrieben? Und sie wollte erfahren, wer ihn warum getötet hatte. Wie war das mit der Neugierde? Und wie war das mit Verdrängung von Gefühlen? Und außerdem wollte sie herausfinden, wie das war mit dem Gärtner und dem Marihuana. Es gab viele Fragen, die es zu beantworten galt.

Heute würde sie sich erst mal um Frau Petersen kümmern. Den Gärtner würde sie sich später vorknöpfen. Unter scheinheiligen Gründen an ihn heranpirschen und ihn dann ausquetschen.

Unruhe trieb sie aus dem Bett. Sie nahm den Becher mit ins Bad und stieg in die Dusche.

Nach dem Frühstück verstaute sie die Hose ihrer Mutter im Rucksack und machte sich auf den Weg zu Frau Petersen. Die öffnete Katrin nach ihrem Klingeln mit erstauntem Gesicht die Tür.

»Guten Tag, ich bin Katrin Lund, die Tochter von Gertrud Lund.«

Ein Ausdruck des Erkennens erhellte das Gesicht von Frau Petersen. »Guten Morgen.«

»Frau Petersen, meine Mutter möchte diese Hose etwas geändert haben.« Katrin kramte in ihrem Rucksack und holte die besagte Hose heraus. »Sie ist zurzeit in Kurzzeitpflege im Enzian, und sie isst nicht gut, wissen Sie. Sie hat jetzt schon vier Kilo abgenommen, und die Hosen und Röcke schlackern an ihr herum.«

»Kommen Sie herein.« Frau Petersen machte in der Tür Platz, damit Katrin eintreten konnte.

Frau Petersen ging voraus, die Treppe hinauf in die obere Etage. Die Tür zum Zimmer des Sohnes stand halb offen, und Frau Petersen stellte Katrin ihrem Sohn Sven vor. Der nickte nur kurz in Katrins Richtung und drehte sich dann wieder zu seinem Laptop auf dem Schreibtisch. Katrin erkannte in ihm den Jungen aus den Blumenrabatten des Gärtners. Sie versuchte, sich einen Reim darauf zu machen, aber ihre Gedanken wurden von Frau Petersen unterbrochen, die die Tür zum Nähzimmer geöffnet hatte und Katrin aufforderte einzutreten. Sie nahm die Hose entgegen.

»Setzen Sie sich doch.« Frau Petersen raffte die Stoffe, die auf einem Stuhl lagen, zusammen und stopfte sie in eins der Regale. Sie selbst setzte sich auf den Stuhl an dem Tisch mit der Nähmaschine.

»Mein herzliches Beileid, Frau Petersen. Ich habe gehört, dass Ihr Mann ertrunken ist.«

Frau Petersen hielt den Blick starr auf die Hose gerichtet und fummelte an ihr herum. »Danke.« Sie hielt die Hose hoch. »Wie viel soll ich denn abnähen?«

»Insgesamt zweieinhalb Zentimeter sollten reichen.«

»Bis wann brauchen Sie sie wieder?«

»Ach, wenn's geht, wollte ich sie eigentlich gleich wieder mitnehmen.«

Frau Petersen kramte auf dem Nähtisch herum. »Ich muss die Stecknadeln unten haben. Warten Sie bitte einen Augenblick, bin gleich wieder da.« Sie huschte aus dem Zimmer.

Katrin machte einen langen Hals in den Flur und hörte den Jungen auf seiner Tastatur klacken.

Sie schlich sich zu dem Zimmer und klopfte an den Türrahmen. Abrupt drehte der Junge sich um. Er guckte genervt.

»Dir auch mein herzlichstes Beileid. Du hast es bestimmt nicht leicht jetzt, oder?« Sie blieb auf der Schwelle stehen.

Der Junge zuckte nur mit den Schultern, und sein Blick verhärtete sich. Der ist von Grund auf misstrauisch, dachte Katrin. Ganz anders als ihre Nichte, die sich mit ihrer Offenherzigkeit durchaus mal in Gefahr bringen konnte. Ein riesiger Pickel prangte auf der Wange des Jungen.

»Wo gehst du denn zur Schule?«, fragte Katrin.

»In Husum.«

»Na, so ein Zufall. Meine Nichte wohnt in Husum. Sie ist in deinem Alter. Vielleicht kennt ihr euch. Sie heißt Tabea Kerr.«

Der Junge überlegte kurz. »Ist das die mit den roten Haaren?«

»Ja, genau die.« Katrin lächelte.

Das Gesicht des Jungen wurde weich. »Sie geht in meine Parallelklasse.«

»Musst du denn gar nicht in die Schule?«

»Nee, hab frei gekriegt. Wegen Papa.«

Er wandte sich wieder seinem Laptop zu und schien Katrin jetzt zu ignorieren.

Der Junge tat ihr leid. In diesem schwierigen Alter ohne Vater; auch wenn er in Betracht kam, ihn umgebracht zu haben.

Katrin war um einiges jünger gewesen, als sie ihren Vater verloren hatte.

Die Bilder des Unfalls schossen wie aus dem Nichts in ihr hoch: Lena und sie auf der Rückbank, die Eltern vorne im Auto. Sie waren auf dem Heimweg vom Weihnachtsfest bei der Großmutter in Husum. Es schneite. Lena und sie guckten zwischen den Vordersitzen hindurch. Die Scheinwerfer des Autos beleuchteten die Schneeflocken, und es sah durch die Windschutzscheibe aus wie bei Raumschiff Enterprise, wenn das Raumschiff durch ein Sternenmeer fliegt. Katrin war wie verzaubert.

Irgendwann drangen die aufgeregten Worte der Mutter zu ihr durch. »Oh nein … Pass auf! … Brems doch … Mach doch was …« Die Stimme wurde immer lauter. Das Auto schlingerte über die Straße und raste über die Gegenfahrbahn direkt auf einen Baum zu. Sie hörte einen lauten Knall. Lena und sie rutschten nach vorne, und dann hob es sie von den Sitzen. Sie versuchten, sich aneinander festzuhalten. Die Mutter schrie, Lena und sie stimmten in das Geschrei ein. Das Auto rutschte kopfüber in den Graben. Das Letzte, was Katrin hörte, war ein Knacken, und dann war es still.

Lange war es still.

Sie konnte sich nicht bewegen. Sie hörte die Schneeflocken auf der Erde landen.

Dann irgendwann hörte sie die Mutter stöhnen. Auch Lena gab Geräusche von sich. Nur der Vater, der blieb stumm.

Frau Petersen klackerte mit den Stecknadeln in der Schachtel.

Aus ihren Erinnerungen gerissen, drehte Katrin sich um.

»Wollen wir dann?«

»Ähm … ja.« Katrin wandte sich noch einmal an den Jungen. »Wenn du sie wiedersiehst, grüß sie mal von ihrer Tante. Bin gespannt, was sie für Augen macht.«

Sie folgte Frau Petersen wieder ins Nähzimmer.

Gerade wollte sie sich setzen, als Frau Petersen sagte: »Ich habe ganz vergessen, dass heute Mittag eine Kundin ihre Jacke abholt. Die muss ich noch fertig machen. Wenn es Ihnen nichts ausmacht, kommen Sie bitte heute Abend wieder. Dann sollte die Hose fertig sein.«

»Ich arbeite bis neun. Kann ich denn danach noch kommen?«, fragte Katrin in der Hoffnung, dass es sich Frau Petersen noch anders überlegen würde.

»Kein Problem.« Frau Petersen ging schon voraus in den Flur. Sie wollte Katrin jetzt loswerden, keine Frage. »Ich bin immer bis Mitternacht wach.«

Fast schob sie Katrin vor die Tür.

»Dann bis heute Abend, Frau Petersen.« Katrin winkte noch einmal, bevor sie ihr Fahrrad aufschloss, aber Frau Petersen hatte die Haustür bereits geschlossen.

Was hatte sie getan, dass Frau Petersen so plötzlich umschwenkte? Hatte es mit Sven zu tun? War sie zu aufdringlich gewesen? Für abends musste sie sich eine andere Strategie ausdenken. Sie wollte es nicht vermasseln, Informationen aus Frau Petersen herauszuholen.

Das Gästebett hatte Huber offenbar nicht mehr erreicht. Er erwachte verknautscht auf dem Sofa, schlug die Augen auf und sah wie durch einen Schleier Brüning auf dem Sofa gegenüber liegen. Die Gläser waren zum Teil noch gefüllt, und Huber hatte keine Ahnung, wie viel sie am Abend zuvor getrunken hatten.

Frau Brüning kam herein und schüttelte sanft an der Schulter ihres Mannes. »Wach auf, Thomas. Wenn dich die Kinder so sehen.«

Grunzend drehte Thomas Brüning sich auf den Rücken. Als er seine Frau erblickte, erschrak er und saß sofort senkrecht. Die Bewegung war zu schnell, und er fasste sich an den Kopf. »Ui! Da haben wir wohl zu tief ins Glas geschaut.«

Auch Huber rappelte sich auf. Er hatte keine Kopfschmerzen. Gott sei Dank! Und sein Kreislauf schien auch in Ordnung zu sein.

»Im Bad oben können Sie duschen. Auf der Ablage habe ich Ihnen Zahnbürste und ein Handtuch bereitgelegt.«

Frau Brüning ist aber sehr verständnisvoll, dachte Huber.

Zwanzig Minuten später saßen alle gemeinsam am Frühstückstisch. Die Kinder schien es nicht zu verwundern, dass ein Gast dabei war. Im Gegenteil, die Kleine hatte sich regelrecht in ihn verliebt und warf ihm immer wieder kokette Blicke zu. Er musste schmunzeln.

Das war kein Frühstück, wie Huber es gewohnt war. Es gab Vollkornbrot, Müsli, Kräutertee, Milch für die Kinder, lauter gesunde Sachen. Aber es gab Rührei. Und da schlug er zu. Er bemerkte, dass die anderen zurückhaltend davon nahmen; das hatte Frau Brüning wohl extra für ihn bereitet.

»Musst du denn heute gar nicht arbeiten?«, fragte die Kleine.

»Oh doch. Ich muss auch gleich los.« Er wischte sich den Mund mit der Serviette ab.

»Und was musst du denn arbeiten?«, fragte sie weiter.

»Ich habe heute etwas ganz Spannendes«, antwortete er. »Ich habe eine Gegenüberstellung. Weißt du, was das ist?«

Die Kleine schüttelte heftig mit dem Kopf.

»Da muss ein Zeuge, also der, der uns eine Information gegeben hat, jemanden wiedererkennen. Das machen wir normalerweise so, dass dieser Zeuge auf einer Seite einer Scheibe steht und der, den er erkennen soll, auf der anderen Seite. Der Zeuge kann durch die Scheibe auf die andere Seite gucken, dorthin, wo der andere steht. Aber *der* kann nicht zurückgucken. Diese Seite der Scheibe ist verspiegelt.«

Die Kleine zappelte wieder mit ihren Beinchen.

»Und das Besondere an der Gegenüberstellung heute ist, dass der Zeuge eine Hand erkennen muss. Also nicht nur das Gesicht, wie normalerweise. Sondern der hat sich gemerkt, wie die Hände aussehen. Würdest du die Hand von deinem Bruder wiedererkennen, wenn du nicht wüsstest, dass es die Hand von deinem Bruder ist?«

Die Kleine überlegte kurz. »Darf ich mitkommen?«, fragte sie dann ganz eifrig.

»Ganz bestimmt nicht, mein Schatz!«, schaltete sich Frau Brüning ein. »Wir marschieren gleich in den Kindergarten.«

Da Katrin nun noch Zeit hatte, kehrte sie im Garten des Galeriecafés Richardshof ein, griff sich die Tageszeitung und setzte sich in den Schatten unter die riesigen alten Bäume. Sie bestellte einen Café Crème und genoss die entspannte Stimmung am Rande des Trubels. Das denkmalgeschützte Reetdachhaus lag am Ortsausgang, und bis die Touristenströme es bis hierher geschafft hätten, würde es noch dauern.

Sie blätterte die Zeitung durch, weil sie sich erhoffte, etwas über den toten Peer Petersen zu erfahren, doch das, was nun als Mord eingestuft worden war, wurde mit keiner Zeile erwähnt. Sie schlug die Zeitung zusammen und ließ ihren Blick über die letzte Seite schweifen, denn dort wurde häufig von seltsamen Todesfällen in aller Welt berichtet. Das interessierte sie immer am meisten. Und am Montagmorgen war die Chance groß, dass am zurückliegenden Wochenende irgendetwas Schauriges passiert war.

Aber an diesem Morgen las sie nichts dergleichen. Ein Wochenende mit offenbar viel Friede, Freude, Eierkuchen. Dafür waren ihre eigenen vergangenen Tage umso turbulenter gewesen.

Ein leichter Sommerregen setzte ein. Sie schnappte sich ihre Tasche und den Kaffee und flüchtete ins Innere.

Katrin liebte diese Sommerregen. Im Wald roch es dann nach feuchtem Moos, die Erde dampfte und trieb ihren typischen stockigen Geruch in die Luft. Der Sommer lag in den letzten Zuckungen, bald schon würde sich das Laub an den Bäumen verfärben.

Sie zahlte, zog ihr Regencape über, das sie als passionierte Fahrradfahrerin stets dabeihatte, und gönnte sich eine kleine Extrarunde auf dem Rad durch den Waldstreifen im Hinterland. Sie atmete tief durch und spürte, wie die heilsame Luft sie mit Energie versorgte. Nicht von ungefähr war Sankt Peter-Ording ein Kurort.

Just in dem Moment, als sie vorm Ebbe und Flut vom Rad stieg, klingelte ihr Mobiltelefon mit einer neuen Melodie. Nach einigen Sekunden erkannte sie die Filmmusik von Miss Marple. Katrin musste lachen, offenbar hatte Sebastian ihr die installiert.

»Es gibt Neuigkeiten, Töchterchen.«

Bevor Huber zu der Gegenüberstellung ging, rief er beim Sicherheitsdienst der Spielbank an, um die Aufzeichnungen vom Mittwoch anzufordern. Er hatte die Hoffnung, dass es vielleicht doch noch brauchbares Material geben könnte, dass Registrierung und Aufzeichnung nicht direkt gekoppelt waren.

»Den Zahn muss ich Ihnen leider ziehen«, sagte der Sicherheitsmensch. »Wir zumindest konnten aus den Aufzeichnungen nichts herausholen. Wir haben es versucht, nachdem uns der Geschäftsführer informiert hatte, dass die Polizei das Material für Ermittlungen benötigt.«

Kann denn nicht einmal etwas glattlaufen?, fluchte er. Der Tag hatte so schön angefangen, aber das hier verhagelte ihm gleich die Stimmung.

»Also gut, dann schicken Sie mir das Material, das Sie haben, und unsere Techniker versuchen sich mal daran. Und wenn's geht, gleich!«

Er musste sich zusammenreißen, damit seine schlechte Laune ihn nicht den Rest des Tages begleitete. Mit seinem Kater war er ein bisschen übersensibel.

Der Croupier wartete mit einem Beamten bereits vor Hubers Bürotür, als er herauskam, um sich endlich einen Kaffee zu organisieren. Der Kräutertee am Morgen hatte zwar seinem Magen gutgetan, aber seinen Kopf und seinen Kreislauf nicht in Schwung gebracht. Auf dem Weg zu dem Raum, in dem die Gegenüberstellung stattfinden sollte, zog er sich einen Automatenkaffee.

»Wollen Sie auch einen?«, fragte er den Zeugen, doch der winkte angewidert ab. »Keinen Kaffee, bitte.«

Auch der Kollege in Uniform winkte ab. Was war los? War Huber der Einzige, der sich noch an dem schwarzen Gebräu erfreuen konnte?

Im Raum mit der Glasscheibe gab Huber dem Zeugen ein paar Hinweise.

»Gleich werden einige Männer hereinkommen, und ich werde jeden einzelnen bitten, seine Hände hier auf den Tisch vor der Glasplatte zu legen. Auf der anderen Seite ist die Scheibe verspiegelt. Niemand kann Sie sehen. Schauen Sie sich die Gesichter, aber vor allem die Hände an. Wenn Ihnen beides bekannt vorkommt, sagen Sie Bescheid.«

Der Croupier nickte.

Huber sprach ins Mikrofon. »Der Erste soll bitte hereinkommen. Wir sind bereit.«

Auf der anderen Seite der Scheibe ging das Licht an, und der erste Mann betrat den Raum. Dem Croupier wurde Zeit gegeben, sich das Gesicht anzuschauen. Dann forderte Huber den Mann durch die Sprechanlage auf, seine Hände auf den Tisch vor dem Spiegel zu legen.

Der Croupier schüttelte sofort den Kopf. »Nein, diese habe ich noch nie gesehen.«

Erstaunlich, so ein Blick für Hände, dachte Huber. Er drückte die Taste des Mikros. »Danke. Der Nächste bitte.«

Und so ging es weiter, bis Wollenweber auf der anderen Seite erschien.

Der Croupier schaute, zögerte kurz, blickte dann auf das Gesicht, erneut auf die Hände und wieder aufs Gesicht. Er nickte.

»Ja, der war an meinem Tisch. Aber ob es tatsächlich am Mittwoch war, kann ich Ihnen nicht sagen.«

Für Huber reichte das erst einmal. Er bedankte sich, entließ den Croupier und sprach ins Mikro: »Danke, das war's.« Er ließ Wollenweber in sein Büro bringen. Er zog sich noch einen Kaffee und bat einen der Uniformierten, ihn in sein Büro zu begleiten.

»Herr Wollenweber, nehmen Sie Platz. Ein Angestellter des Casinos hat Sie erkannt. Das ist ja schon mal was. Allerdings kann er nicht bestätigen, dass Sie genau an dem Mittwoch dort gewesen sind.«

Der Uniformierte setzte sich auf den Stuhl neben der Tür.

Wollenweber rutschte unruhig auf seinem Stuhl hin und her. »Soll das heißen, ich habe kein Alibi?«

»Ja, genau das heißt es.«

Wollenweber presste die Lippen aufeinander. »Aber ich habe doch den Eintritt bezahlt, und da haben die mich registriert.«

»Tja, so soll es wohl normalerweise sein. Aber leider gab es einen Systemausfall. Ich habe bei der IT-Sicherheitsfirma der Spielbank die Videoaufzeichnungen vom Mittwoch angefordert.«

Wollenwebers Augen wurden groß.

»Wenn Sie an diesem Mittwoch dort waren, werden Sie auf der Videoaufzeichnung zu sehen sein.« Huber pokerte hoch.

Sein Gegenüber kaute an den Fingernägeln.

Gleich kommt was, dachte Huber. Da aber Wollenweber bis auf Weiteres stumm blieb, sortierte Huber die aufgeschlagene Akte und klappte dann den Deckel zu. Er blickte sein Gegenüber erwartungsvoll an.

»Da ist noch etwas.«

Na, geht doch, dachte Huber.

»Sie werden es dann ja sowieso auf der Aufnahme sehen. Ich war nicht allein an dem Abend.«

»Jaaa?«, forderte Huber ihn auf weiterzusprechen.

»Es ist mir sehr peinlich, aber ich war mit Frau Petersen dort. Sie kann das bezeugen.«

Wollenweber legte die Hände auf seine Oberschenkel. Es war tatsächlich erstaunlich, wie verschieden Hände sein konnten. Die von Wollenweber hatten hervortretende Adern, die Finger waren eher feingliedrig und hatten längliche, kurz geschnittene Nägel. Zwar hatten alle Männer bei der Gegenüberstellung etwa das gleiche Alter und die gleiche Statur gehabt, aber dass es dann doch solche Unterschiede gab! Huber löste den Blick von Wollenwebers Händen und schaute ihm wieder ins Gesicht.

»Danke für die Information. Ich werde dann noch einmal mit Frau Petersen sprechen müssen, denn sie hat schon ein Alibi für den Zeitraum.«

Wollenweber sah ihn entsetzt an. »Das kann nicht sein!«, entfuhr es ihm. »Wir waren zusammen dort. Ganz bestimmt. Sie werden es doch auf den Aufzeichnungen sehen können.«

Na hoffentlich, dachte Huber und betete, dass irgendetwas von dem Material zu gebrauchen war.

»Okay, Sie können erst mal gehen. Aber wir sehen uns wieder.«

Erleichtert sprang Wollenweber auf, drückte Huber beinahe dankbar die Hand und verschwand.

24

Der Liebeskater hatte Katrin fest im Griff. Sie schätzte es an Jeanette, dass sie an diesen besonderen Tagen alles Unangenehme von ihr fernhielt. Na ja, fast alles. Begegnungen mit der Stubenrauch zum Beispiel konnte sie nicht verhindern. Und als sie nach dem Mittagsstress kurz in die Dünen fliehen wollte, sah Katrin die Stubenrauch zielsicher auf die Küche zusteuern. Sie verschwand hinter der Tür eines Wirtschaftsraums und horchte, bis die Hauswirtschaftsleiterin vorbeigegangen war. Die hatte sie Gott sei Dank nicht gesehen, und Katrin spürte regelrecht den Windhauch, den der forsche Schritt der Chefin hinter sich herzog. Schnell huschte sie durch den Flur hinaus ins Freie. Die hätte ihr heute noch gefehlt. Sie musste die Begegnung verhindern, denn ihre Nerven lagen so blank, dass sie für nichts garantieren konnte.

Ihre Mutter rief an. »Kindchen, ich hab was Neues herausgefunden. Kommst du nachher noch?«

»Aber ja, Mami. Wie jeden Tag. Wird aber erst später Nachmittag.« Sie stellte das Handy stumm.

Da sie nur zwei Tage mit Sebastian verbracht hatte, wusste sie, dass sie am nächsten Tag wieder fest im Leben stehen würde – je mehr Zeit sie miteinander verbrachten, desto länger dauerte ihr Kater –, aber heute musste sie auf der Hut sein.

Tatsächlich tauchte die Stubenrauch bis zum Ende ihrer Dienstzeit nicht mehr auf. Und dass die pünktlich Dienstschluss machen würde, dafür konnte Katrin ihre Hand ins Feuer legen.

Und richtig, Katrin sah sie durch das Fenster der Küche Punkt sechzehn Uhr vom Mitarbeiterparkplatz auf dem Hinterhof davonfahren.

Jetzt konnte sie eine Stunde Pause machen und fuhr zu ihrer Mutter, um sich die Neuigkeiten berichten zu lassen. Allmählich wurde sie ruhiger.

Wenn Wollenweber und Frau Petersen eine Beziehung hatten, war deren Alibi auch wieder nicht viel wert. Vor allem stellte sich Huber die Frage, warum sich Sven und Frau Petersen gegenseitig ein Alibi gegeben hatten und was nun mit dem Alibi von Sven war. Oh Gott, sollte der Junge etwa …? Huber spürte seinen Magen.

Jetzt war der Zeitpunkt gekommen, seine Mindmap hervorzuholen. Wer war mit wem in Verbindung? Wer hatte ein Alibi? Wer hatte ein sicheres Alibi, wer ein Beziehungsalibi? Und wer hatte ein Motiv?

Er wies die Telefonzentrale an, niemanden durchzustellen, es sei denn, es wäre wirklich, wirklich wichtig. Und auch sein Mobiltelefon stellte er auf Vibrationsalarm. Er musste sich jetzt konzentrieren.

Den ganzen Nachmittag verbrachte Huber mit all diesen Fragen und mit möglichen Antworten. Er nahm sich noch ein paar DIN-A3-Blätter aus dem Drucker und klebte sie zusammen. Bald sah sein Arbeitstisch aus wie eine große Collage mit lauter Kreisen und Kärtchen mit Namen, Aussagen und Datumsangaben, mit Fotos von den bisher bekannten Verdächtigen und mit Linien und Pfeilen, mit denen er versuchte, Verbindungen herzustellen.

Das Handy vibrierte das eine oder andere Mal. Als sein Diensttelefon dann doch klingelte, erfuhr er, dass die Aufzeichnungen der Sicherheitsfirma eingetroffen waren. Huber wies die Zentrale an, sie gleich weiter zur Technik zu schicken mit dem Auftrag, schadhafte Stellen eventuell zu rekonstruieren.

Er machte sich noch einmal über den vorläufigen Bericht von Wegener her. Er las das Wort »Chlorwasser …«, als er vom Brummen seines Handys abgelenkt wurde. Katrin Lund. Sein Herz machte einen Hüpfer, und er war kurz davor ranzugehen.

Gerti Lund empfing ihre Tochter in ihrem Zimmer. Man hatte sich hier viel Mühe gegeben, die Krankenzimmer einigermaßen wohnlich zu gestalten, sofern die Hygiene- und Sicherheitsvorschriften dies zuließen. Die allerdings wurden immer absurder. Katrin hatte die seitenlangen Unterlagen gelesen, als sie ihre Mutter hier untergebracht hatte.

Trotzdem hatte man das Gefühl, sich eher in einem Hotelzimmer aufzuhalten als in einem Krankenzimmer. Bis auf das typische Krankenbett, höhenverstellbar und mit einer Triangel am Kopfende, an der man sich hochziehen konnte.

Es gab einen kleinen Tisch, zwei sesselähnliche Stühle, einen Kleiderschrank, einen Nachttisch. Alles aus hellem

Holz. Zwei Bilder an der Wand. Eins über dem Bett, das man sehen konnte, wenn man am Tisch saß – es war die Kopie eines expressionistischen Holzschnitts, wohl von Emil Nolde, wie so vieles hier an den Wänden. Das andere Bild hing über dem Tisch und war ein farbenprächtiges Aquarell, auf das man blickte, wenn man im Bett lag. Es zeigte große Farbflächen aus Grün, Gelb, Braun und Blau und einigen Zwischentönen, aber man erkannte sofort eine norddeutsche Landschaft im goldenen Herbst.

»Nun, Mami, was gibt's?«

»Du hast doch noch die Dickliche mit ihrem Rollator von gestern vor Augen, oder?«

Katrin nickte.

»Die sagte doch, dass sie schon so lange hier im Heim … äh … in der Residenz ist. Und da hab ich gedacht, ich nehme mir die mal zur Brust. Wenn jemand etwas weiß, dann sicherlich die.«

»Ja, und?« Katrin wurde ungeduldig.

»Und siehe da: Ich habe heute mit der am Frühstückstisch gesessen und sie so lange im Gespräch festgehalten, bis alle anderen weg waren. Und dann habe ich zugeschnappt.«

»Toll, Mami! Aber jetzt spann mich nicht so auf die Folter. Was hat sie dir denn nun erzählt?«

»Die hat ja gestern schon davon gesprochen, dass der Petersen mal ein ganz netter Mann gewesen sei. Und vor ein paar Jahren gab es hier das Gerücht, dass seine Frau mit einem von hier, also einem Angestellten, ein Verhältnis gehabt haben soll.«

»Was? Die Frau? Das hätte ich ja nun gar nicht vermutet!«

»Und es kommt noch besser: Der Petersen soll zu dem Zeitpunkt eine Kündigung erhalten haben.«

»Na, was soll man denn davon halten? Das wird ja alles richtig kompliziert.« Katrin kaute auf der Innenseite ihrer Wange herum.

»Ja, das ist ein Ding, oder?« Gerti Lund genoss die Situation. »Hab ich das gut gemacht?«

»Super, Mamilein. Aber was soll ich denn jetzt mit dieser Information anfangen?« Katrin zog die Stirn in Falten.

»Na, das ist jetzt mal deine Sache, mein Schatz.«

»Das muss ich wohl oder übel dem Kommissar erzählen. Das ist bestimmt eine wichtige Information.«

»Das meine ich aber auch. Den solltest du unbedingt sofort anrufen.« Gerti Lunds Gesicht hellte sich auf.

Katrin kramte in ihrem Rucksack nach dem Telefon und wählte Hubers Nummer. Sie ließ es lange klingeln.

»Der geht nicht ran. Ich werde es einfach später noch mal versuchen.« Katrin stand auf, gab ihrer Mutter den obligatorischen Abschiedskuss auf die Wange und verschwand.

In der Küche vom Ebbe und Flut war noch eine Menge zu tun. Nach dem Wochenende, an dem mit der Minimalbesetzung stets nur das Nötigste getan wurde, war montags immer Großputz in der Küche angesagt.

Alle hatten bis gut neun Uhr am Abend zu tun. Katrin schnappte sich noch eine Flasche Wein und eine Schachtel Pralinen, die sie als Dankeschön von Kurgästen bekommen hatte, und verließ als Letzte die Küche. Schnurstracks machte sie sich auf den Weg zu Frau Petersen.

25

Im Kopf von Dirk Huber sah es mittlerweile genauso chaotisch aus wie auf seinem Arbeitstisch, an dem er seine Karten und Fotos verteilt hatte. Es hatte keinen Zweck mehr. Jeder neue Gedanke und jede neue Frage führten zu einer weiteren Gehirnverknotung. Ja, wenn Harmsen jetzt hier wäre. Die beiden konnten sich mit ihrem Frage-und-Antwort-Spiel gut gegenseitig beflügeln. Aber so allein fühlte sich Huber nun völlig uninspiriert, er kam nicht weiter.

Er schaute auf die Uhr und erschrak. Mist! Halb zehn. Und er hatte es nicht geschafft, Frau Kleber mit dem Foto zu konfrontieren. Draußen verbreitete die Sonne ein kräftiges Abendrot, und die letzte kurze Nacht setzte Huber zu. Gleich am nächsten Morgen würde er die Kleber aufsuchen. Jetzt brauchte er dringend Schlaf, und er brauchte ein Telefonat mit seinem Sohn. Er checkte auf seinem Handy, wie spät es jetzt in Detroit war. Vielleicht würde er seinen Sohn erreichen können. Dort war es jetzt nachmittags.

Hubers Mobiltelefon klingelte. Die KTU.

»Hallo Dirk, hier ist Richard von der Kriminaltechnik.«

»So spät noch? Ist wohl dringend.«

»Ich glaube schon. Wir haben an Petersens Spind neben vielen anderen undefinierten Spuren und Fingerabdrücken auch Abdrücke von seinem Sohn gefunden. Wir haben da ein Match. Kannst du damit etwas anfangen?«

»Ach du Scheiße! … Entschuldige. Ja, damit kann ich etwas anfangen. Danke, Ritchie.«

Huber setzte sich wieder.

Sein Gehirn schien Karussell zu fahren, seine Gedanken wirbelten durcheinander. Warum ist Sven bei seinem Vater gewesen? Vor allem, *wann* ist er dort gewesen? Das durfte doch alles nicht wahr sein!

Katrin fuhr mit dem Auto zu Frau Petersen. Es war ihr nicht geheuer, abends mit dem Fahrrad zu fahren. Je älter sie wurde, desto vorsichtiger wurde sie.

Obwohl sie bereits am Vormittag am Haus der Petersens gewesen war, musste sie nun langsam die Straße abfahren, weil sie in der Dämmerung kaum etwas erkennen konnte. Hier wurde eindeutig an der Straßenbeleuchtung gespart. Das Haus der Petersens stand genau zwischen zwei Laternen. Es war ziemlich dunkel dort, wo sie parkte.

Sie versuchte noch einmal, bei Huber anzurufen. Keine Reaktion. Sie ersparte es sich, eine Nachricht auf dem Anrufbeantworter zu hinterlassen.

Wein und Pralinen unter dem Arm, marschierte sie durch die Eingangspforte. Sofort sprang ein Scheinwerfer an, der den gepflegten Vorgarten und den Weg zum Haus hin in helles Licht tauchte. Sie klingelte. Sven öffnete die Tür und blickte Katrin grimmig an.

»Hallo, Sven, ich bin mit deiner Mutter verabredet.« Er machte keine Anstalten, Katrin hereinzulassen.

»Kann ich reinkommen?« Sie ging einen Schritt auf die Tür zu, aber Sven rührte sich nicht von der Stelle und sagte keinen Ton.

Von hinten kam Frau Petersen und legte Sven die Hand auf die Schulter. Die Berührung ließ ihn zusammenzucken.

»Ist gut, Sven.« Und an Katrin gewandt: »Guten Abend, Frau Lund, kommen Sie herein.« Sanft schob sie Sven zur Seite, der trotzig den Kopf senkte und nach oben verschwand.

»Ich habe uns etwas mitgebracht.« Katrin hielt ihr Wein und Pralinen entgegen. »Ich brauche jetzt dringend etwas Entspannung.« Frau Petersen guckte skeptisch. »Ich hoffe, Sie auch.« Katrin strahlte sie an. Ihren offenen Gesichtsausdruck konnte sie gut dafür einsetzen, andere Menschen geschmeidig zu machen. Aber bei Frau Petersen biss sie scheinbar auf Granit.

»Sie haben doch bestimmt einen Korkenzieher?«, fragte Katrin freundlich. Sie wandte die Überrumpelungsstrategie an.

Nur zögernd ging Frau Petersen in die Küche, und Katrin folgte ihr.

»Ja, in der Küche ist es immer am gemütlichsten.« Katrin ließ sich seufzend auf einen Stuhl plumpsen, der zur Essecke gehörte. Die Küche war einfach, aber gemütlich eingerichtet. Cremefarbene Schrankoberflächen, die schon ein paar Jahre auf dem Buckel hatten. Auf der Arbeitsfläche um Herd und Spüle stand allerhand, was zum Kochen benötigt wurde: verschiedene Öle, ein Krug mit Pfannenwendern und großen Holzlöffeln, Toaster und Kaffeemaschine. Alles machte den Eindruck, als ob hier täglich gekocht wurde. Sie mochte die Küchen nicht, die zwar stylish eingerichtet waren, in denen aber das Einzige, das regelmäßig benutzt wurde, die Mikrowelle war. Aber Küchen, in denen offenbar täglich gearbeitet wurde, beruhigten ihr Gemüt.

Eine Verandatür gab den Blick in den jetzt durch eine weiße Kugellampe beleuchteten Garten frei.

Frau Petersen reichte ihr die geöffnete Flasche.

»Haben Sie auch noch Gläser?« Katrin empfand es als anstrengend, so aufdringlich sein zu müssen. Sie riss die Plastikfolie von der Pralinenschachtel und öffnete den Deckel. Da standen plötzlich zwei Gläser vor ihr. Sie goss ein.

Frau Petersen setzte sich auf die Eckbank. Katrin schob ihr das Glas Wein hinüber und die Pralinen zwischen sie in die Mitte.

Frau Petersen ließ tatsächlich genussvoll eine auf ihrer Zunge zergehen. Ein Lächeln huschte über ihr Gesicht, wie bei einer Erinnerung an Vergangenes. Katrin war erstaunt. Sie hatte bisher nicht den Eindruck gehabt, dass diese Frau überhaupt etwas in ihrem Leben genießen konnte.

Sie erhob ihr Glas und stieß mit Frau Petersen an. »Ich hoffe, ich überfalle Sie nicht.« Katrin wollte ihr Vertrauen gewinnen.

Frau Petersen schüttelte nur mit dem Kopf.

»Sie haben seit dem Tod Ihres Mannes bestimmt auch nicht viel Zeit zur Entspannung gehabt.«

Die arme Frau schüttelte wieder den Kopf und nahm einen Schluck. Ihre Augen weiteten sich, sie roch an dem Wein, und Katrin nahm wieder ein zaghaftes Lächeln wahr.

Katrin stellte ihr Glas ab, ohne davon getrunken zu haben. Sie musste ja noch fahren.

»Ja, die ersten Wochen muss man nur funktionieren und alles organisieren. Und in Ihrem Fall ist es doppelt schlimm, da Ihr Mann ja keines natürlichen Todes gestorben ist. Da kommt ja noch das alles mit der Polizei und so dazu.«

Augenblicklich verhärtete sich Frau Petersens Gesicht, und sie nahm einen großen Schluck von dem Wein, den sie nun scheinbar nicht mehr genießen konnte.

Oje, falsche Taktik, dachte Katrin.

Huber war glücklich, seinen Sohn in so guter Stimmung sprechen zu können. Regelrecht aufgekratzt wirkte er. So ganz anders als dieser Sven. Tom – er hatte den Namen Thomas jetzt amerikanisch angepasst – hatte am Wochenende bei einer Meisterschaft im Jugendtriathlon den dritten Platz gemacht.

»Glückwunsch, mein Sohn. Das hast du dir verdient! Dir geht's also gut?«

»Ja, Papa, mir geht's richtig gut. Bloß Heimweh hab ich. Wir haben uns so lange nicht gesehen. Kannst du nicht bald mal rüberkommen? Oder mich nach Husum holen?«

Allein die Frage schnürte Huber den Hals zu, und er musste schlucken.

»Ich versuche, dich so bald wie möglich zu besuchen. Ich muss aber erst einen Fall abschließen.«

»Ist endlich mal was passiert in der nordfriesischen Einöde?« Tom kicherte.

»Das kannst du laut sagen. Tötungsdelikt an einem Physiotherapeuten. Muss ein echter Unsympath und

Rüpel gewesen sein. Keiner mochte den, aber irgendwie nehmen ihn alle in Schutz. Ich steige da nicht durch. Schon gar nicht bei seiner Frau und seinem Sohn. Der ist übrigens in deinem Alter.«

»Du rufst jetzt aber nicht deswegen an, oder?«

»Jetzt, wo du es sagst – da kann was dran sein. Vielleicht brauche ich tatsächlich deinen Rat.«

»Na, dann schieß mal los. Ich bin grad in gnädiger Stimmung.«

»Die Mutter und der Sohn geben sich gegenseitig ein Alibi. Aber ich glaube, da ist was faul. Die wirken beide so bedrückt.«

»Na, das ist ja wohl klar, wenn der grad gestorben ist.«

»Nein, das ist es nicht. Trauer scheint das nicht zu sein. Da ist so etwas Dumpfes, wie eine dichte Nebelwand. Trauer ist ein klareres Gefühl. Das kennen wir beide doch zur Genüge, oder?«

Huber hörte vom anderen Ende der Welt nur ein klägliches »Ja …«. Er musste seine eigenen Tränen unterdrücken. Nur seinem Sohn gegenüber war er in der Lage, seine Gefühle auszudrücken. Er machte seinen Rücken gerade.

»Aber um uns geht es hier ja nicht, mein Sohn. Die können sich gegenseitig kaum in die Augen schauen. Und bei dem Jungen ist so viel Wut.«

»Vielleicht … Wenn der Vater ihn geschlagen hat, kann der doch jetzt eigentlich froh sein. Es sei denn …«

»Nein, Tom, ich glaube nicht, dass der seinen Vater umgebracht hat. Das traue ich dem nicht zu. Trotz seiner Wut.«

»Und was ist mit der Mutter?«

»Die wird es auch nicht gewesen sein. Wir sind grad dabei, ihr Alibi zu ihren Gunsten zu widerlegen. Sie war wohl mit einem Freund zusammen.«

»Aber wenn die sich bis jetzt gegenseitig ein Alibi gegeben haben und das nun auseinanderfällt, steht doch der Sohn dumm da. Dann hat er doch offensichtlich keins mehr, oder?«

In Hubers Gehirn ratterte es.

»Dad?«

»Tom, du bringst mich grad auf eine Idee. Ich danke dir. Ich wusste, es war eine gute Idee, dich anzurufen. Ich musste einfach nur mal drüber sprechen.«

»Gern geschehen und gerne wieder. Je eher du den Fall löst, desto eher bist du hier.«

»Was machst du denn heute noch so, mein Kind?«

»Also, zum einen bin ich kein Kind mehr. Das musst du dir echt mal abgewöhnen, Dad. Und zum Zweiten werden wir nachher mit der Mannschaft feiern gehen. Es wird also wahrscheinlich sehr spät werden.«

»Also keine Schule morgen?«

»Keine Schule morgen.«

»Ich muss jetzt ins Bett, mein Junge. Viel Spaß nachher, und ich verkneife mir jetzt mal zu sagen: Trink nicht so viel.«

»Wir sind in Amerika. Da gibt es keinen Alkohol beim Sport.«

»Ahoi.«

»Ahoi.«

Als er das Telefon ablegte, sah er, dass Katrin Lund ihn schon wieder angerufen hatte. Er war beleidigt, obwohl er dazu keinen Grund haben durfte. Und trotzdem. Sie hatte mit ihm geflirtet, und dann stieß sie ihn so vor den Kopf. Bis morgen konnte sie auf seinen Rückruf warten, sollte sie ruhig ein bisschen zappeln.

Huber ging in die Küche und machte sich einen Baldriantee. Schmeckte fürchterlich, aber nach dem Telefonat mit seinem Sohn war er so aufgedreht, dass an Schlaf erst mal nicht zu denken war.

*

Was soll das denn? Jetzt ist hier auch noch die, die heute Morgen schon mal hier war und die Mama aushorcht. Können sich die Leute nicht um ihren eigenen Mist kümmern? Was wollen die alle von uns? Die Alte macht Mama betrunken. Wein mit den Tabletten. Das ist nicht gut, gar nicht gut.
Heute Nachmittag bin ich ins Enzian gefahren, um die Kleber auf den Topf zu setzen. Ich hab so lange vor ihrer Tür gewartet, bis sie aus einem Behandlungszimmer kam und in ihr Büro wollte. Da machte sie aber große Augen, als sie mich gesehen hat, und zog mich mit in ihr Büro.
»Was willst du von mir?«, fragte sie.
Da hab ich das Foto gezückt und ihr vor die Nase gehalten. Gesagt hab ich erst mal nichts.
Da fing sie an zu schreien: »Lass mich bloß in Ruhe damit! Lasst mich ALLE in Ruhe!«
Dann ist sie richtig ausgeflippt.
»Du hast doch überhaupt keine Ahnung, du kleiner Furz.« Da sprühte richtig Hass aus ihren Au-

gen. »Was denkst du denn, was du damit jetzt anfangen willst?«
»Ich weiß, dass Sie scharf auf Papa waren. Sie waren doch ein paarmal bei uns. Warum denn, wenn Sie nichts von ihm wollten?«
So klein, wie sie ist, hat sie sich plötzlich ganz groß gemacht, sich vor mir aufgebaut und mit eiskalter Stimme gesagt: »Ich scharf auf deinen Vater? Im Leben nicht! Jetzt mal auf Deutsch, mein Kleiner: Dein Vater war ein Dreckskerl, ein riesengemeiner Dreckskerl … Ach, es gibt gar keine Worte dafür, was für ein Mistkerl er war. Keiner, aber auch wirklich keiner, ist traurig, dass der jetzt endlich tot ist!« Und dann fing sie an zu weinen. Ich wusste nicht, was ich machen sollte, stand stocksteif da. Dann hat sie einen Schritt auf mich zu gemacht. Ich hab sie weggestoßen und bin rausgerannt. Ich hörte noch, wie sie hinter mir her rief, meinen Namen rief. Ich hab mir die Ohren zugehalten und bin weggelaufen.
Ich weiß langsam echt nicht mehr, was ich machen soll. Ich komme einfach nicht weiter. Alle machen dicht. Ich muss noch mal zu ihr hin, wenn sie sich beruhigt hat.

26

Jetzt blickte Frau Petersen Katrin direkt an. »Wissen Sie was?« Frau Petersen holte tief Luft. »Mein Mann war ein Arschloch«, platzte es regelrecht aus ihr heraus. Katrin sah ihr die Erleichterung an.

»Also, er war nicht immer so. Die ersten Jahre unserer Ehe war er ein sanfter, fürsorglicher Mann. Er hat sich abgerackert für uns, ist nach der Arbeit noch Taxi gefahren, damit er uns all das hier …«, sie breitete die Arme aus, »… bieten konnte.«

Wieder nahm sie einen kräftigen Schluck, und jetzt rannen ihr die Tränen die Wangen hinunter. Katrin beugte sich über den Tisch, legte ihre Hand auf die von Frau Petersen und nickte ihr mitfühlend zu.

»Aber er war praktisch nie zu Hause.« Frau Petersen blickte sich um.

Katrin war bis zum Anschlag gespannt.

Frau Petersen atmete tief ein, stemmte sich dann am Tisch hoch und stand auf. »Ich hole Ihnen jetzt mal die Hose Ihrer Mutter herunter.«

Scheiße, dachte Katrin. Jetzt, so kurz vorm Ziel. Sie biss sich vor Ärger auf die Lippen, blieb aber sitzen. Drängen nützte nichts.

Katrin hörte aus dem oberen Stockwerk aufgeregte Stimmen und schlich zum Flur. Als sie genauer hinhörte, war es eher Sven, der aufgeregt zu sein schien, und die Stimme von Frau Petersen schien beruhigend auf ihn einzureden.

Als Katrin Frau Petersen die Treppe hinuntersteigen hörte, lief sie schnell wieder zu ihrem Stuhl in der Küche, nahm das Glas und tat so, als ob sie davon trinken würde.

»Der ist wirklich lecker«, sagte sie unbefangen. »War das Geschenk eines Patienten.«

Frau Petersen legte die Hose auf den Küchentisch, blieb aber stehen. »Die Polizei war übrigens heute Morgen hier und hat von Sven und mir Fingerabdrücke genommen. Heißt das etwa, dass wir jetzt doch infrage kommen?«

Einen Moment lang wusste Katrin nicht, was zu tun richtig wäre oder was sie hätte sagen können.

»Ich weiß nicht. Ich glaube, die müssen von jedem aus dem Umfeld Ihres Mannes die Fingerabdrücke nehmen. Allein schon, um eventuelle Verdächtige auszuschließen.«

Tatsächlich setzte sich Frau Petersen wieder.

»Ich kannte ja Ihren Mann kaum. Lassen Sie uns doch über ihn sprechen, wenn Sie mögen. Das hilft Ihnen vielleicht ein bisschen über alles hinweg.«

Frau Petersen starrte vor sich hin.

»Meine Mutter ist gerade zur Kurzzeitpflege im Enzian. Da sind Ihr Mann und ich uns schon mal über den Weg gelaufen.« Dass sie mit ihm nie ein Wort gewechselt hatte, verschwieg Katrin.

Frau Petersen drehte den Stiel des Glases hin und her. »Eigentlich war er kein schlechter Mensch. Die Umstände waren dann irgendwann einfach gegen ihn. So sah er es jedenfalls.«

»Was meinen Sie damit?« Katrin wurde offensiver.

»Es begann alles damit, dass im Enzian die gesamte Physiotherapie umstrukturiert wurde. Etliche Stellen wurden gestrichen, und die, die ihre Stellen behalten konnten, mussten doppelt so viel arbeiten. Peers Stelle sollte eigentlich auch gestrichen werden. Er war schier am Durchdrehen. Was sollte er in einem Kurort denn anderes arbeiten? Und vom Taxifahren und meinem bisschen Schneidern hätten wir unseren Lebensstandard nicht halten können. Und wir wollten ja auch, dass Sven sein Abitur machen kann. Ihm sollen einfach mal mehr Möglichkeiten offenstehen als uns.«

Katrin nickte. Sie meinte ein Geräusch aus dem Flur gehört zu haben.

»Ein Kollege von Peer hatte sich für ihn eingesetzt, und so konnte er seine Stelle im Enzian doch behalten. Aber seitdem war er wie verwandelt. Die Belastung wurde immer größer. Überstunden, für kranke Kollegen einspringen, jeder Schritt dort muss nach Minuten abgerechnet werden. Die waren bald mehr damit beschäftigt, Berichte zu schreiben und Stundenzettel auszufüllen als mit ihrer Arbeit an den Kranken. Und dazu noch das Gefühl, er stehe in der Schuld des Kollegen, dem er seine Weiterbeschäftigung zu verdanken hatte. Das hat ihn hart gemacht.«

Frau Petersen trank einen weiteren Schluck Wein, bis das Glas leer war. Katrin füllte wieder auf.

»Es ist gut, wenn man solche Kollegen hat, wie Ihr Mann einen hatte.« Katrin steckte sich eine Praline aus dunkler Schokolade in den Mund.

Plötzlich begann Frau Petersen zu schluchzen. »Ja«, schniefte sie, »das hat uns das Leben gerettet.« Sie stützte ihren Kopf auf die Hände, und ihre Haare fielen ihr vor das Gesicht.

»War das ein Freund Ihres Mannes?«

In einem Schluchzer versteckt, hörte Katrin heraus: »Ja, früher ja. Dann wurde er *mein* Freund.«

Frau Petersens Körper bebte. Sie schob das leere Glas von sich weg.

»Sprechen Sie ruhig weiter, Frau Petersen.«

»Er war nie zu Hause, kam immer erst spätabends, wenn wir schon im Bett waren. Wir sahen uns praktisch nur noch zum Frühstück. Wenn etwas war, mit dem Haus oder mit Sven, konnte ich ihn einfach nicht mehr ansprechen. Und dann, bei einer Weihnachtsfeier vom Enzian, lernte ich seinen Kollegen Markus Wollenweber kennen.« Sie strich ihre Haare zurück und blickte Katrin jetzt mit offenem Blick an. »Markus und ich sind seitdem ein Paar. Und er hat dafür gesorgt, dass Peer bleiben konnte. Ich hatte ihn angefleht. Markus wollte mit mir und Sven abhauen, aber ich wollte Peer das nicht antun. Ich wollte die Familie zusammenhalten, solange Sven noch zur Schule geht.« Frau Petersen lachte höhnisch. »Wie blöd kann man sein. Nun hat es so ein Ende gefunden.«

»Glauben Sie denn, dass Herr Wollenweber Ihren Mann …?« Wieder hörte Katrin ein Geräusch aus dem Flur, als ob Schlüssel aneinanderklapperten. Aber dann war es wieder still. Das wird Sven gewesen sein, dachte sie.

»Oh, Gott bewahre, nein. Wir waren an dem Abend zusammen, als es passiert ist. Er spielt ganz gerne mal, und wir waren zusammen im Casino in Flensburg. Wir wollten uns nur einen netten entspannten Abend machen.«

Frau Petersen saß zusammengesunken auf dem Küchenstuhl und hielt sich am Weinglas fest, ohne davon zu trinken.

»Ach, Frau Lund, das ist gut, mal darüber mit jemandem zu sprechen. All die Jahre …« Wieder sinnierte sie. »Aber wenn ich Markus zu seinem Alibi verhelfe, kann ich Sven keins mehr geben, denn ich weiß ja nicht, ob er zu Hause war oder nicht. Die waren sich in den letzten Monaten so spinnefeind, und es wurde immer schlimmer.« Sie rieb sich mit den Händen über die Augen.

Katrin fühlte sich ohnmächtig. Wie gerne hätte sie Frau Petersen ihre Hilfe angeboten. Sie beugte sich über den Tisch und sprach mit leiser Stimme, damit ihr Sohn nichts hörte, zu der bedauernswerten Frau. »Ich würde an Ihrer Stelle Vertrauen in die Polizei haben. Glauben Sie wirklich, dass Ihr Sohn zu einem Mord fähig wäre?«

Zuerst schüttelte Frau Petersen heftig den Kopf, dann hob sie resigniert die Schultern. »Ich weiß gar nichts mehr.« Dann blickte sie wieder starr vor sich hin ins Leere.

Frau Petersen wollte jetzt allein sein, ihre Gedanken sortieren, das spürte Katrin.

Sie erhob sich und steckte die Hose ihrer Mutter ein. »Was bekommen Sie dafür?«

»Ach, lassen Sie, ich bin froh, dass Sie heute Abend für mich da waren.«

Katrin legte ihr einen Zwanzigeuroschein für die Hose auf den Tisch, drückte Frau Petersen die Schulter und sagte: »Es wird bestimmt alles gut werden, Frau Petersen. Auch wenn es zurzeit noch nicht danach aussieht.«

Frau Petersen blickte sie aus verweinten Augen an.

»Ich finde allein zur Tür. Bleiben Sie ruhig noch ein bisschen sitzen.«

In der Tür drehte sich Katrin noch einmal um und sagte: »Ich finde, Sie sollten es der Polizei sagen. Je eher Herr Huber die Wahrheit weiß, desto eher kann er den wahren Mörder überführen.«

Im Flur schnappte sie sich ihre Tasche und die Autoschlüssel – hatte sie die nicht beim Hineingehen in die Handtasche gesteckt? – und verließ das Haus der Petersens.

Sie brauchte jetzt dringend eine Tüte Chips. Ihre Zunge kribbelte von den zuckrigen Pralinen.

Kaum vor der Tür, nestelte sie ihr Mobiltelefon aus der Tasche und drückte erneut Hubers Nummer. Wieder nichts. Auch, wenn sie damit Frau Petersens Vertrauen missbrauchen würde, musste sie ihm erzählen, was sie grad erfahren hatte, gab es doch der armen Frau ein Alibi.

Katrin wollte das Auto aufschließen, doch das Schloss reagierte nicht. Sie hatte offenbar nicht abgeschlossen. Wurde sie jetzt schusselig? Sie schob sich auf den Fahrersitz und drückte nochmals Hubers Nummer. Es gab ein Freizeichen, aber er ging nicht ran. Sie ließ es klingeln. Plötzlich drückte etwas Kaltes auf ihre rechte Schläfe.

Huber wusste: Im Augenblick sprach alles gegen Sven. Aber sollte er deswegen gleich alles mobilisieren? Er konnte es nicht über sich bringen. Bis zum nächsten Morgen wollte er sich noch Zeit geben.

Sven wollte seine Mutter schützen, so viel war klar. Aber warum wollte die Mutter ihren Sohn schützen? Das musste nach ihrem falschen Alibi jetzt am dringendsten geklärt werden. Und dann war da noch das Asthmaspray. Das durfte er nicht aus den Augen verlieren.

Dieser Fall brachte ihn an seine Grenzen. Alles in ihm nahm ihn für den Jungen ein, die Untersuchungen und Motive allerdings sprachen mittlerweile gegen ihn.

Aber warum sollte eigentlich der Junge nicht mal am Spind von Petersen gewesen sein? War ja schließlich sein Vater.

Nach zwei Schlucken Baldriantee war Huber eingeschlafen.

27

Sie machen jetzt mal keinen Scheiß.«

Die Stimme war verstellt, das konnte sie hören, aber sie hatte keine Ahnung, wem sie gehören könnte. Katrin guckte in den Rückspiegel, erkannte jedoch in der Dunkelheit nur zwei Augen, die ihr aus einer Sturmmaske heraus über den Rückspiegel direkt in die Augen blickten.

»Los jetzt. Fahren Sie los.«

Sie startete den Motor. »Ja, okay. Aber wohin denn?«, fragte sie.

»Erst mal weg. Ich sag Ihnen schon, wo es langgeht.«

Mit dem Einlegen des Gangs setzte sich auch ihr Gehirn in Gang. Trotz der Waffe an ihrer Schläfe. Das hier war doch sehr merkwürdig. Welcher richtige Entführer würde sie in so einer Situation siezen? Und nach den paar Sätzen kam ihr auch der Tonfall irgendwie bekannt vor. Was die Lage nicht weniger gefährlich machte. Aber etwas über seine Entführer zu wissen, konnte von Vorteil sein. Ihr Gehirn arbeitete auf Hochtouren.

»Jetzt rechts abbiegen und dann geradeaus.«

»Können Sie nicht wenigstens das Ding da von meiner Schläfe wegnehmen?«

»Das Ding da ist eine Waffe, falls Ihnen das entgangen ist.«

»Ja, schon klar. Aber ich habe keine Lust, einen Unfall zu bauen.«

»Klappe halten und fahren.«

Katrins Mobiltelefon, das auf der Mittelkonsole lag, spielte die Miss-Marple-Melodie. Aus den Augenwinkeln erkannte sie »Mama«.

»Auf gar keinen Fall rangehen«, sagte die Stimme hinter ihr.

»Aber sie macht sich Sorgen, wenn ich nicht rangehe. Es ist für uns alle besser, wenn ich mich melde.«

»So, jetzt ist Schluss. Sie halten sofort an!«

»Aber …«

»Sofort anhalten! Und kein Wort mehr!«

Katrin fuhr rechts ran, ließ aber den Motor laufen. Sie zitterte. Erst jetzt kam das Gefühl von Angst in ihrem Körper an. Sie wollte sich umdrehen, spürte aber wieder deutlich die Waffe an ihrer Schläfe. Der Mann kramte mit der freien Hand im Fußraum herum. Dort lagen etliche Tüten und Beutel, die sie zum Einkaufen benutzte. Plötzlich zog er ihr einen Beutel über den Kopf. Gott sei Dank kein Plastikbeutel, dachte sie noch, als er sie anbrüllte: »Aussteigen! Ich fahre jetzt.«

Sie stieg aus. Sofort packten seine Hände sie von hinten, und er band ihre Handgelenke auf dem Rücken mit Klebeband zusammen. Er schob sie um das Auto herum auf die Beifahrerseite, riss die Tür auf und drückte sie auf den Sitz.

»Aber …« Katrin versuchte, mit ihm im Gespräch zu bleiben. Doch dann spürte sie wieder etwas Hartes an ihrem Kopf. Die Waffe?

»Wenn Sie jetzt nicht still sind, passiert hier was, das schwöre ich!« Er schrie, und seine Stimme überschlug sich.

Er knallte die Beifahrertür zu und saß einen Augenblick später auf dem Fahrersitz. Er riss ihr noch einmal den Leinenbeutel vom Kopf. Die Pistole lag auf der Ablage. Er versuchte, ihr Paketklebeband über den Mund zu kleben. Aber Katrin wand sich und schüttelte den Kopf hin und her. Er klatschte ihr seine Hand ins Gesicht. Sie hielt augenblicklich still und ließ ihn gewähren. Sie wollte ihn nicht provozieren. Er zog ihr den Beutel wieder über und fuhr los. Auch wenn sie nichts sah, so hörte sie doch, dass er geschmeidig die Gänge fand und außerdem das Spiel von Gas und Kupplung bei ihrer alten Kiste beherrschte. Sie versuchte, sich Rechts- und Linksabbiegungen zu merken. Vielleicht erkannte sie, wohin er fuhr. Aber keine Chance.

Nach endlosen Minuten stieg er rasant auf die Bremse, fuhr um ein paar enge Kurven, hielt an und schaltete schließlich den Motor aus.

Er stieg aus, riss einen Moment später die Beifahrertür auf und zerrte Katrin aus dem Auto. Fest packte er sie am rechten Oberarm und stieß sie vor sich her. Sie gingen einen offenbar mit Kies ausgelegten Weg entlang. Dieser Weg war in Schlangenlinien angelegt, denn immer wieder stieß Katrin mit den Füßen gegen eine Begrenzung. Dann wurde der Weg gerade, und das Knirschen des Kieses hörte auf.

»So, jetzt vorsichtig, hier geht's runter.« Ein Hauch von Fürsorglichkeit?

Sie spürte die Waffe zwischen ihren Schultern. Langsam tastete sich Katrin mit den Füßen eine Treppe hinunter. Wahrscheinlich ein Keller oder Souterrain, denn es waren nur elf Stufen. Dann packte er sie mit der einen Hand fest am Arm, und mit der anderen schloss er eine Tür auf.

Er zog sie über eine Schwelle und drückte ihr dann wieder die Waffe in den Rücken. Es musste ein Flur oder Gang sein, durch den er sie schubste. Sie gingen viele Schritte geradeaus. Es roch nach abgestandener Luft, das konnte sie durch den Leinenbeutel wahrnehmen. Der Beutel selbst roch ein bisschen nach Zwiebeln.

Offenbar waren sie jetzt in einem Keller; ein großer Keller, denn es waren bestimmt fünfunddreißig bis vierzig Schritte, bevor der Mann wieder eine Tür öffnete.

Er drückte sie auf etwas Niedriges, Hartes, kein Stuhl. Dann zog er ihr den Beutel vom Kopf. Fahles Licht drang vom Flur über das Oberlicht in den Raum, aber es reichte nicht, um viel zu erkennen. Sie saß auf einer Art Holzpritsche. Der Mann – jetzt nahm sie wahr, dass er einen schmächtigen Körperbau hatte – setzte sich Katrin gegenüber auf den Fußboden, die Sturmmaske immer noch, oder schon wieder, auf dem Kopf, die Waffe baumelte in der Hand zwischen seinen Knien. Auch sein Kopf hing vornüber. Wahrscheinlich denkt er jetzt das erste Mal nach, ging es ihr durch den Kopf.

Er suchte in seinem Rucksack nach etwas und hielt ihr kurz darauf eine Wasserflasche hin. Katrin grunzte nur. Er riss ihr das Klebeband von den Lippen. Sie schrie auf vor Schmerz. Er drückte ihr die Flasche an den Mund.

»Los, trinken.« Wieder die verstellte Stimme.

Katrin trank ein paar Schlucke. Sie hatte Durst von all den süßen Pralinen. Er drehte die Flasche zu und stellte sie auf den Boden. Dann klebte er ihr den Mund wieder zu.

Er schulterte seinen Rucksack. »Ich bin bald wieder da. Und Sie rühren sich nicht von der Stelle!« Nach ein paar Schritten kam er wieder zurück und umwickelte auch Katrins Fesseln mit Klebeband.

Allmählich gewöhnten sich ihre Augen an die Dunkelheit, und schemenhaft erkannte sie Gartenstühle und Tische. Auf einer großen Werkbank sah sie ein paar Schraubzwingen, eine Säge und eine Flasche Leim. Sie hatte keine Ahnung, wo sie war.

28

Huber fuhr in aller Frühe nach Sankt Peter-Ording ins Enzian. Er musste noch einmal in Ruhe mit Katrins Mutter sprechen, und er wollte Sabine Kleber erwischen, bevor sie zu den Anwendungen musste. Punkt sieben Uhr stand er vor ihrer Bürotür und klopfte. Tatsächlich kam ein »Herein« von innen.

Sie schien nicht begeistert, als sie ihn erblickte.

»Kann ich Sie einen Moment sprechen?«, fragte er höflich. Das hier würde gleich wahrscheinlich eine prekäre Situation geben.

Sabine Kleber blickte auf ihre Armbanduhr und bedeutete ihm mit der Hand, vor ihrem Schreibtisch Platz zu nehmen.

»Was gibt's denn schon wieder?« Sie war sichtlich genervt.

Huber hatte sein Handy schon in der Hand und öffnete das Foto. Er hielt es ihr hinüber. Er zielte ins Ungewisse.

Entgeistert blickte sie erst auf das Display, dann auf Huber. Dann sackte sie auf dem Stuhl zusammen.

»Wo haben Sie das her?« Sie hauchte die Frage fast.

»Das ist jetzt erst mal nicht wichtig. Was ich wissen möchte ist, ob *Sie* das hier auf dem Foto sind.«

Sie schluckte. Aber Huber spürte, dass sie das, was sie zu sagen hatte, nicht mehr herunterschlucken konnte und wollte.

»Ja.«

»Möchten Sie mir etwas dazu sagen?«

Sabine Kleber richtete sich wieder auf und wurde laut. »Ich habe es wirklich satt. Was ist los mit Ihnen allen? Haben Sie nichts Wichtigeres zu tun? Erst der Petersen, dann der Sohn, der hier war. Der macht mir echt Angst. Und jetzt Sie?«

»Bitte beruhigen Sie sich, Frau Kleber. Ich kann den Tod von Herrn Petersen nicht aufklären, wenn immer wieder Geheimnisse zutage treten. Damit reiten Sie sich nur rein. Erzählen Sie mir in Ruhe, was es damit auf sich hat.«

Katrin musste dringend pinkeln.

Vor ihr stand die Wasserflasche. Unerreichbar.

Das war jetzt alles so richtig in die Hose gegangen! Wieso auch konnte sie ihren Mund nicht halten? Und ihre Nase, die hätte sie mal auch schön draußen lassen sollen.

Sabine Kleber fiel in sich zusammen. »Das Foto wurde vor über dreißig Jahren gemacht. Da war ich in meiner Ausbildung zum Physiotherapeuten. Ich war Anfang zwanzig. Ich hatte damals gemerkt, dass etwas mit mir nicht stimmt, ich fühlte mich regelrecht unwohl in meiner Haut. Wenn ich Sex mit Frauen hatte, stand ich wie neben mir. Dann hab ich es mit Männern versucht, aber es war das Gleiche. Ich fühlte mich einfach nicht richtig in dieser Welt. Hinzu kam, dass ich natürlich große

Angst vor Aids hatte und ich mich nicht so ausprobieren konnte, wie ich wollte. Erst dachte ich, ich wäre gefühlsmäßig nicht richtig, aber dann habe ich herausgefunden, dass ich mit meinem Geschlecht unglücklich war. Ich habe Hormone genommen und mich operieren lassen. Und seitdem ich Sabine bin, geht es mir besser.« Sie stand auf, um sich ein Glas Wasser einzugießen.

»Möchten Sie auch ein Glas?«

Huber schüttelte den Kopf.

Sie setzte sich wieder und sprach weiter. »Vor etwa zwei Jahren kam Petersen mit diesem Foto an. Es war die Zeit, in der wir hier mal wieder umstrukturieren, wie es die Geschäftsleitung nannte, mussten. Im Klartext: Es mussten Leute entlassen werden. Ich sollte zwei Mitarbeiter vorschlagen. Einer meiner Vorschläge war Petersen. Ich fand, er nahm sich zu viel heraus, den Patientinnen und Patienten, aber auch manchmal den Mitarbeitern gegenüber. Er sorgte für ein schlechtes Arbeitsklima. Nachdem die Geschäftsleitung mit ihm gesprochen hatte, kam er damit«, sie zeigte auf Hubers Handy, auf dem sich das Foto befand, »bei mir an. Keine Ahnung, wo er das herhatte. Ich weiß es noch wie heute. Er setzte sich da hin, wo Sie jetzt sitzen, und hielt mir das Foto vor die Nase. Er meinte, ich bräuchte gar nicht zu leugnen, dass ich das wäre. Und damit niemand davon erführe, sollte ich mich dafür einsetzen, dass er seine Stelle behalten könne.«

Sie trank ihr Wasser mit einem Schluck aus. »Was ich dann auch tat. Er beschimpfte mich als Schlampe, als pervers, und behandelte mich auch so. Manchmal griff er mir zwischen die Beine, und dann kam so was wie:

›Na, da fehlt doch was‹, oder er kniff mir in den Busen: ›Sind die echt?‹. Die körperlichen Übergriffe von ihm waren am schlimmsten.« Ihr stiegen die Tränen in die Augen.

»Ja, so war das. Er hat mich erpresst. Und ja, damit habe ich wohl ein Motiv, ihn umgebracht zu haben. Und ganz ehrlich, in so manchem schwachen Moment habe ich sogar mit dem Gedanken gespielt. Aber ich bin es nicht gewesen.« Sie fummelte ein Taschentuch aus ihrem Hoody und wischte sich damit die Tränen aus dem Gesicht.

Etwas in Huber sträubte sich, diese Frage zu stellen: »Dann haben Sie sicherlich ein Alibi für den Abend der Tat?«

»Ja, das habe ich. Ich war bei meinem Vater im Pflegeheim in Heide, um seinen achtzigsten Geburtstag zu feiern. Und ich habe da auch übernachtet.«

»Ich muss das überprüfen, das ist Ihnen doch klar?«

»Machen Sie das. Und ich hoffe, Sie hängen das alles nicht an die große Glocke. Denn hier kennen mich alle als Sabine Kleber.«

»Wenn es ermittlungstechnisch nicht notwendig ist, dann werde ich es ganz bestimmt für mich behalten.« Und Huber hoffte, dass es ermittlungstechnisch nicht relevant würde, denn er hatte das Foto ohne Durchsuchungsbeschluss gemacht. Das konnte ihm auf die Füße fallen. Karsten würde es ein inneres Freudenfest werden, ihm das um die Ohren zu hauen.

»Und jetzt erzählen Sie mir bitte noch, was Sven Petersen von Ihnen wollte.«

»Was weiß denn ich! Der dachte, ich bin hinter seinem Vater her gewesen. Der hält anscheinend seinen Vater für genauso unwiderstehlich, wie der sich selbst gehalten hat. Liegt wohl in den Genen.«

»Sven hat nichts von der Erpressung erwähnt? Kann es sein, dass er davon wusste?«

»Das glaube ich nicht. Der schien mir ahnungslos zu sein. Der hat sich irgendwas zusammengereimt, als er das Foto gefunden hatte.«

Huber stand auf.

»Ich hab Angst, dass der noch mal wiederkommt und dann richtig austickt.«

»Versuchen Sie, ruhig zu bleiben. Und vor allem: Unternehmen Sie nichts von sich aus. Ich stelle hier in der Abteilung einen Polizisten ab, der auf Sie aufpasst, falls Sven noch einmal wiederkommt.«

Er gab ihr zum Abschied die Hand.

So viele Schicksale, dachte er, als er das Enzian verließ. Dass es in der heutigen Zeit immer noch sein muss, eine Geschlechtstransformation zu verheimlichen.

Aber es war auch das wirklich Schöne an seiner Arbeit, dass er die Menschen gründlich kennenlernte. Na ja, obwohl … manchmal war es auch nicht so schön. Für einen Kriminaler wie ihn gab es nur zwei Möglichkeiten: Entweder man lernte die Menschen zu lieben oder man lernte sie zu hassen. Und dann wurde man ein zynisches Arschloch, wie so manch einer seiner Kollegen.

Er rief den hiesigen Polizisten Böge an und wies ihn an, ins Enzian zu kommen und die Stellung zu halten.

Als Katrin endlich Schritte den Flur entlangkommen hörte, drang bereits Tageslicht durch das kleine Kellerfenster unter der Decke. Panik stieg in ihr hoch. Sie schluckte trocken. Wer weiß, was der Entführer mit ihr machen würde.

Wider Erwarten löste er das Klebeband von ihrem Mund. Katrin leckte sich die Lippen. Sie schmeckte Blut, das Klebeband hatte ihr die Haut aufgerissen. Die Lippen brannten, ihr Rücken schmerzte, und sie hatte Durst.

»Frau Lund, ich habe nachgedacht.«

Jetzt erkannte sie seine Stimme: Sven! Darauf wäre sie im Leben nicht gekommen! Sven! Für einen Moment fuhren ihre Gedanken Karussell. Jetzt tu bloß das Richtige!, dachte sie.

Der Junge legte seine Pistole auf die Werkbank und setzte sich vor sie auf den Boden.

Sie blickte in seine Augen, die das Einzige waren, das seine Sturmmütze freigab.

»Nachdenken ist gut, Sven.«

»Woher wissen Sie, wer ich …«

»Ach Sven …« Katrin war jetzt erschöpft. »Jetzt sag mir mal, wo wir sind.«

»Ich wusste nicht, wohin mit Ihnen. Da bin ich ins Enzian. Da kenne ich mich aus.« Sven senkte den Kopf und schwieg. Er zog sich die Sturmmaske vom Kopf.

»Du hast bestimmt die Schlüssel von deinem Vater.«

Der Junge nickte mit gesenktem Kopf.

»Was hast du jetzt vor?«

Schweigen.

Huber fuhr vor der Praxis von Doktor Matthießen vor. Er hätte sich in Sankt Peter-Ording eigentlich einen Schreibtisch für diesen Fall einrichten sollen; so viel Fahrerei zwischen hier und Husum war alles andere als umweltbewusst.

Als er durch die Tür der Arztpraxis rauschte, saß die das letzte Mal so forsche Arzthelferin plötzlich kerzengerade und lächelte Huber mit blitzenden weißen Zähnen an. »Guten Morgen, Herr Huber.«

Huber war irritiert von so viel Freundlichkeit, hatte er sich doch schon auf das zickige Gebaren dieser Person eingestellt.

»Guten Morgen«, grummelte er zurück.

»Da ist grad ein Patient beim Doktor drin. Wenn der herauskommt, können Sie rein. Setzen Sie sich doch so lange hier in den Flur.«

Huber tat wie ihm geheißen.

Kurze Zeit später ging die Sprechzimmertür auf, und besagter Patient wurde mit Handschlag, Schulterdrücken und guten Wünschen vom Doktor verabschiedet.

Huber erhob sich und wurde mit der gleichen jovialen Geste vom Arzt, mit der er den Patienten zuvor entlassen hatte, begrüßt.

»Ah, Herr Huber. Sie haben also noch Fragen? Kommen Sie herein.« Er schloss die Tür hinter sich, als Huber eingetreten war und sich wieder ohne Aufforderung auf dem Stuhl vor dem Schreibtisch niedergelassen hatte.

Mit Elan warf sich Matthießen auf seinen Stuhl auf der anderen Seite des Tisches und ließ sich mit dem Rückenteil schwingen.

»Ja, ich habe tatsächlich noch eine Frage.« Huber zog sein Mobiltelefon aus der Jacketttasche, wischte ein paarmal mit seinem Zeigefinger darauf herum und zeigte dann dem Arzt das Foto von dem Spray.

»Kennen Sie dieses Medikament?«

Der Arzt kniff die Augen zusammen, um das Foto zu fokussieren.

»Ja, das ist ein Asthmaspray.« Er lehnte sich wieder zurück.

»Dieses Spray habe ich bei den Sachen in Herrn Petersens Spind gefunden.«

Matthießen klickte auf seiner Computertastatur herum, und sein Blick suchte den Bildschirm ab.

»Merkwürdig! Der hatte kein Asthma.«

Huber ging plötzlich ein Licht auf. Die gesamte Familie war natürlich hier in Behandlung. Er war so ein Schussel!

»Das Medikament habe ich ihm auch nie verschrieben.« Er guckte zu Huber rüber. »Das muss er sich von jemand anderem besorgt haben.«

»Was ist denn mit dem Sohn, Sven? War der vielleicht asthmakrank?«

Wieder klickte Matthießen auf der Tastatur.

»Ja. Sven hat tatsächlich seit einiger Zeit Atemwegsprobleme. Wo auch immer die herkommen. Ich habe ihn untersucht und ihm dann dieses Spray verschrieben.« Er tippte mit dem Zeigefinger auf Hubers Display.

In Hubers Gehirn ratterte es. Das Beweisstück sprach eindeutig gegen Sven.

»Danke, Herr Doktor. Dann will ich Sie nicht länger aufhalten.« Er erhob sich für seine Verhältnisse erstaunlich schnell, drückte dem Arzt die Hand und verschwand eilig.

Verdattert blieb der Arzt hinter seinem Schreibtisch sitzen.

»Was willst du eigentlich von mir, Sven?«

»Ich will wissen, was Mama Ihnen erzählt hat. Und ich will nicht, dass Sie das, was Sie wissen, weitererzählen.«

»Die Polizei muss doch herausfinden, wer deinen Vater umgebracht hat.«

»Das will ich auch!«

»Ich übrigens auch. Denn ich habe deinen Vater gefunden.«

Mit großen Augen glotzte er sie an. »Dann helfen Sie mir! Alle, die ich frage, machen dicht. Ich komm einfach nicht weiter.«

»Das kann ich aber nicht, wenn du mich hier festhältst. Ich nehme mal an, du willst deine Mutter beschützen? Du willst beweisen, dass sie es nicht war.«

»Sie haben recht. Ich wollte meine Mutter schützen. Sie war an dem Abend, als es passiert ist, nicht zu Hause. Und so, wie mein Vater sie in der letzten Zeit behandelt hat, dachte ich, dass sie sich endlich gerächt hätte.«

Sven schluchzte.

»Und dann habe ich Ihnen beiden zugehört, gestern Abend in der Küche. Und dass sie einen Freund hat, ist doch noch ein Grund mehr ...«, stieß er zwischen seinen Schluchzern hervor. »Was soll ich denn machen, wenn meine Mutter ins Gefängnis kommt?«

Sein Körper bebte.

»Seit mein Vater gestorben ist, hab ich auch immer alles gemacht, damit es meiner Mutter gut geht. Da war ich noch jünger, als du es jetzt bist«, sagte Katrin sanft.

Jetzt hob Sven den Blick.

»Ich hatte solche Angst, dass ich irgendwann alleine bin. Ich musste ja auch noch auf meine jüngere Schwester aufpassen.« Katrin hatte Durst. Gleichzeitig spürte sie den Druck auf ihrer Blase »Das bin ich nie wieder losgeworden. Meine Mutter ist heute eine alte Frau, und immer noch habe ich das Gefühl, mich um sie kümmern zu müssen.« Erst während sie das in Worte fasste, ging ihr auf, was sie ihr Leben lang geängstigt hatte.

»Mach nicht den gleichen Fehler, Sven. Du musst *dein* Leben leben und nicht das deiner Mutter. Die ist für sich selbst verantwortlich.«

29

Als Huber wieder zurück im Kommissariat war, saß Frau Petersen bereits vor seiner Tür.

»Frau Petersen! Sie sind die Letzte, die ich heute Morgen erwartet hätte.« Er streckte ihr seine Rechte zur Begrüßung entgegen.

Sie stand auf. »Ich möchte eine Aussage machen.«

Hubers Handy brummte. Eine unbekannte Nummer.

»Herr Huber, hier ist Frau Lund … also die Mutter. Meine Tochter ist verschwunden …« Ihre aufgeregte Stimme drang in sein Ohr.

»Moment. Was meinen Sie mit ›verschwunden‹? Wie kommen Sie überhaupt an meine Nummer?«

»Das ist ja jetzt auch egal … Also, was ist, suchen Sie sie?«

Katrin Lund machte ihm durchaus den Eindruck, als ob sie gut auf sich aufpassen konnte. Wahrscheinlich hatte sie die Nacht mit ihrem Freund verbracht und ging deshalb nicht ans Telefon. Er spürte einen Stich in seiner Brust.

»Was ist denn passiert, Frau Lund?«, fragte er beschwichtigend.

»Na, sie ist weg! Ich kann sie nicht erreichen. Sie wollte mir gestern Abend die Hose wiederbringen.«

Die Frau war verwirrt, die Stimme fast hysterisch.

»Welche Hose?«, fragte er.

Huber gab Frau Petersen ein Zeichen, dass sie sich noch einen Moment gedulden solle. Sie setzte sich wieder. Er ging in sein Büro und schloss die Tür hinter sich.

»Sie hat gestern meine Hose zum Ändern mit zu Frau Petersen genommen. Und natürlich wollte sie sich mit der Frau unterhalten. also ein bisschen recherchieren. Aber sie wollte später noch zu mir kommen und mir berichten, was sie herausgefunden hat. So was tut sie nicht, dass sie einfach nicht kommt, ohne sich zu melden. Und wie gesagt, sie geht nicht an ihr Handy.«

Jetzt läuteten bei Huber die Alarmglocken. Auch auf seine Anrufe hatte sie ja nicht reagiert. Vielleicht war doch etwas passiert.

»Sie müssen etwas unternehmen!« Die Stimme von Katrins Mutter klang flehend.

»Frau Lund, beruhigen Sie sich. Ich kümmere mich.« Er hörte noch ein verzweifeltes »Bitte, bitte …« von Frau Lund.

Das traf sich gut, dass Frau Petersen gerade vor seiner Tür saß.

Huber fuhr seinen Computer hoch, suchte die Nummer des Pflegeheims in Heide und ließ sich mit der Leitung verbinden. Er bat darum zu prüfen, ob Sabine Kleber am besagten Abend auf der Geburtstagsfeier ihres Vaters gewesen war, und auch, ob sie dort übernachtet hatte. Der Geschäftsführer versprach ihm, zu recherchieren und ihn so bald wie möglich zurückzurufen. Huber hinterließ seinen Namen und seine Telefonnummer.

Frau Petersen saß noch immer im Flur, als Huber sie hereinbat.

Er zog einen Stuhl vor den Schreibtisch, und sie nahm Platz. Huber setzte sich auf seine Seite.

»Dann schießen Sie mal los.« Er klickte die Homepage des Pflegeheims weg und öffnete die Datei mit den Protokollformularen. Erwartungsvoll blickte er Frau Petersen an. »Ich weiß, dass Frau Lund gestern Abend bei Ihnen war.«

»Woher …«

»Das tut jetzt nichts zu Sache! Sie wird vermisst. Und ich möchte gerne wissen, was gestern Abend war. Also?«

»Ich hatte ein gutes und sehr langes Gespräch mit ihr. Deswegen bin ich hier. Sie hat mich überzeugt. Ich möchte Ihnen erzählen, was an dem besagten Abend, als mein Mann zu Tode kam, wirklich passiert ist.«

»Erst mal will ich wissen, wohin Frau Lund, nachdem sie bei Ihnen gewesen ist, hin ist.«

»Aber das weiß *ich* doch nicht.«

»Wie lange war sie denn bei Ihnen?«

»Ich hab nicht auf die Uhr geguckt, aber eine Stunde oder mehr wird es schon gewesen sein. Kurz nach neun ist sie gekommen.«

Huber war frustriert. »Also gut, dann legen Sie mal los.« Er hatte die Finger auf den Tasten liegen.

»Also …«, sie zögerte kurz, »ich bin an dem Abend mit Herrn Wollenweber zusammen gewesen.« Jetzt war es heraus.

Huber ließ Frau Petersen nun die ganze Geschichte erzählen. Er tippte das Protokoll direkt ein. Obwohl er nur vier Finger benutzte, ging es erstaunlich schnell. Er druckte es aus und ließ es sie unterschreiben.

»Sie wissen, Frau Petersen, dass Ihr Sohn damit kein Alibi mehr hat.«

Sie senkte den Kopf. Huber sah ihren Körper zucken, dann schniefte sie. Huber kramte eine Packung Papiertaschentücher aus seiner Schreibtischschublade und reichte sie ihr über den Tisch.

»Ja, das ist mir klar.« Sie nestelte eins der Taschentücher heraus, schnäuzte sich ausgiebig und wischte sich die Tränen unter den Augen weg. »Ich mache mir solche Sorgen. Er war heute Nacht nicht zu Hause. Ich hoffe, er stellt nichts Dummes an.« Wieder schluchzte sie und zog sich ein neues Taschentuch aus der Packung.

Hubers Alarmglocken meldeten sich wieder.

»Ich weiß, dass er es nicht gewesen ist, kann es ja aber nicht beweisen. Er hat noch keiner Fliege je etwas zuleide getan!«

Das Telefon klingelte. Der Leiter des Pflegeheims in Heide bestätigte, dass Sabine Kleber den gesamten Abend dort gewesen war, mit etlichen Familienangehörigen des Senioren. Sie habe auch das Gästezimmer des Heims über Nacht in Anspruch genommen. Huber bedankte sich für die Information und legte auf.

Er wandte sich wieder Frau Petersen zu. »Können Sie sich vorstellen, wo Sven sich jetzt aufhalten könnte?«

Frau Petersen zuckte nur mit den Achseln. »In der Schule habe ich schon angerufen. Da ist er nicht.«

»Und Freunde? Hat er Freunde?«

»Er spielt Fußball. Da hat er auch einen Freund. Aber der ist in der Schule, und die Mutter wusste nichts.«

»Frau Petersen, Ihr Sohn ist einer unserer Hauptverdächtigen. Ich muss ihn leider dringend zur Fahndung ausschreiben.«

»Oh, bitte nicht!«, flehte sie ihn an, ihre Finger umklammerten die Schreibtischkante. »Bitte! Er ist so unbedacht. Ich will nicht, dass er sich in Gefahr begibt.«

»Frau Petersen, ich muss das tun.« Er biss sich auf die Lippen. Er konnte die Verzweiflung der Frau nachempfinden.

Als Frau Petersen gegangen war, überlegte er, ob es eine Möglichkeit gab, dem Jungen zu helfen, ohne ihn gleich zur Fahndung auszuschreiben. Es schnürte ihm das Herz zusammen. Er hatte da so einen Verdacht. Er wählte Katrin Lunds Telefonnummer. Er ließ es klingeln, bis sich der Anrufbeantworter meldete und ihn aufforderte, eine Nachricht zu hinterlassen.

»Frau Lund, Sie hatten versucht, mich anzurufen. Bitte rufen Sie zurück, wenn Sie diese Nachricht hören. Es ist wirklich dringend.« Dann legte er auf. Sein Herz pochte wie wild, und seine Gedanken kreisten umeinander. Panik stieg in ihm hoch. Wo sollte er nach Katrin Lund suchen? Wo nach Sven? Die Letzte, die sie offenbar gesehen und gesprochen hatte, war Frau Petersen.

Er seufzte. Es blieb ihm nichts übrig, als die Fahndungsmaschinerie nach den beiden in Gang zu setzen: das Haus von Katrin, ihre Arbeitsstelle, Svens Zimmer, das Haus, seine Schule, seine Freunde, sein Sportverein, all die Wege, die die beiden wählen konnten. Huber hoffte inständig, dass die Suche irgendeinen Hinweis ergeben würde.

30

Plötzlich hörten sie Schritte auf dem Flur. Katrin schlug das Herz bis zum Hals. Bloß nicht den Jungen in eine unvorhersehbare Situation bringen, dann drehte er vielleicht doch noch durch. Die Schritte kamen näher. Sven sprang lautlos auf sie zu, hielt ihr die Hand auf den Mund und drückte sich mit ihr an die Wand. Sie versuchte, seine Hand durch wildes Hin-und-her-Werfen des Kopfes abzuschütteln. Durch das Gerangel fiel die Waffe von der Werkbank. Beide hielten einen Moment inne. Das Geräusch erleichterte Katrin, denn es klang nach einer Plastikpistole, eine echte Waffe hätte lauter und metallen geklungen.

Die Tür nebenan wurde geöffnet und gleich wieder geschlossen.

Katrin schüttelte sich erneut, und die Hand des Jungen drückte fester zu.

Jetzt kamen schon wieder Schritte von Weitem auf sie zu, diesmal sehr langsame Schritte, begleitet von leisem, regelmäßigem Quietschen. Vielleicht ein Fahrrad? Auf jeden Fall etwas mit Rädern. Und wieder ging die Tür neben ihnen auf und einen Moment später zu. Das wiederholte sich innerhalb der nächsten fünf Minuten noch dreimal. Dann war es still.

Als der Junge endlich die Hand von Katrins Mund nahm, japste sie nach Luft.

Aus dem Raum nebenan drangen aufgeregte Stimmen durch die Wand, männliche und weibliche Stimmen – alte Stimmen.

»Verdammter Mist! Verdammter, verdammter Mist!«, fluchte Huber, als er sich in sein Auto schwang. Mit leerem Blick guckte er über das Lenkrad. Sven verschwunden. Katrin Lund verschwunden. Wo sollte er ansetzen? »Mist! Mist! Mist!« Er konnte sein Herz in den Ohren schlagen hören.

Vielleicht hatten der Junge oder Katrin einen Unfall gehabt und lagen jetzt irgendwo im Straßengraben. Oder vielleicht war Sven mit einem Asthmaanfall in ein Krankenhaus eingeliefert worden. Huber rief die Krankenhäuser der Umgebung an. Aber Fehlanzeige. Er schlug auf das Lenkrad. Dann ließ er den Motor an.

Katrin hörte einzelne Satzfetzen durch die Wand. Männer- und Frauenstimmen sprachen durcheinander. »Bist du verrückt, wir können doch nicht …«, »… aber was, wenn die uns auf die Schliche …«, »… finde, wir haben das Richtige …«, »… wir können uns nicht alles gefallen lassen …«, »Lasst uns bitte abwarten«, »… immer … Beschwichtigungen …«, »… müssen … uns nachweisen …«.

Was meinten die bloß? Sie bekam es mit der Angst zu tun. Hatte der Junge Verbündete? War er vielleicht nur das Werkzeug einer Gruppe, die sie entführt hatte? Aber warum bloß? Was, wenn der Junge gleich hinüber in den Raum nebenan ging?

Sven kauerte zusammengesunken auf dem Fußboden und weinte still vor sich hin. Er schien überhaupt nichts um sich herum wahrzunehmen.

Vielleicht ging es gar nicht um sie. Vielleicht ging es um Peer Petersen. Vielleicht war er in irgendetwas verstrickt gewesen, irgendetwas Großes, das sie sich in ihrem beschaulichen kleinen Leben gar nicht vorstellen konnte. Und auch nicht vorstellen wollte.

Huber war verzweifelt. Es war ihm egal, ob sein Kollege Harmsen krank war oder nicht. Er fuhr zu ihm, klingelte, und ein Häufchen Elend öffnete ihm.

»Harm, ich stecke fest. Du musst mir helfen.«

Harmsen ließ ihn eintreten. »Aber wenn du dich ansteckst, ist das nicht meine Schuld.«

»Das ist jetzt nicht so wichtig … Ich brauche deinen Rat.«

Sie gingen in Harmsens Wohnzimmer, wo es nach Pfefferminzöl roch. Auf dem Tisch stand eine Schüssel mit offenbar heißem Wasser, daneben lag ein Handtuch. Harmsen räumte beides weg. »Ich inhaliere kräftig.«

Huber ließ sich auf die Couch sinken. Als Harmsen wieder zurückgeschlurft kam, erzählte Huber ihm die ganze Geschichte und den Schlamassel, dass nun sowohl Sven als auch Katrin Lund von der Bildfläche verschwunden waren. Und auch von seinem Verdacht, dass beider Verschwinden zusammenhängen könnte.

»Die Fahndung läuft bereits. Nach beiden.«

»Hast du eine Idee, wo der Junge sich sicher fühlen könnte? Hat die Mutter irgendetwas gesagt?«

Huber schüttelte nur den Kopf. »Sie hat sich ja an mich gewandt, weil sie nicht weiß, wo er ist. Er ist nicht in der Schule, nicht beim Sport, die Krankenhäuser hab ich auch schon angerufen. Nichts.«

Harmsen schnäuzte sich, bevor er fortfuhr. »Habt ihr denn schon da gesucht, wo sein Vater gearbeitet hat? In diesem Heim? Wie sagtest du, wie das heißt?«

Huber fiel es wie Schuppen von den Augen. »Enzian! Ja, du hast recht. Das hatte ich nicht auf dem Plan, da ich dachte, da, wo sein Vater gearbeitet hat, wird er sich ganz sicher nicht verstecken. Aber genau da wird er sich auskennen. Und es ist so unübersichtlich und verwinkelt, dass er sich da bestimmt gut verkriechen kann.«

Er erhob sich. »Ich wusste, dass es gut war, mit dir zu sprechen. Und jetzt lasse ich dich in Ruhe. Kuriere dich aus, mein Lieber.« Er wollte Harmsen die Hand geben.

»Das lass mal lieber«, erwiderte Harmsen stattdessen.

Jetzt gingen nebenan mehrmals im Abstand von einigen Minuten die Türen wieder auf und zu. Es schien, als ob einer nach dem anderen den Raum verließ. Es wurden immer weniger Stimmen, bis es schließlich ruhig war. Katrin atmete kaum, so angespannt war sie.

»Okay, Sven, was wollen wir jetzt machen?« Vielleicht half es, wenn sie sich mit ihm verbündete.

Trotz all der Gedanken und Fragen, die wie wild in ihrem Kopf herumschwirrten, hatte sie den Impuls, ihn in den Arm zu nehmen. Aber ihre noch immer zusammengebundenen Handgelenke ließen das nicht zu. Plötzlich war alle Angst von ihr abgefallen, der Junge tat ihr nur noch leid.

»Was hältst du davon, wenn du mich jetzt endlich losbindest? Ich verspreche dir auch, dass ich nicht weglaufe und nichts verrate. Und ich versuche, dir zu helfen.«

Sven wischte sich die Tränen aus dem Gesicht und kramte sein Taschenmesser aus dem Rucksack. Mit einem kurzen Ruck war das Klebeband durchtrennt.

Während er sich an Katrins Fußknöcheln betätigte, sagte sie: »Offenbar hast du gestern Abend nicht alles gehört, Sven. Deine Mutter hat auch gesagt, dass sie an dem besagten Abend mit Herrn Wollenweber zusammen im Spielcasino war. Und wenn Herr Wollenweber das bestätigt, kann sie es also nicht gewesen sein. Denn dann gibt es genügend Zeugen, die sie gesehen haben werden.«

Mit großen Augen blickte er zu ihr hoch. »Ehrlich?«

»Ehrlich, Sven.« Sie drückte ihn an sich, und sein Körper wurde augenblicklich weich in ihren Armen.

»Dir muss aber auch klar sein, dass das bedeutet, dass damit dein Alibi dahin ist.«

»Aber ich war es nicht!«, entfuhr es ihm verzweifelt. Trotzig rückte er von ihr ab. Sein Atem rasselte. Er kramte in seinem Rucksack, fand, was er suchte, und atmete kräftig durch den Inhalator ein.

»Ich glaube dir, Sven. Aber wird es auch die Polizei tun?«

Augenblicklich band der Junge sie wieder fest, auch die Hände.

»Sven, was soll denn das jetzt? … Ich muss aufs Klo.«

Sie hörte nur noch seine schnellen Schritte auf dem Flur, weg von ihr, und dann ein Türenknallen. Dann war es still.

Sie hätte gern gewusst, wie spät es war. Sie wurde bestimmt schon in der Küche erwartet.

Der Druck in ihrer Blase wurde unerträglich. Sie verlor ihre Scham und ließ es einfach laufen. Sie spürte, wie die warme Flüssigkeit ihr die Hose durchnässte. Egal! Sie fühlte sich erleichtert.

Der Durst machte sie müde. Eine der vorhin gehörten Stimmen war ihr bekannt vorgekommen. Sie dämmerte weg.

Immer wieder aber drang ihr Bewusstsein an die Oberfläche, und sie versuchte, den vorhin nebenan gehörten Worten einen Sinn zu geben, aber immer wieder auch drängte die Müdigkeit sich davor. So ging es lange Zeit, bis sie irgendwann wegdämmerte.

31

Huber trat das Gaspedal durch. Aber so schnell er auch fuhr, die Strecke dauerte mindestens vierzig Minuten. Er hoffte nur, dass er ohne Hindernisse durchkommen würde. Jetzt im Spätsommer blockierten oft die riesigen landwirtschaftlichen Fahrzeuge die Straße, die die Ernte einbrachten. Und tatsächlich geriet er hinter einen dieser Riesen. Er hupte und stellte sein Blaulicht auf das Autodach. Nach etlichen Minuten gab es endlich eine Gelegenheit für das Fahrzeug, rechts ran zu fahren. Huber trat wieder das Pedal durch und raste vorbei.

Katrin schrak hoch und blickte in das Gesicht eines bärtigen alten Zausels, der sie freundlich anlächelte. Der Gärtner.

»Na, Mädchen, was ham se denn mit dir gemacht?« Er kramte ein Messer vom Regal und befreite sie von den Klebebändern.

Katrin weinte vor Erleichterung. Er nahm ihre Hand und tätschelte sie. Katrin ließ ihren Kopf an seine Schulter sinken.

»Na, is schon gut. Ich bin ja nu da.« Seine sonore Stimme beruhigte sie. Er griff nach der Wasserflasche und reichte sie ihr. Ihre Lippen brannten wie Feuer, trotzdem trank sie in gierigen Schlucken. Das Wasser durchströmte sie mit Energie. Sie rieb sich die Handgelenke und die Knöchel. Allmählich floss das Blut wieder hindurch. Sie spürte die kalte Feuchtigkeit zwischen ihren Schenkeln und am Po.

»Wer bis du denn, Mädchen?«

»Katrin. Katrin Lund.«

»Und ich bin der Rudi. Der Mann für alle Fälle hier im Enzian.« Er lachte, und jede Faser seines massigen Körpers lachte mit. »Und? Warum liegst du hier gefesselt rum?«

»Ich bin gekidnappt worden. Ich hätte nie gedacht, dass ich so etwas mal von mir sagen würde.« Sie stand auf und hüpfte von einem Bein aufs andere, um ihren Kreislauf in Gang zu bringen. Ihre vollgepinkelte Hose klebte am Po. »Aber es war eher eine Verzweiflungstat. Mein Entführer ist bis jetzt nicht zurückgekommen, und ich befürchte, der macht jetzt irgendeine Dummheit.« Sie deutete um sich herum. »Von dieser hier mal abgesehen.«

Sie sah ein Fragezeichen auf Rudis Gesicht und erklärte: »Ich kenne meinen Kidnapper. Und ich bin mir eigentlich sicher, der wollte mir nichts Böses.«

»Na, da bin ich aber froh«, meinte Rudi, guckte aber weiterhin skeptisch.

»Ich muss jetzt mal hoch zu meiner Mutter.«

»Sach ma, Mädchen, was geht hier eigentlich vor? Wer ist denn dein Entführer?«

»Ich glaube, den kennen Sie. Das ist Sven.«

»Nee, der will dir bestimmt nichts Böses.«

»Ich muss jetzt zusehen, dass ich ihn finde, bevor der noch etwas richtig Dummes anstellt.«

»Ach was, für den würde ich glatt meine Hand ins Feuer legen.«

»Und ich muss mir dringend eine andere Hose anziehen. Haben Sie ein Auto?«

»Ja.«

»Es kann zwar sein, dass mein Auto im Hof steht, aber ich habe keinen Schlüssel dafür. Ich gehe schnell hoch zu meiner Mutter, und in zwanzig Minuten treffen wir uns im Hof. Könnten Sie mich wohin fahren?«

»Ja, kann ich machen.« Überrumpelt schüttelte der Zausel den Kopf.

»Danke.« Sie gab ihm einen Kuss auf die Wange und lief hinauf zu ihrer Mutter.

»Gott sei Dank bist du wieder da!!!« Gerti Lund schrie die Worte beinahe, als Katrin das Zimmer ohne anzuklopfen betrat. Die Mutter nahm die Tochter in den Arm und drückte sie an sich. Solch ein Gefühlsüberschwang war für ihre Mutter ungewöhnlich. Sie schluchzte beinahe und drückte sie immer fester. »Ich hab mir solche Sorgen gemacht. Du wolltest doch die Hose gestern noch vorbeibringen. Ich hab die ganze Nacht wach gelegen, weil meine Gedanken verrücktspielten.«

»Meine übrigens auch, Mama.«

»Wie, was soll das bedeuten?« Gerti Lund ließ ihre Tochter los. »Wie siehst du denn eigentlich aus?«

»Mamilein, du musst mir frische Unterwäsche geben. Und ich brauche deine Jogginghose.« In eine normale Hose ihrer Mutter würde sie nicht hineinpassen. Sie ging direkt ins Badezimmer. Endlich eine Dusche! Sie betrachtete sich im Spiegel. Oje, dachte sie, man sieht mir die Nacht wirklich an. Haare zerzaust, das Gesicht fahl, müde, und die Mascara in Rinnsalen über das Gesicht verteilt. So hätte sie bei einer Halloweenparty einen guten Eindruck gemacht. Sie trat unter die Dusche, nahm die Badebürste ihrer Mutter und schrubbte sich mit Wasser und Seife die letzte Nacht vom Körper und aus dem Gesicht.

Als sie aus dem Bad kam, stand ihre Mutter mit frischer Wäsche und der Hose in dem kleinen Flur und blickte sie mit hochgezogenen Augenbrauen an.

»Ist ein bisschen kompliziert, Mama.« Katrin drückte ihre Mutter fest an sich.

»Das kannst du dann auch gleich dem Kommissar erzählen. Der hat nämlich einen Suchtrupp losgeschickt. Ich hab so richtig Rabatz gemacht, damit die etwas unternehmen.«

Die Mutter griff zum Telefon und hielt es Katrin entgegen.

Katrin schüttelte mit dem Kopf. »Später, Mama. Bitte.«

»Aber der macht sich auch Sorgen!«

»Ich erzähle dir alles später. Versprochen, Mamilein.« Sie stieg in die Jogginghose. »Und auch dem Kommissar werde ich alles erzählen. Im Moment habe ich aber eine andere Sorge.«

Ihre Mutter schien das zu schlucken. Mehr brauchte Katrin hier jetzt nicht zu regeln. Sie musste dringend Sven finden, das war jetzt das Wichtigste.

»Ich wollte gerade zum Frühstück gehen. Soll ich dir ein Frühstück mitbestellen?«

»Geh du unbesorgt frühstücken. Ich fahre noch mit dir runter und mache mich dann auf den Weg.«

Katrin schaute auf ihre Uhr. Rudi wartete bestimmt schon.

»Hast du eine Plastiktüte für mich?«

Ihre Mutter zeigte im Flur auf die Kommode. »Oberste Schublade.«

Katrin zog sich eine Tüte heraus, stopfte ihre nach Urin müffelnden Klamotten hinein und zog mit den Trageschlaufen einen Knoten.

Die Mutter schüttelte den Kopf. »Ich bin schon sehr auf deine Erklärungen gespannt.«

Katrin stieg mit ihrer Mutter gemeinsam im Erdgeschoss aus dem Fahrstuhl, brachte sie noch zum Speisesaal.

»Wo willst du denn jetzt eigentlich hin?«, fragte die Mutter.

»Ich muss wieder zu Frau Petersen«, rief Katrin, schon auf dem Weg hinaus. Draußen wartete Rudi bereits. Ein Blick über den Parkplatz sagte ihr, dass Sven offenbar mit ihrem Auto unterwegs war – auch das noch: unerlaubtes Fahren. Der ließ aber auch gar nichts aus.

»Okay, Rudi. Schnell. Fahren wir los.«

»Aber wo soll's denn überhaupt hingehen? Das musste mir schon sagen, Mädchen.«

»Entschuldigung, ich bin noch immer ein bisschen durcheinander. Wir müssen erst mal zur Mutter meines Kidnappers.«

»Willste das nich der Polizei überlassen? Sollen wir nich lieber dahin fahren?«

Katrin schüttelte heftig mit dem Kopf. »Das kann ich nicht machen. Er braucht Hilfe. Wenn die ihn finden, dreht der bestimmt durch und stellt wirklich was an.«

»Okay, du bist die Bestimmerin.«

Huber erreichte der Anruf von Gerti Lund, als er auf den Parkplatz vom Enzian einbog. Er machte eine Kehre und fuhr direkt weiter zum Haus der Petersens. Er bestellte die hiesigen Polizeibeamten ebenfalls dorthin.

Während der Fahrt erzählte Katrin ihm dann die ganze Geschichte. Sie musste es loswerden, und Rudi wirkte vertrauenswürdig. Sie hatte beinahe so was wie töchterliche Gefühle ihm gegenüber. Alles sprudelte aus ihr heraus, von Beginn an, von dem Moment, in dem sie die Leiche gefunden hatte, bis jetzt, wo sie hier neben ihm saß.

»Die nächste Straße links, dann sind wir gleich da.«

»Meinst du da, wo die Polizeiwagen vor der Tür stehen?«

Katrin traute ihren Augen nicht. Scheiße, dachte sie. Woher wissen die denn … Rudi hielt an, und sie sprang hastig aus dem Auto. In der Haustür hörte sie Hubers Stimme von drinnen.

Ein Polizist versperrte ihr den Weg ins Haus.

»Aber ich muss da durch, ich habe wichtige Informationen«, rief sie so laut, dass Huber sie hören musste. Und tatsächlich kam er den Hausflur entlang, ihr entgegen.

Katrin war aufgebracht und rief ihm laut zu, sodass jeder es hören konnte: »Können Sie mir mal sagen, warum Sie nicht an Ihr Telefon gehen? Ich habe gestern bestimmt zehnmal bei Ihnen angerufen. Ich hatte Ihnen etwas Wichtiges zu sagen. Aber nein, der Herr Kriminalkommissar hat Wichtigeres zu tun! Ich will Ihnen helfen, und Sie tun so, als ob ich Luft sei.«

Huber bedeutete dem Polizisten, Katrin durchzulassen. Der trat beiseite, und Katrin rauschte durch, an Huber vorbei und direkt zu Frau Petersen ins Wohnzimmer. Die saß dort zusammengesunken am großen Esstisch, der nun im Verhältnis zu dem Häuflein Mensch völlig überdimensioniert wirkte.

»Frau Petersen, wissen Sie es schon?«, platzte es aus Katrin heraus. Sie setzte sich zu ihr.

»Was soll Frau Petersen wissen?«, mischte Huber sich ein.

»Na, dass Sven verschwunden ist.«

»Das ist nichts Neues, Frau Lund.« Wieder antwortete Huber. »Aber woher haben *Sie* diese Information? Ich konnte sie Ihnen nicht erzählen, weil auch Sie nicht an Ihr Telefon gegangen sind.«

»Ja, wie sollte ich auch! Sven hatte mich doch eingesperrt!«

»Waaas …?«, riefen Huber und Frau Petersen wie aus einem Mund.

»Außerdem war mein Akku leer.«

Und dann erzählte Katrin alles, was sich in der vergangenen Nacht zugetragen hatte – in Kurzform, um nicht noch mehr Zeit zu verlieren.

Frau Petersen sprang auf und flehte Huber an: »Bitte, Herr Huber, tun Sie etwas. Schnell! Ich habe solche Angst um ihn. Wenn er bisher nichts Schlimmes gemacht hat, wird er es vielleicht jetzt tun, wo er weiß, dass alle hinter ihm her sind.«

Huber nickte nur, wandte sich ab und telefonierte. Die Frauen hörten seine aufgeregte Stimme.

Er kam zurück und fragte Frau Petersen: »Haben Sie vielleicht eine Idee, wo Ihr Junge sein könnte?«

Sie zuckte nur mit den Schultern.

In diesem Moment betrat ein Polizist das Wohnzimmer und flüsterte Huber etwas ins Ohr.

»Oh! Gott sei Dank! Führen Sie sie herein.«

Der Polizist entfernte sich, und einen kurzen Moment später betraten Wollenweber und Sven den Raum. Frau Petersen stürzte sich sofort auf ihren Sohn, umarmte ihn und begann zu schluchzen. Wollenweber trat hinzu, und Frau Petersen weitete ihre Umarmung auch auf ihn aus. Als sie ihm ins Gesicht sah und sein Veilchen erblickte, zog sie fragend die Stirn kraus.

Wollenweber schüttelte nur den Kopf und sagte: »Nichts weiter. Eine Auseinandersetzung zwischen Männern. Aber nun ist alles geklärt.«

Huber räusperte sich und trat näher an die drei heran. »Es tut mir leid, aber wir müssen Sven jetzt mitnehmen.«

Frau Petersen klammerte sich an ihrem Sohn fest, der sich mit gesenktem Haupt abführen ließ.

»Du warst es doch nicht, oder?«, rief sie ihm hinterher.

»Nein, Mama.«

»Dann wird sich alles aufklären.«

Katrin konnte die Szene nur stumm beobachten, tun konnte sie nichts. Es zog ihr die Brust zusammen, Mutter und Sohn in dieser Situation zu sehen und keinen Ausweg anbieten zu können.

Sie folgte Huber, Sven, seiner Mutter und dem Beamten.

Huber drehte sich zu ihr um. »Frau Lund, wenn ich bitten darf.« Er bedeutete ihr mit dem ausgestreckten Arm, dass sie sich auf Abstand halten sollte. »Ich will Sie hier nicht dabeihaben. Sie halten sich ab jetzt aus der Sache raus! Endgültig! Haben Sie mich verstanden?«

Jetzt fiel sein Blick auf Rudi. »Und wer ist das nun schon wieder?«

Rudi trat näher, fast Brust an Brust mit Huber. »Ich bin der Rudi. Ich habe Katrin gefahren. Und übrigens auch gefunden! Und wer bist du?«, fragte er Huber. »Bist du der Mann, der nicht da ist, wenn man ihn braucht?«

Huber lief rot an. Das erwischte ihn jetzt auf dem kalten Fuß. Er wurde offiziell. »Ja, ich bin Kriminalkommissar Huber, und das hier ist kein Spiel.« Er drückte Brust und Bauch heraus, sodass Rudi automatisch einen Schritt nach hinten machte.

»Das glaub ich, dass das kein Spiel ist. Nach dem, wie ich die Katrin heute früh gefunden habe.«

Jetzt siegte endlich Hubers Mitgefühl für Katrin über seinen Stolz. Er wandte sich wieder ihr zu. »Es tut mir sehr leid, Frau Lund, dass Sie das durchmachen mussten.« Sein jetzt tiefer, warmer Blick machte sie schnell wieder mild.

Sie wiegelte ab. »Ist schon gut. Mir ist ja nichts wirklich Schlimmes passiert.« Sie fuhr sich über ihre aufgerissenen Lippen. »Ach so, was ist übrigens mit meinem Auto?«, fragte sie und schaute hinüber zu ihrem blauen Toyota, der neben den anderen Fahrzeugen abgestellt war.

Hubers immer noch warmer Blick ruhte auf ihr. »Das brauchen wir noch, ist ja immerhin für das Kidnapping ein Beweismittel.«

»Was denn für ein Beweismittel? Und was denn bitte für ein Kidnapping? Ich habe doch schon gesagt, dass nichts Schlimmes passiert ist!« Sie stampfte mit dem Fuß auf; sie wollte Sven um jeden Preis retten. Hatte sie etwa das Stockholm-Syndrom? Sich mit dem Entführer identifizieren?

»Nach Ihrer beider Aussagen haben Sie das Fahrzeug gemeinsam genutzt. Sie könnten mit Sven unter einer Decke stecken und das Auto vorher schon zusammen genutzt haben, um Peer Petersen … na, Sie wissen schon.«

»Sind Sie jetzt völlig übergeschnappt?« Katrins Stimme überschlug sich. »Sie glauben doch wohl nicht ernsthaft, dass ich oder Sven oder wir beide gemeinsam etwas mit dem Tod seines Vaters zu tun haben! Ich habe die Leiche gefunden, bin gekidnappt worden, und nun soll ich die Täterin sein? Sie spinnen doch!«

Huber fühlte sich elend. Er hatte sie im Stich gelassen, als sie ihn gebraucht hatte, hatte sie am Telefon ignoriert, hatte seine gekränkte Eitelkeit gepflegt, während sie sich in Lebensgefahr glaubte. All das konnte er ihr aber nicht erzählen.

Er schluckte. »Beruhigen Sie sich, Frau Lund. Was ich persönlich glaube, steht in diesem Fall leider nicht zur Debatte. Bei so einer Untersuchung geht es ja auch darum, etwas auszuschließen, nicht nur darum, etwas zu beweisen.« Er versuchte, durch betont leises Sprechen die Situation zu entschärfen.

»Kann ich denn wenigstens mein Telefon behalten?«

»Auch das müssen wir untersuchen.« Huber hielt die Hand auf, um das Mobiltelefon in Empfang zu nehmen.

»Dann viel Spaß damit. Der Akku ist übrigens leer, wie gesagt.«

»Das macht unserer Technik nichts aus.«

Sie drückte ihm das Telefon in die Hand. »Und nun schwirren Sie ab und passen auf den Jungen auf, ja!« Sie machte eine Handbewegung, als ob sie Krümel vom Tisch fegen wollte.

Huber lächelte kurz und begleitete dann Sven und seine Mutter zum Streifenwagen. Er öffnete die hintere Wagentür zum Bürgersteig hin. Sven krabbelte als Erster hinein, dann seine Mutter. Als Huber die Tür zuschlug, sah er, wie Frau Petersen nach der Hand ihres Sohnes griff.

»Also dann. Nach Husum«, ordnete Huber dem Polizisten hinter dem Lenkrad an. Der startete den Wagen und brauste davon.

Huber folgte in seinem eigenen Wagen.

»Was machen wir jetzt?«, fragte Rudi.

»Ich möchte gerne nach Hause, mich ausruhen. Und Sie fahren ins Enzian zurück und gehen wieder an Ihre Arbeit. Ich kann jetzt sowieso nichts machen. Ich habe schon Ärger genug gestiftet, sollte die Füße besser stillhalten. Und ich rufe in der Küche an, dass ich heute nicht komme. Dafür wird man gewiss Verständnis haben.«

»Aber jetzt wird es doch erst richtig spannend.« Rudi grinste sie an. »Wenn du der Meinung bist, der Junge ist es nicht gewesen … Irgendeiner muss den Petersen doch ermordet haben. Und da würden viele für infrage kommen. Den Petersen konnte keiner leiden, mich eingeschlossen. Hat versucht, mich zu erpressen.«

»Womit? Mit Ihrem Marihuana?«

Entsetzt blickte Rudi sie an. »Woher …«

Katrin setzte an: »Also, meine Mutter war bei einer ihrer Nachbarinnen zum Kaffee eingeladen, und da haben sie sich über ihre Schmerzen …«

»Ich weiß schon«, unterbrach Rudi sie. »Die Altchen bekommen manchmal ein bisschen was von mir. Die Medikamente, die man ihnen verschreibt, haben einen

Haufen Nebenwirkungen. Da finde ich die Kekse tatsächlich die bessere Alternative.«

»Ich sag ja gar nichts«, entgegnete Katrin. »Ich könnte jetzt übrigens einen Ihrer Kekse vertragen.«

»Du kriegst in deinem Zustand ganz bestimmt keine von mir. Denn so ganz ohne Nebenwirkungen ist das Zeug ja nun auch nicht. Wenn du ein Sensibelchen bist, kann das deine Stimmung verstärken. Und so aufgeregt, wie du gerade bist, wirst du vielleicht durch die Decke gehen. Da übernehm ich nich die Verantwortung für.«

32

Von unterwegs gab Huber den Kriminaltechnikern telefonisch die Anweisung, Katrins Auto abzuholen und zu untersuchen. Vielleicht – obwohl er sich das nicht vorstellen konnte – machten ja Katrin und Sven tatsächlich gemeinsame Sache? Er schüttelte über seinen eigenen Gedanken den Kopf. Wo bitte sollte denn das Motiv für Katrin Lund gewesen sein? Wenn es aber Sven nicht gewesen war, wer hatte dann den Petersen ermordet? Dann konnte er noch einmal von vorne anfangen.

Ach Mensch, Harmsen, dachte er. Er mochte es, wenn sie sich gegenseitig die Bälle zuwarfen. Am Ende waren sie immer einen Schritt weiter. Aber jetzt so allein, ohne Gegenüber … er hatte das Gefühl, dass sein Gehirn immer und immer wieder in eine Sackgasse fuhr.

»Meine Mutter hatte einen kleinen Rausch von Ihren Keksen. Da wollte ich sowieso noch ein Hühnchen mit Ihnen rupfen.«

»Nun mach mal nicht so viel Wind. Ist doch bloß gegen die Schmerzen von der Arthritis. Und wenn ich was übrig hab, kriegen das halt die Alten. Kein Grund, hier einen Drogenring zu vermuten.« Er lachte sein dröhnendes Lachen. »Aber, na ja, dem Sven hab ich wegen seinem Asthma auch ab und zu einen Joint gegeben. Und da ist der Petersen irgendwie draufgekommen. Jedenfalls wollte der Geld von mir, wenn ich seinen Sohn nicht in Ruhe lasse. Da hab ich ihn darauf hingewiesen, dass ich leider weiß, was seine Geheimnisse sind. Ich habe ihm nur das Stichwort ›Kündigung‹ genannt. Bin schon zu lange im Heim, und gegen mich hätte der auch keine Chance gehabt.« Er deutete auf seine Brust und hämmerte ein paarmal mit seinen Fäusten darauf. »Er hat hier einige erpresst. Und davon wusste ich.«

»Okay, holen Sie mich in zwei Stunden zu Hause ab. Ich muss dringend einen klaren Kopf bekommen. Dann sehen wir weiter.«

Rudi grinste breit. »Jawoll.« Er zwickte ihr schelmisch in die Wange. Der hatte eindeutig väterliche Anwandlungen ihr gegenüber, konstatierte Katrin und grinste zurück. Und er war wie ein Engel einfach so in ihr Leben gefallen.

Vor seiner Dienststelle in Husum wartete Huber auf den Polizeiwagen mit Sven und seiner Mutter. Er war die Strecke oben am Wasser entlanggefahren, während seine Kollegen offenbar die südliche Strecke an Tönning vorbei genommen hatten. Überholt hatten sie ihn jedenfalls nicht.

Als sie schließlich vorfuhren, öffnete Huber den hinteren Wagenschlag und ließ die beiden aussteigen.

Frau Petersen wandte sich gleich an ihn. »Mein Sohn und ich möchten offen zu Ihnen sein. Wir dachten ja beide, wir müssten einander schützen, aber nun wissen wir, dass wir beide unschuldig sind. Ich jedenfalls bin von der Unschuld meines Sohnes überzeugt. Also werden wir alles aussagen, was Sie wissen wollen. Alles andere führt ja zu nichts und hilft nicht, Peers Tod aufzuklären.«

Huber war sprachlos. Was erwartete ihn jetzt? Etwa ein Geständnis? Als er sich wieder gefasst hatte, schloss er eine ordnungsgemäße Belehrung nach allen Regeln der Strafprozessordnung an und fügte hinzu: »Frau Petersen, ich würde Ihnen empfehlen, einen Anwalt hinzuzuziehen. Haben Sie jemanden?«

»Ja, ich werde Frau Kerr anrufen. Die sitzt hier in Husum.«

»Ich weiß«, sagte Huber. Er kam von Katrin Lund und ihrer Sippe offenbar nicht los. Aber er wusste auch, dass diese Kerr äußerst professionell war und Mutter und Sohn Petersen bei ihr gut aufgehoben waren.

»Okay, mein Kollege hier«, er deutete auf den Polizisten, der die beiden gefahren hatte, »bringt Sie zu einem Telefon, von dem aus Sie in Ruhe mit Ihrer Anwältin sprechen können. Ich nehme Sven schon mal mit, und wir unterhalten uns ein bisschen.«

Huber legte seinen Arm um Svens Schulter und führte ihn ins Kommissariat.

Schweigend gingen sie durch Türen hindurch, Treppen hinauf und Flure entlang, bis sie in Hubers Büro landeten.

»Setz dich, Junge. Möchtest du etwas trinken?«

Sven zuckte nur mit den Schultern.

Huber stellte ihm ein Glas Wasser vor die Nase.

Da kam auch schon Frau Petersen dazu. »Die Anwältin wird gleich kommen.«

Huber schob ihr einen Stuhl vor den Schreibtisch und bedeutete ihr, darauf Platz zu nehmen.

»Aber meinetwegen können wir schon mal anfangen.« Sie wirkte jetzt sehr gefasst, ja fast erleichtert. Eine übliche Reaktion, wenn sich jemand für die Wahrheit entschied.

»Okay, Sven, willst du dann erst mal erzählen, was in den letzten Stunden geschehen ist?« Der Junge musste sich bestimmt aussprechen, sein Gewissen erleichtern.

Und so war es. Ohne weiteres Zögern begann Sven zu erzählen, wie er das Gespräch zwischen Katrin Lund und seiner Mutter belauscht hatte, wie er sich in Katrins Auto geschlichen und dann Katrin ins Enzian entführt hatte. Dann war er morgens mit Katrins Auto zu Wollenweber gefahren, weil er fand, dass der es war, der Schuld an der ganzen Situation hatte. Und als er dann vor Wollenweber stand, war er blindlings auf ihn losgegangen, und dann war es zu einer Rauferei gekommen, bis Wollenweber ihn einfach festgehalten und er sich langsam wieder beruhigt hatte. Irgendwie sei der ja doch auch ganz okay, fand Sven.

Es klopfte an der Bürotür.

Huber rief: »Herein.« Lena Kerr betrat das Büro. Sie streckte Huber die Hand entgegen und begrüßte ihn mit einem kurzen Kopfnicken. Sie trug einen schwarzen Hosenanzug und ein hellblaues Hemd. Typische Anwaltskleidung, dachte Huber, wäre sie ein Mann, würde sie dazu noch eine dunkelblaue Krawatte tragen.

Huber rückte für die Anwältin einen weiteren Stuhl zurecht. »Frau Kerr, Sie wissen, worum es hier geht?«

»Ich möchte mich gern erst einmal ein paar Minuten mit meinen Mandanten allein besprechen.«

Huber erhob sich und wollte gerade sein Büro verlassen, als Lena Kerr ihn am Ärmel packte. »Geht es meiner Schwester gut? Ich konnte noch nicht mit ihr sprechen.«

»Na, Sie kennen doch Ihre Schwester. Da muss schon Schlimmeres passieren.« Huber tätschelte beruhigend Lenas Hand an seinem Arm. Augenblicklich ließ sie von ihm ab.

»Sagen Sie draußen Bescheid, wenn Sie so weit sind.« Huber schloss die Bürotür hinter sich.

Rudi bremste den Wagen vor Katrins Haus.

»Ne schicke Bude haste hier, Mädchen.« Er blickte sich um. »Aber noch einiges zu tun, was?«

Katrin hob die Augenbrauen und nickte verzagt. »Ja, ist irgendwie mehr, als ich gedacht hatte.«

»Wenn du mal Hilfe brauchst, meldest du dich einfach. Aber jetzt ruh' dich erst mal aus.«

Katrin stieg aus.

»Ruf an, wenn du so weit bist. Ich hol dich wieder ab.«

»Danke.«

Katrin ging zum Haus, schloss die Tür auf, schlich müde zum Schlafzimmer, ließ sich aufs Bett fallen und schlief im selben Moment ein.

Huber saß mit einem Kaffee im Flur und spürte mit einem Mal die Erschöpfung, die sich in ihm ausbreitete. Er war müde. So müde.

Da stand plötzlich Lena Kerr vor ihm. »Wir können dann.«

Er stand auf, ließ den Kaffee stehen und folgte ihr in sein Büro.

»Dann wollen wir mal.« Huber fuhr den PC hoch. »Belehrt wurdest du ja schon.«

Sven nickte.

Nur langsam erwachte Katrin durch das Schellen der Türklingel, das sie in ihren Traum eingebaut hatte; dort hörte sie den Timer des Backofens aus der Kurklinik. Ein Blick auf den Wecker sagte ihr, dass sie über zwei Stunden geschlafen hatte. Sie rappelte sich auf.

Vor der Haustür stand Rudi mit breitem Grinsen.

»Nicht, dass du denkst, ich will dich stalken. Ich will mich nur nützlich machen. Endlich ist mal was los in meinem Leben.«

Katrin ließ ihn eintreten.

»Ich muss mich kurz frisch machen. Sie können schon mal in die Küche durchgehen.« Sie wies mit der Hand in den hinteren Teil des Flurs.

»Hör doch mal damit auf, mich zu siezen. Sach doch endlich Du zu mir.«

»Okay. Rudi. Du kannst uns schon mal einen Kaffee machen. Wenn du dich auskennst …«

»Klar, ich kenn' fast jede Kaffeemaschine. Was meinst du, wie viele unterschiedliche wir im Enzian haben?«

»Es gibt hier keine Kaffeemaschine. Ich hoffe, du bist in der Lage, Kaffee per Hand aufzubrühen.«

»Aber sicher! So schmeckt er immer noch am besten.«

Vom Bad aus hörte sie ihn in der Küche herumklappern.

Unter dem warmen Wasser fühlte sie, wie sich ihr Körper entspannte. Sie mochte nicht aufhören, das Wasser über ihren Körper fließen zu lassen, als ob es alle schlechte Energie aus ihr heraussog. Gleichzeitig spürte sie wiederaufkommende Lebensenergie in sich aufsteigen. Wunderbar!

Als sie sich abtrocknete, nahm sie den Geruch von Kaffee wahr. Sie wunderte sich über sich selbst, dass sie diesem Mann so spontan vertraute. Ja, es war ihr angenehm, ihn um sich zu haben.

Doch plötzlich blieb ihr die Luft weg. Schweiß breitete sich auf ihrem frisch geduschten Körper aus. Herzrasen. Was war das denn jetzt?

Katrin stützte sich am Waschbecken ab. Sie schnappte nach Luft. Da tauchte das Bild des blutüberströmten Gesichts ihres Vaters vor ihrem inneren Auge auf. Sie setzte sich auf den Klodeckel und atmete ein paarmal tief durch. Dann beruhigte sich ihr Herz allmählich wieder.

Der Kaffeegeruch drang verlockend durch die Tür. Sie glitt in ihren Bademantel und folgte dann dem Duft in die Küche.

Da saß Rudi am Küchentisch, die Kaffeekanne vor sich und auf jeder Seite des Tisches ein Becher. Außerdem lagen in dem Brotkorb zwischen den Tassen frische Croissants.

Katrin ging an ihm vorbei zum Kühlschrank und drückte dabei Rudis Schulter. »Rudi, du bist mein rettender Engel!« Sie holte Milch aus der Kühlschranktür.

Er grinste breit durch seinen Zottelbart.

Als Katrin sich zu ihm an den Tisch setzte, fragte sie ihn: »Sag mal, was ist eigentlich in dem Raum neben dem Raum, wo du mich gefunden hast?«

Rudi guckte verdutzt. »Der Tischtennisraum. Wieso willst du das denn wissen?«

»Weil da heute früh ein ständiges Rein und Raus war. Irgendwelche Leute, das waren wohl Heimbewohner, haben sich da getroffen und leise, aber sehr eindringlich miteinander gesprochen.« Katrin nahm ein Croissant und biss hinein. Sie hatte Hunger. Das war ein gutes Zeichen. Und ihr Gehirn kam auch schon wieder in Schwung. »Das waren so fünf, sechs Leute, und die sind bestimmt nicht zum Tischtennisspielen zusammengekommen.« Sie starrte in ihren Kaffee und versuchte, sich an die Stimmen zu erinnern.

Rudi nickte ihr aufmunternd zu. »Erzähl, Mädchen!«

»Da war einer dabei … die Stimme kam mir irgendwie bekannt vor.« Sie versuchte, Bilder in sich hochkommen zu lassen. Sie hatte ein eher visuelles Gedächtnis. Da war irgendetwas in einem Teil ihres Gehirns abgespeichert. Da musste sie ran. Gehirnverkrampfen nützte jetzt gar nichts, Ablenkung war im Augenblick das Beste.

»Ich brauch frische Luft. Hast du Lust auf einen Spaziergang?«

Rudi nickte und stellte seinen Kaffeebecher ab.

»Warte kurz, ich ziehe mich eben an.« Sie drehte sich noch mal in der Tür um. »Wie kommt es eigentlich, dass du so viel Zeit hast? Ich denke, du arbeitest im Enzian.«

»Aber nur als Geringverdiener. Ich bin doch schon längst Rentner. Und da mir langweilig zu Hause ist, kann ich mich da noch ein bisschen nützlich machen. Wir haben zehn Stunden die Woche ausgemacht, aber wie ich mir die einteile, ist meine Sache. Vertrauensebene … verstehst du?«

Ja, das verstand Katrin und wünschte, sie könnte das auch von ihrer Arbeit sagen.

»Du warst also an dem besagten Abend allein zu Hause und hast am Computer gespielt?«

Sven nickte, die Augen zu Boden gerichtet.

»Wie kam denn dein Asthmaspray in den Spind deines Vaters?«

Frau Petersen griff nach der Hand ihres Sohnes. Sven blickte erschrocken auf. Erst zu seiner Mutter, dann zu Huber, schließlich zur Anwältin.

Die schaltete sich auch sofort ein. »Herr Huber, ich denke, wir brauchen eine kleine Unterbrechung. Ich muss mich noch mal mit meinem Mandanten beraten. Das ist eine neue Situation.«

Huber stand auf. »Ich brauche sowieso frische Luft. In zehn Minuten bin ich wieder hier.«

Er ging vor die Tür, lehnte sich an die Hauswand und ließ sich vom warmen Licht der Sonne durchfluten. Innere Ruhe breitete sich in ihm aus. Er schloss die Augen. Der Junge würde es nicht gewesen sein. Es würde sicher eine Erklärung geben. Das hoffte er jedenfalls.

Nach exakt zehn Minuten betrat Huber wieder sein Büro. Frau Kerr, Frau Petersen und Sven schienen bereits auf ihn zu warten.

Lena Kerr legte auch gleich los.

»Sven hat mir gerade erzählt, dass er an dem Tag am späten Nachmittag im Enzian bei seinem Vater gewesen war. Er wollte ihn zur Rede stellen, wollte, dass er sich wieder mit seiner Mutter versöhnte, dass sie wieder eine richtige Familie würden. Aber Herr Petersen hat ihn nur zur Seite geschubst und ihm gesagt, er solle sich verziehen. Daraufhin ist Sven so wütend geworden, dass er auf seinen Vater eingedroschen hat. In der Rangelei muss er sein Spray verloren haben. Er trägt den Inhalator immer in seiner Hosentasche, um ihn griffbereit zu haben. Das ist alles. Dann ist Sven wieder nach Hause gegangen.«

Huber wollte es nur zu gerne glauben. So könnten sich auch die Abdrücke an Petersens Armen erklären lassen.

Er wandte sich an Sven. »Dann erzähl mir doch bitte mal, wie dein Spray in die Nähe des Leuchtturms geraten ist? Dorthin, wo die Leiche deines Vaters gefunden wurde?«

Lena Kerr antwortete: »Das ist ja wohl ein durchaus übliches Asthmaspray. Das kann irgendjemandem gehört haben. Wir sind hier ein Luftkurort. Fragen Sie doch mal in den Apotheken, wie oft so ein Spray hier verschrieben wird.«

»Hast du vor der letzten Nacht schon mal Kontakt zu Frau Lund gehabt? Katrin Lund, die, die du gestern entführt hast?«

»Nein. Das heißt, sie war schon vormittags bei uns gewesen. Wegen irgendeiner Hose oder so. Hat auch den Kopf in mein Zimmer gesteckt. Wollte wissen, ob ich ihre Nichte kenne.«

Lena Kerr guckte kurz erschrocken.

Huber wiegelte mit der Hand ab. »Und, kennst du sie?«

»Ja, die geht in meine Parallelklasse.« Ein schüchternes Lächeln umspielte seine Lippen, das aber gleich wieder in einem resignierten Gesichtsausdruck verebbte. Er legte den Zeigefinger auf seine frische Wunde auf der Wange.

Huber verschränkte die Finger über seinem Bauch.

»Gut, das war's erst mal. Sie können gehen, Frau Petersen. Und nehmen Sie Ihren Jungen mit. Sorgen Sie aber dafür, dass er den Ort nicht verlässt.« Und an den Jungen gewandt: »Du gehst zur Schule, kommst nach Hause, und da bleibst du, verstanden? Keine Sperenzien!«

»Verstanden«, sagte der kleinlaut.

Erst als Frau Petersen und Sven aus der Tür waren, erhob sich Lena Kerr. »Hat nicht vielleicht einer der Nachbarn den Jungen zu Hause gesehen? Haben Sie die schon befragt?«

Wie konnte er nur so dämlich sein! Es war eben von Nachteil, allein zu ermitteln. Er war so fest von der Unschuld des Jungen überzeugt, dass ihm das überhaupt nicht eingefallen war.

»Danke, Frau Kerr.« Huber schnappte sich sein Jackett. »Aber verraten Sie meine Schusseligkeit nicht weiter. Bitte!«

Lena schmunzelte. »Aber nur, wenn Sie uns mal wieder in den Speicher begleiten oder zum Essen einladen. Ich glaube übrigens auch nicht, dass der Junge seinen Vater ermordet hat.« Sie hielt ihm die Hand zum Abschied entgegen. »Viel Glück«, sagte sie.

Huber stürzte aus seinem Büro. »Frau Petersen!«, rief er in den Flur. »Warten Sie, ich fahre Sie nach Hause.«

33

Katrin und Rudi ließen sich die sommerliche Nordseebrise ins Gesicht wehen. Bei Rudi hatte das den Effekt, dass seine zwei Bartenden wie zerfetzte Fahnen hinter ihm her flatterten.

»Wenn du irgendetwas über die Bewohner wissen willst … ich kenne sie alle. Und ich kenne die meisten gut.« Rudi bereitete ihr den roten Teppich für ihre Fragen.

»Also gut, Rudi. Ich war neulich mit einigen von denen zusammen, um etwas über den Petersen herauszubekommen. Ich habe ja schließlich seine Leiche gefunden.« Sie erzählte ihm von dem gemeinsamen Kaffeetrinken, von der Wut auf den Petersen und von der Hilflosigkeit der Alten; all das, was sie ihm morgens nicht erzählt hatte.

Dann tauchte vor ihrem inneren Auge plötzlich der Bäcker mit seinem Asthma auf, Herr Adam.

»Mädchen, ich glaube, du hast keine Ahnung davon, was die Pflegekräfte und das medizinische Personal in so einem Heim leisten. Die müssen jeden Handgriff abrechnen. Die haben gar keine Zeit mehr für Menschen, weil sie Patientenblätter ausfüllen und Zeitaufstellungen schreiben müssen. Eine Schweinerei ist das! Alle kommen dabei zu kurz: das Personal, aber auch die Heimbewohner. Da denkst du, du kannst dich am Lebensabend ausruhen und angemessen pflegen lassen, nach dem, was du dein Leben lang eingezahlt hast, und dann wirst du behandelt wie Abschaum. Das hat keiner von denen verdient.«

Katrin dachte bei Rudis Tirade an ihre Mutter. Es wurde Zeit, dass sie nach Hause kam. Und wenn es bedeutete, dass Katrin jeden Tag nach Husum fahren musste, um sie zu betreuen.

»Ich glaube, ich muss da noch mal hin und diejenigen besuchen, die neulich bei dem Kaffeetreffen dabei waren.«

»Weißt du denn die Namen von denen? Dann kann ich dir sagen, wo deren Zimmer sind.«

»Nein. Ich weiß nur, dass ein Herr Adam dabei war. Aber meine Mutter weiß die ganz bestimmt noch.«

»Gut, wo Herr Adam wohnt, weiß ich. Aber lass uns erst deine Mutter besuchen, und dann schauen wir weiter.«

Katrin hatte mittlerweile eine Ahnung beschlichen.

Sven und seine Mutter gingen ins Haus, und Huber guckte sich draußen genau um. Wo war Svens Zimmer? Ah, das Fenster seines Zimmers ging zur rechten Seite hinaus. Also klingelte er bei den Nachbarn zur Rechten.

Eine ältere Frau mit einem flotten Kurzhaarschnitt und bequemer Kleidung öffnete Huber die Tür.

»Guten Tag, ich bin Dirk Huber von der Polizei in Husum.«

»Ja … und?« Die Frau stellte sich so in die Tür, dass klar wurde, dass sie ihn nicht hineinlassen wollte.

»Waren Sie am Mittwochabend zu Hause? Können Sie sich erinnern, ob Sie etwas Ungewöhnliches bemerkt haben?«

»Nein. Wissen Sie, wir kümmern uns nicht so um die Nachbarn. Ich habe gehört, dass Herr Petersen gestorben ist. War ja auch schwer, das nicht mitzukriegen, so oft, wie die Polizei hier in den letzten Tagen ein und aus gegangen ist. Aber wir wollen damit nichts zu tun haben.«

»Ich muss Sie das trotzdem fragen: Hat da oben …«, Huber wies mit dem Finger zu Svens Zimmerfenster, »Licht gebrannt an dem Abend?«

Ihre Antwort kam dann aber doch wie aus der Pistole geschossen. »Mal ja, mal nein. Man kriegt es ja doch irgendwie mit. Ich weiß nur, dass Frau Petersen am späten Nachmittag weggefahren ist. Im Übrigen ohne ihren Sohn. Und erst am nächsten Morgen habe ich ihr Auto wieder im Carport gesehen.«

So viel zu der Aussage »Wir kümmern uns nicht so um die Nachbarn«.

»Danke für Ihre Hilfe, Frau …«, Huber guckte aufs Klingelschild, »… Mertens.« Er wandte sich ab, und sofort wurde die Tür hinter ihm zugeknallt.

Also die Nachbarn zur Linken. Vielleicht war denen was aufgefallen. Diesmal schaute er gleich auf das Namensschild. Auch hier öffnete eine Frau auf sein Klingeln. Von drinnen drang klassische Musik an sein Ohr.

»Guten Abend, Frau Wolf-Jacobson.« Huber sagte sein Sprüchlein auf und fragte auch hier, ob sie vor sieben Tagen abends etwas bemerkt hätte.

»Ach, der arme Junge«, sagte Frau Wolf-Jacobson. »Der ist so tapfer. Bei so einem Vater … na ja, das hat ja nun

Gott sei Dank ein Ende … oh, entschuldigen Sie, man soll ja nicht schlecht über Tote reden, aber der war wirklich unterirdisch. Wissen Sie, wir sind ja erst vor zwei Jahren hierhergezogen, aber so was von einem Nachbarn hatten wir noch nie. Kaum hatten wir drei Wochen hier gewohnt, da …«

Huber unterbrach sie. »Mich interessiert ganz konkret der Abend vor sieben Tagen«, sagte er mit dem Maximum an Höflichkeit, das er dieser Frau gegenüber aufbringen konnte.

»Ja, das will ich Ihnen doch gerade erzählen. … Also, seine Mutter war so gegen siebzehn Uhr weggefahren, gleich darauf holte der Junge sein Fahrrad aus dem Carport und fuhr auch weg. Aber nach einer Dreiviertelstunde war er wieder da. Wir können ja von unserem Wohnzimmerfenster direkt in das Verandafenster der Petersens gucken. Der Junge saß wie festgenagelt den kompletten Abend auf der Couch, seinen Laptop auf den Knien. Also wissen Sie, die Jugend heutzutage … Die sollten doch mal rausgehen, sich mit anderen treffen, mal tatsächlich mit anderen Menschen sprechen … im realen Leben. Ach, was wir früher für Partys gefeiert haben. Aber heute … Die vereinsamen doch alle und werden dann irgendwann an der Realität scheitern. Spätestens im Beruf …«

»Sind Sie sicher, dass es genau dieser Abend war?«

»Aber hundertprozentig! Einen Moment bitte.« Sie verschwand im Innern des Hauses und kam mit einer Kladde wieder zurück. Sie blätterte darin herum.

»Hier! Hier steht es. Mit Datum.« Sie reichte ihm ihre Aufzeichnungen.

Huber nahm das Heft entgegen und überzeugte sich. Er wollte zwar niemals solche Nachbarn haben, aber in diesem Fall waren sie doch ganz nützlich.

»Danke, Frau Wolf-Jacobson. Sie haben mir sehr geholfen. Ich wünsche Ihnen noch einen schönen Tag.«

Huber fiel ein Stein vom Herzen. Endlich hatte der Junge ein Alibi. Er setzte sich auf die Mauer vor dem Haus der Wolf-Jacobsons und atmete tief durch. Sobald er sich gesammelt hatte, ging er zum Hause Petersen und verkündete die gute Nachricht.

Frau Petersen weinte vor Freude und drückte ihren Sohn an sich. Er schüttelte sie ab. »Ich hab euch doch allen gesagt, ich war's nicht. Aber keiner hat mir geglaubt!« Sven war wütend. Zu Recht.

»Sven, so einfach ist das nicht mit dem Glauben. Du musst selbst zugeben, dass vieles gegen dich sprach. Aber alles hat sich ja nun aufgeklärt.«

»Heißt das, ich kann hin, wohin ich will und wann ich will?«

»Ja, das heißt es.« Huber lächelte verständnisvoll.

Sofort verschwand Sven aus dem Haus. Huber und Frau Petersen sahen ihn mit dem Fahrrad davonfahren. Frau Petersen wollte hinterher, doch Huber hielt sie fest.

»Ich glaube, Sie geben ihm jetzt am besten mal ein bisschen Zeit. Der wird nichts mehr anstellen, glauben Sie mir. Der Junge hat eine Menge zu verarbeiten.«

Frau Petersen sah ihn an und nickte. »Ja, Sie haben recht, Herr Huber. Ich kann jetzt endlich aufhören, mir Sorgen zu machen.«

»Wenn was ist, rufen Sie mich an. Versprechen Sie mir das? Ich bin für Sie und Sven da.«

»Versprochen.«

Die beiden reichten sich die Hände zum Abschied.

Als Huber losfuhr, drehte er die Doors auf volle Lautstärke. Für den Jungen war es gut ausgegangen, aber für ihn bedeutete es, dass er alles noch einmal aufrollen musste.

»Und wen bringst du mir jetzt wieder ins Haus?«, fragte Frau Lund ihre Tochter.

»Das ist Rudi, Mama. Rudi arbeitet hier im Heim.«

Frau Lund hielt ihm ihre Hand entgegen. »Stimmt, Sie sind der Gärtner. Ich kenne Sie.«

Rudi drückte die zarte Hand von Gerti Lund. Katrin hatte Sorge, dass die riesige Pranke die Finger ihrer Mutter zerbrechen könnte. Alles an ihm war groß.

»Ich kenne Sie auch«, sagte Rudi keck.

»So?« Katrins Mutter legte ihre Hand wieder in ihren Schoß.

»Ja, im Garten. Sie sitzen gerne auf der Bank am kleinen Teich.«

»Ja. Tatsächlich. Es ist immer schön, aufs Wasser zu gucken.«

»Das finde ich auch.« Rudi schlich sich in Gerti Lunds Herz. Katrin musste schmunzeln.

»Was lächelst du denn so milde, meine Tochter?«

»Ach, nichts.« Jetzt lachte Katrin. »Ich unterbreche hier mal euren Flirt. Mama, weißt du noch, wer neulich alles beim Kaffeetrinken dabei war?«

»Aber sicher weiß ich das. Wenn du mal die Schublade vom Schreibtisch aufmachst, findest du obenauf einen Zettel, worauf ich alle Namen notiert habe, die ich eingeladen hatte.«

Katrin zwinkerte Rudi zu. »Meine Mama!« Sie nahm den Zettel und hielt ihn Rudi hin.

Das Telefon klingelte. Frau Lund meldete sich. »Ja, Lena, sie ist hier bei mir.«

…

»Ja, es geht ihr gut. Sie recherchiert schon wieder. Mit einem Rudi. Der ist hier Gärtner.«

…

»Ich habe keine Ahnung, wie sie an den geraten ist. Du kennst doch deine Schwester.«

…

Frau Lund reichte den Hörer an Katrin weiter. »Deine Schwester will dich sprechen.«

Katrin drückte den Hörer ans Ohr. »Hallo Lena.«

»Gott sei Dank bist du wohlauf. Ich habe vorhin die ganze Geschichte gehört. Ich dachte, ich höre nicht richtig. Frau Petersen hat mir das Mandat für ihren Sohn übertragen.«

Katrin ging mit dem Mobilteil des Telefons in den Flur hinaus.

»Mir fehlt nichts weiter. Außer ein paar seelische Schrammen. Wie geht es dem Jungen?«, flüsterte sie.

»Sven geht es gut. Er hat nämlich mittlerweile ein Alibi.«

»Waaas? Oh, was für eine wunderbare Nachricht.«

»Ja. Aber das bedeutet für Huber, dass er wieder von vorn anfangen muss.«

»Das tut mir aber leid«, sagte Katrin ironisch.

»Du hast doch Mama nichts von deiner Entführung erzählt?«

»Aber nein. Jedenfalls noch nicht. Irgendwann …«

»Pass auf dich auf, ja? Ich muss wieder in den Gerichtssaal.«

»Alles klar.«

»Und halte deine Nase aus Hubers Ermittlungen raus!«

»Jahaa. Tschüss.«

Katrin ging wieder zurück, und Rudi stand schon ungeduldig im Zimmer, die Liste in der Hand.

»Wie wollen wir vorgehen? Alle zusammen wie bei Hercule Poirot oder jeden einzeln?« Rudis Lachfältchen bildeten tiefe Furchen. Er rieb sich voller Vorfreude die Hände.

»Taktisch klüger ist es wohl, jeden einzeln. Ich weiß ja nicht, wer von denen im Tischtenniskeller war. Das waren ja schon einige.«

»Also los.« Rudi ging schon mal voraus.

»Kann mir mal jemand erklären, was hier los ist?« Frau Lund war jetzt doch ungehalten, dass sie so gar nicht in Katrins Pläne einbezogen wurde.

»Ich erzähl dir alles später.« Katrin drehte sich in der Tür um und ging noch einmal zu ihrer Mutter. »Spätestens morgen hole ich dich hier raus, Mamilein. Versprochen.«

»Aber mir gefällt's hier. Ich will noch gar nicht nach Hause. Hier ist wenigstens etwas los!«, rief Frau Lund ihrer Tochter hinterher.

Huber überkam wieder eine Art Panik. Alle Spuren hatten sich in nichts aufgelöst. Wieder von vorne anfangen? Wo aber sollte er ansetzen?

Auf dem Arbeitstisch lag sein Chaos aus Mindmap, Zetteln, Fotos und Berichten. Er starrte darauf wie das Kaninchen auf die Schlange, in der Hoffnung, dass sich vielleicht eine neue Spur ergab, wie von Zauberhand. Aber die Zauberhand hatte Pause.

Er.entschloss sich, es mit einem Whiteboard zu versuchen. In der Akte lag obenauf das Foto von Petersen, das er in die Mitte klebte.

Also auf ein Neues!

Da das familiäre Umfeld jetzt ausschied, musste er im beruflichen und privaten Umfeld weitersuchen. Viele der Kollegen kamen nicht infrage. Das wusste er nun seit ein paar Tagen.

Er holte sich einen Kaffee, setzte sich an seinen Schreibtisch und starrte aus dem Fenster. Dann auf das Foto. Dann wieder aus dem Fenster. In seinem Gehirn war eine Blockade. Und die Gedanken an Katrin Lund, die jetzt plötzlich wieder auftauchten, brachten sein Denken über den Fall auch nicht gerade in Schwung.

Er fühlte sich schuldig. Wäre er doch bloß ans Telefon gegangen! Aber nein, er musste ja die beleidigte Leberwurst spielen. Er schüttelte den Kopf über seine eigene Sturheit und Eitelkeit. Wie ein trotziges Kind hatte er sich verhalten. Was hatte er sich denn vorgestellt? Dass eine erwachsene, attraktive Frau allein lebte und nur auf ihn wartete? So viel Selbstüberschätzung kannte er gar nicht von sich. Mit einer kleinen Frage hintenrum hätte er sich vor Tagen schon Klarheit verschaffen können.

Er brauchte Bewegung. Er brauchte Inspiration.

Er knallte die Akte zu, nahm sein Jackett vom Haken und zog es sich beim Gehen über. Er ging zweimal links und dann in Richtung Marktplatz.

Manchmal verlor er die Wahrnehmung dafür, in was für einer schönen Stadt er lebte. Vor ihm die schlichte

Marienkirche. Er liebte diesen Bau. Heller Backstein mit weißen Säulen, der Turm erinnerte eher an einen Leuchtturm als an einen Glockenturm. Huber machte einen Abstecher zum Eiscafé Cortina. Eine Kugel Schokolade, eine Kugel Stracciatella. Das war seine Standardmischung. Er hatte neulich in einem Artikel gelesen, dass es die Kreativität fördere, wenn man eingefahrene Dinge änderte. Also, statt linksrum rechtsrum zur Arbeit fahren, statt morgens erst den Kaffee kochen und dann ins Bad erst ins Bad und dann den Kaffee kochen … Oder statt Schokolade und Stracciatella vielleicht Mango und Joghurt-Kirsch?

Obwohl er für den Fall dringend Kreativität benötigt hätte, sprachen seine Geschmacksnerven dagegen. Sein Schoko-Stracciatella-Eis schmeckte lecker – wie immer.

Er ging zum Marktplatz, dann in die Krämerstraße bis hinunter zum Hafenbecken. Touristen hatten hier alles in Beschlag genommen. Restaurants und Kneipen, die bei diesem Sommerwetter draußen zum Bersten voll waren. Schnell wand er sich durch die Massen hindurch, am Speicher vorbei und weiter aus der Stadt heraus, links die Werft, bis es nach einigen Hundert Metern endlich ruhiger wurde. Die Möwen kreischten. Er lief weiter bis zum Campingplatz und stapfte am Deich entlang. Die Luft tat ihm gut. Das machte er viel zu selten. Er nahm sich vor, ab heute häufiger mal spazieren zu gehen.

Vielleicht sollte er sogar aufs Fahrrad umsteigen. Das Bild von Katrin Lund drängte sich ihm auf, wie er sie hatte davonfahren sehen, mit ihrem flatternden Kleid, die Hand, die ihm winkte. Er hatte sich verknallt. Das musste er sich eingestehen. Er mochte den Schalk in ihren Augen, die von feinen Fältchen umrandet waren. Lachfältchen. Ja, es hatte ihn erwischt. Nach so langer Zeit.

Rudi hatte einen guten Draht zu den Männern der Runde. Sie hatten ihn wie einen alten Kumpel begrüßt. Katrin stellte sich vor, wie die Alten ihm im Garten gute Tipps gaben; Tipps aus der Zeit, als sie selbst noch ihre eigenen Grundstücke bewirtschaftet hatten. Und vielleicht ließ Rudi sie sogar mitarbeiten, gab ihnen eine Aufgabe? Das konnte sie sich gut von ihm vorstellen. Und wenn das so war, würde es das Selbstbewusstsein der Alten aufwerten. Vielleicht schätzten sie ihn deshalb so. Er gehörte nicht zu denen, die dachten, man müsse den Alten alles aus der Hand nehmen. Er behandelte jeden auf Augenhöhe.

Aber auch die alten Damen waren ihm verfallen. Obwohl er aussah wie ein Waldschrat, machte sein derber Charme alles wett. Mit seiner bodenständigen Art überwand er alle Hürden. Und seine Hilfsbereitschaft tat ein Übriges.

Katrin und Rudi klapperten alle von der Liste ab. Die meisten waren froh über ihren Besuch und die damit verbundene Ablenkung und ließen sie bereitwillig in ihre Zimmer oder Appartements eintreten. Während Rudi mit ihnen plauderte oder Geschichten erzählte, die einen alten Seebären neidisch gemacht hätten, versuchte Katrin, ihre Wahrnehmung auf die Stimmen der Alten zu fokussieren. Sie hoffte, die Stimmen von morgens in den Stimmen von jetzt wiederzuerkennen.

Und tatsächlich. Das Stimmchen, das der Frau mit Rollkragenpullover und Perlenkette gehörte, war darunter, auch die polterige Stimme des Alten, der aus seinem Herzen keine Mördergrube machen wollte – Alfred Adam, wie sie auf dem Namensschild an der Tür gelesen hatte.

Es fiel ihr schwer, Rudi nicht dazwischenzufunken und Fragen zu stellen. Sie versuchte, die am Morgen gehörten Satzfetzen zusammenzubringen: »… wenn die uns auf die Schliche …«, »… nicht alles gefallen lassen …«, »… müssen … uns nachweisen …«.

Die Ahnung, die schon in ihr aufgestiegen war, formte sich nun zu einem Bild.

Und als ob sie mit Rudi eine telepathische Verbindung hätte, lenkte er das Gespräch mit Alfred Adam auf Peer Petersen.

»Mich hat er ja auch schon mal versucht anzugehen. Aber da ist er bei mir an der falschen Adresse. Kannste dir wohl vorstellen.« Rudi lachte aus vollem Halse. »Was will der gegen mich ausrichten?« Er stemmte die Hände in die Hüften.

Auch der Alte lachte. Dann versiegte sein Lachen.

»Ja, du stehst noch voll im Saft, Rudi. Aber was sollten wir machen, wenn der uns piesackt und kneift und schubst? Und dann auch die Mädchen! Sind klein und zart und über achtzig. Und wenn ich dazwischengegangen bin, hat der mich einfach beiseitegeschoben, wie nichts. Wie steh ich denn da vor den Frauen?« Er schaute auf seine Hände, die auf den Oberschenkeln lagen. »Und vor mir selbst?«

Katrin legte ihre Hand auf seine und drückte sie. Jetzt war sie am Zuge.

»Erzählen Sie«, forderte sie ihn sanft auf.

»Ihr kannste alles erzählen, Herr Adam, die steht auf unserer Seite.«

Der Alte blickte skeptisch auf.

»Wirklich«, sagte Rudi. »Der wird schon was einfallen.«

Katrin sah, wie es in Adams Gehirn arbeitete.

»Wir hatten ihn überredet, also den Petersen, uns abends das Schwimmbad zu öffnen. Er hatte Spätschicht, und manchmal hat er fünfe gerade sein lassen. Wir wollten einfach mal wieder schwimmen gehen, ohne Wassergymnastik, ohne Aufpasser, nur so zum Spaß. Im Wasser sind die Schmerzen manchmal wie weggeblasen.« Adam atmete tief ein. »Er war ja nicht immer ein schlechter Kerl. Vor allem, wenn das hier stimmte.« Er rieb ein paarmal den Daumen über Zeige- und Mittelfinger.

»Er hat sich von Ihnen bestechen lassen?«, stieß Katrin hervor. Rudi schickte ihr einen strafenden Blick.

Adam fuhr fort: »Na ja, Bestechung würde ich das jetzt nicht nennen. Er ist ja dann immer länger geblieben. Wir haben quasi seine Überstunden bezahlt.« Jetzt blitzte kurz ein verschmitztes Lächeln in seinem Gesicht auf, das jedoch schnell wieder verschwand.

»Aber an dem Abend ist ihm mal wieder was über die Leber gelaufen.«

»Wer ist denn eigentlich *Wir*?«, hakte Katrin nach.

Adam zögerte. »Das möchte ich eigentlich nicht sagen.«

Katrin ging in die Offensive. »Ich weiß, dass die Dame mit der Perlenkette dabei war. Frau Hansen.« Sie musste es versuchen, auch wenn sie es nicht beweisen konnte. Adam riss die Augen auf.

Rudi blickte Katrin wieder an und schüttelte unmerklich den Kopf. Sie war zu weit gegangen. Wieder einmal verfluchte sie sich innerlich. Sie musste endlich, endlich lernen, ihre Ungeduld zu bremsen.

Adam stand auf und schlurfte zum Fenster. Katrin und Rudi saßen stumm auf ihren Stühlen. Adam blickte über den weiten Hof, und Katrin folgte seinem Blick. Plötzlich sah sie gegenüber eine Frau am Fenster die Gardinen zurückziehen. Es war die mit der Perlenkette. Adams Hand erhob sich zu einem zaghaften Winken, und seine Geste wurde von gegenüber erwidert. In seinem Profil sah Katrin ein trauriges Lächeln über sein Gesicht huschen.

Mit einem Mal wurde ihr alles klar.

»Herr Adam, ich weiß nicht, was Sie getan haben, aber ich empfehle Ihnen, mit meiner Schwester zu sprechen. Die ist Anwältin, und die hat bestimmt eine Idee.«

Beherzt drehte Adam sich zu ihr um. »Ich kann das nicht mehr aushalten. Rufen Sie sie an. Ich hole die anderen dazu.«

Als Katrin ihr Telefon aus der Jackentasche zog, sah sie, dass Huber angerufen hatte. Nein, nicht der jetzt! Soll er doch bleiben, wo der Pfeffer wächst!, dachte sie. Sie bemerkte aus den Augenwinkeln, wie Adam zum Telefon griff. Sie zog Rudi mit sich aus der Wohnung und zückte ihr Handy. »Lena, ich hoffe, du hast keinen dringenden Termin. Du musst sofort ins Enzian kommen.«

»Oh Gott!«, rief Lena mit spitzer Stimme. »Ist was mit Mama?«

»Nein! Nein, es geht um den Tod von Petersen. Ich glaube, ich stehe vor einem Durchbruch, aber du solltest dabei sein, damit die sich nicht um Kopf und Kragen reden.«

»Wer ist ›die‹?«

»Na, einige von den Bewohnern hier.«

»Okay, ich komme sofort. Das heißt, ich bin in etwa einer Stunde bei dir. Ich muss noch Tabea zum Sport fahren. Wo bist du genau?«

»Wir sind im Gemeinschaftsraum im zweiten Stock. Aus dem Fahrstuhl heraus und dann rechts.«

»Gut. Bis gleich … Und mach keine Dummheiten! Davon hatte ich jetzt schon genug mit dir.«

»Jawohl, Schwesterchen.«

34

Huber war gerade beim ehemaligen Nordsee-Hotel angekommen, das noch immer als Brandruine mahnend am Deich stand, als das Telefon in der Brusttasche seines Jacketts vibrierte. Die Spurensicherung gab Katrins Auto und Telefon frei. Keinerlei offensichtliche Spuren von Peer Petersen. Das gefundene Spurenmaterial könnte auch zu Sven Petersen gehören, das müsse aber noch untersucht werden.

Huber fiel ein Stein vom Herzen. Geglaubt hatte er es nicht, aber er hatte alle Möglichkeiten in Betracht ziehen müssen.

Apropos alle Möglichkeiten: Er hatte das Gefühl, dass ihm noch nicht alle Möglichkeiten vor Augen standen. Irgendetwas, was sich direkt vor seiner Nase befand, hatte er übersehen.

Er wählte Katrins Nummer. Aber sie ging nicht ran. Wie lange sollten sie dieses Spiel denn noch spielen? Oder steckte sie etwa schon wieder in Schwierigkeiten?

Gut, dann eben zurück zur Polizeistelle. Er rief sich ein Taxi. Den ganzen Weg zu Fuß zurück würde zu lange dauern.

Zurück im Büro, stützte er sich auf seiner Tischplatte ab und starrte auf die Fotos, Karten, Notizen und Untersuchungsergebnisse. Was hatte er übersehen? Woran hatte er nicht gedacht? Er schob die Unterlagen kreuz und quer auf dem Tisch herum, bis alles in einem noch größeren Chaos versank.

Aber manchmal war Chaos gut: Sein Blick fiel auf den gerichtsmedizinischen Bericht. Er blieb bei dem Wort »Chlorwasser« hängen. Dann plötzlich wusste er es. Er war so blöd! Wie hatte er nicht darauf kommen können? Er schnappte sich sein Jackett und die Autoschlüssel und raste los. Zwei Stufen auf einmal nehmend, die verwunderten Blicke der Kollegen an der Wache in seinem Rücken; so schnell hatte hier noch niemand Huber rennen sehen.

Mittlerweile hatten sich alle im Gemeinschaftsraum versammelt. Die alten Leute saßen aufrecht und erhobenen Hauptes um den großen Tisch in der Mitte. Katrin bemerkte mit großem Erstaunen, dass Frau Banzer auch dabei war. Sie erkannte an der Körperhaltung der Menschen um sie herum, dass der Knoten nun durchschlagen war. Sie wollten ihr Herz erleichtern.

Adam ergriff das Wort. »Kommt, lasst uns die Karten auf den Tisch legen. Was soll uns passieren, in unserem Alter? Ob ich den Lebensrest hier oder im Knast verbringe.«

Sofort sprang die Kleine mit der Perlenkette an Adams Seite auf und rief: »Ich war's.«

Adam hielt ihre Hand und zog sie auf den Stuhl zurück. »Komm, setz dich hin, meine Liebe. Das glaubt dir sowieso kein Mensch. Wie solltest du das angestellt haben?«

Resigniert ließ sie sich von Adam über die Schulter streicheln.

Die Frau mit dem Rollator sagte: »Nein, ich war's.«

Adam schaute irritiert zwischen den beiden Frauen hin und her und schüttelte dann ungläubig den Kopf.

Die beiden anderen Männer flüsterten sich gegenseitig etwas zu. »Wir beide haben den umgebracht. Und er hatte es verdient!«

In dem Moment öffnete sich die Tür, und Lena betrat den Raum. Sie setzte sich an Katrins Seite und stellte sich vor. Von einem zum anderen blickend, sagte sie: »Meine Schwester meinte, Sie wollten mir etwas sagen?«

Alfred Adam kam allen zuvor. »Ich habe Herrn Petersen umgebracht.«

Alle sprachen nun aufgeregt durcheinander, und jeder nahm die Schuld auf sich.

Katrin blickte Lena hilfesuchend an. Die legte ihren Stift auf die Mappe vor sich und räusperte sich. »Ich denke, wir sollten erst einmal über das sprechen, was geschehen ist. Wenn es geht, der Reihe nach.« Lena nahm den Stift wieder zwischen die Finger und schlug ihre Mappe auf.

Sekundenlanges Schweigen machte sich im Raum breit, bis Adam wieder das Wort ergriff. »Also gut …«

Die Frau mit dem Rollator funkte dazwischen.

»Hören Sie, der Petersen war ein Mistkerl. Der hat uns zwar manchmal abends schwimmen lassen, aber das war auch das einzig Nette an ihm. Und selbst das hat er sich mehr als üppig bezahlen lassen. Er hat mit uns gemacht, was er wollte. Wir hatten alle unter ihm zu leiden. Und wenn er einen besonders schlechten Tag hatte, hat er das auch sofort an uns Alten ausgelassen. Er hat uns geschubst, gekniffen, ja manchmal sogar getreten und geschlagen. Natürlich meistens, wenn wir allein mit ihm waren, sodass es keine Zeugen gab.«

Jetzt schaltete sich Adam ein. »Aber an *dem* Abend hatte er besonders schlechte Laune. Er hat uns gleich den Preis erhöht. Wir sollten ihm plötzlich hundert Euro geben. Nur dafür, dass wir eine halbe Stunde lang das Schwimmbecken benutzen konnten. Und dann hat er ständig gemeckert. Wir waren ihm mit allem zu langsam. Frau Banzer hier«, Adam drückte die Hand der Frau neben ihm, »riss er quasi die Kleidung vom Leib. Er zerrte an ihr herum, bis sie nackt vor ihm stand. Dann hob er sie hoch und warf sie rücklings vom Beckenrand ins Wasser. Als wir zu ihr wollten, alle noch halb bekleidet, stellte er sich uns in den Weg.«

Adams Stimme wurde zittrig.

Einer der anderen Männer ergriff das Wort. »Wir waren immerhin drei Männer gegen einen. Wir hatten uns nur angesehen und wussten, was zu tun war. Einer zog ihm die Jogginghose halb runter, und die anderen beiden schubsten ihn ins Wasser. Wir alle dann hinterher. Zwei hielten seine Arme, und die anderen drückten einfach nur seinen Körper unter Wasser, die Beine konnte er ja kaum bewegen.«

Jetzt mischte sich auch Frau Banzer ein. »Und dann war es plötzlich ganz still. Nur die Wasserpumpe war zu hören. Aber was sollten wir nun machen? Wir mussten ihn doch irgendwie wegschaffen. Wenn man den hier im Haus entdeckt hätte, ertrunken, hätte man doch gleich auf uns kommen können.«

Jetzt meldete sich Rudi zu Wort. »Und da haben Sie meine Schubkarre genommen und den Toten damit transportiert?«

»Ja. Tatsächlich habe ich die genommen. Woher wissen Sie das?«

»Jetzt im Nachhinein fällt mir ein, dass sie ganz woanders stand als da, wo ich sie sonst immer abstelle.«

»Na ja, jedenfalls haben wir dann die leeren Tüten von der Gartenerde aufgeschnitten. Die sind ja sehr stabil. Damit haben wir ihn an den Beckenrand gezogen und in die Karre gehievt. Dann haben wir ihn zum Leuchtturm gerollt und ihn da abgeladen.«

»Und da habe ich ihn gefunden.« Katrin atmete tief aus. »Aber Sie hätten sich doch denken können, dass man das Schwimmbadwasser in seinen Lungen findet.«

»Ja, wenn wir nachgedacht hätten«, sagte die Frau mit dem Rollator. »Aber wir waren so in Panik. … Und bis jetzt ist uns ja auch keiner draufgekommen. Wir dachten nur, der muss hier weg. Sein Tod darf nicht mit uns in Verbindung gebracht werden.«

»Deshalb haben wir auch seine Arbeitskleidung verbrannt. Daran wäre er ja gleich identifizierbar gewesen«, schob Herr Adam nach.

Das war's. Erschöpfte Stille breitete sich im Raum aus.

Lena hatte die ganze Zeit über kein Wort gesagt, sich alles angehört und mitgeschrieben. Jetzt war sie am Zuge.

»Ich kann Ihnen aus juristischer Sicht Folgendes sagen – mal einfach ausgedrückt: Wenn Sie alle gemeinsam die Tat begangen haben und die Polizei keinen einzelnen Täter nachweisen kann, wird Ihnen nichts geschehen.«

Die Alten guckten sich gegenseitig an.

»Aber dazu ist es wichtig, dass Sie zusammenhalten.«

Plötzlich wurde die Tür aufgerissen, und Huber stand vor ihnen. Perplex blickte er in die Runde.

»Ich glaube, wir müssen reden, Herr Huber.« Lena kam Huber zuvor, stand auf und führte ihn aus dem Gemeinschaftsraum in den Flur. Die Gruppe drinnen hörte nur einen lebhaften verbalen Schlagabtausch. Sprachfetzen drangen durch die geschlossene Tür. »… nicht nachweisen …«, »… nicht Ihr Ernst …«, »… deren hohes Alter …«, »… kein Grund sein …«.

Viel konnten sie drinnen nicht verstehen.

Dann kamen die beiden wieder hinein, Lena vorneweg. Sie schickte ein freundliches Nicken in die Runde.

Huber trat hinter ihr hervor. »Es bleibt Ihnen nicht erspart, mich aufs Präsidium zu begleiten. Ich muss Ihre Aussagen aufnehmen. Es wird ein Gerichtsverfahren geben. Und dann werden wir sehen, wie es weitergeht.«

Langsam erhoben sich die Alten und folgten Huber.

Katrin verspürte das dringende Bedürfnis, mit Sebastian zu telefonieren, ihm alles zu erzählen. Na ja, beinahe alles. Sie wollte nicht, dass er sich im Nachhinein noch Sorgen um sie machte und sich seine Worte am Strand als Prophezeiung herausstellten.

Und nach dem Telefonat wollte sie dann doch nur noch essen, trinken und schlafen.

Vor dem Enzian standen drei Polizeiwagen, und Huber verteilte die Alten auf die Autos, die mit ihnen davonfuhren.

Er drehte sich noch einmal um und sah, wie Katrin und Lena sich umarmten und Lena in ihr Auto stieg. Er wartete den Moment ab, bis die Anwältin vom Platz gefahren war, und ging auf Katrin zu, die mit einem Mal so erschöpft und einsam wirkte. Sein Impuls war, sie zu umarmen, stattdessen vergrub er seine Hände in den Hosentaschen.

»Soll ich Sie nach Hause bringen, Frau Lund?«

»Ich glaube, ich gehe noch eine Runde spazieren. Die frische Luft wird mir guttun. Außerdem habe ich das Gefühl, da oben«, sie tippte mit dem Finger auf ihre Stirn, »ist noch einiges zu verarbeiten.«

»Ihr Auto ist übrigens freigegeben.«

»Ach was.« Katrin atmete tief ein und stemmte die Fäuste in die Hüften. Huber hatte das Gefühl, gleich würde eine Tirade auf ihn niederprasseln.

»Soll ich es Ihnen vorbeibringen?«, fragte er schnell.

»Das ist ja wohl das Mindeste! Haben Sie ein schlechtes Gewissen?«

Da war sie wieder, die alte Katrin Lund.

»Sie wissen ja wohl, dass Sie mir jetzt etwas schuldig sind. Und das in mehrfacher Hinsicht.«

»Ja, das weiß ich. Was kann ich tun?«

»Lassen Sie sich etwas Hübsches einfallen«, sagte Katrin keck und stapfte davon. Bevor sie in die Straße in Richtung Deich einbog, winkte sie ihm zu, ohne sich umzudrehen.

Huber lächelte. Ihm kam eine Idee, eine gute Idee, wie er fand.

35

Hubers großer Esstisch kam mal wieder in Aktion. Eine muntere Runde saß lachend und trinkend drum herum: Katrin und Lena, Lenas Tochter Tabea und Gerti Lund. Neben ihr saß Rudi. Die beiden blickten sich immer wieder an und lächelten.

Huber hatte gekocht, und selbstverständlich lag sein Besteck von Robbe und Berking auf dem Tisch. Als Vorspeise gab es eine Caponata. Er hatte allerdings nicht gewusst, dass es Katrins Spezialität war, bis Tabea sagte: »Diese Caponata schmeckt fast so gut wie die von dir, Tantchen.«

Huber spürte, wie ihm die Hitze ins Gesicht stieg. Sekundenlanges Schweigen in der Runde, verstohlene Blicke.

Plötzlich brach das Lachen aus Katrin heraus. »Oh, Sie Armer! Sie konnten nicht wissen, dass meine Caponata alle in der Runde hier glücklich macht.«

»Da bleibt mir nur noch, mich zu betrinken.« Huber erhob sein Glas und prostete in die Runde.

»Aber ich kann Sie trösten, Herr Huber«, sagte Katrin. »Die Varianten der Caponata sind so vielfältig wie die Regionen in Italien. Jede hat ihr eigenes Rezept. Das ist wie bei den Deutschen und ihren Knödeln.«

Es entspann sich ein Gespräch zwischen Huber und Katrin über die unterschiedlichen Rezepte, und Huber erfuhr, dass Katrin ihrer Caponata in Öl angebratene Rosinen beigab, weil die Schleswig-Holsteiner es liebten, zu Herzhaftem, Saurem oder Salzigem etwas Süßes zu essen.

»Außerdem sollte zu Tomaten immer etwas Süßes beigegeben werden. So wie in jeden Pizzateig ein Teelöffel Honig hineinsollte.«

»Das klingt aber lecker«, sagte Tabea. »Das nächste Mal, wenn du für uns kochst, machst du mal Pizza. Versprochen?«

»Versprochen.« Katrin drückte ihre Nichte an sich.

Rudi kramte aus seinem Rucksack eine Dose, stellte sie auf den Tisch und öffnete sie. »Ich hab frische Kekse gebacken. Wer mag, der greife zu.«

Sofort reckte sich Tabeas Arm. Sie wollte gerade zugreifen, als Katrin ihr auf die Finger schlug.

»Was ist los?«, fragte Tabea.

Katrin blickte ihre Mutter an, die mit schockstarr aufgerissenen Augen auf die Dose guckte.

»Keine Sorge, das sind ganz normale Makronen.« Rudis Gesicht verzog sich zu einem Grinsen, und dann lachte es aus ihm heraus. Auch Katrin und Mutter Lund fielen in das Lachen mit ein. Der Rest der Runde verstand nichts.

»Sagt mal, was ist hier los?«, fragte Tabea erneut.

»Nichts«, sagte Katrin, immer noch lachend. »Greif ruhig zu.«

Nun langten alle in die Keksdose.

Tabeas Telefon gab ein Tropfgeräusch von sich. Augenblicklich holte sie es aus ihrer Hosentasche und las eine Nachricht. Sie lächelte. »Sorry, ihr Lieben, ich muss los.«

Lena blickte ihre Tochter ungehalten an.

»Ich hab 'ne Verabredung. Mama! Bitte!« Tabea schob schmollend die Unterlippe vor.

»Na gut, schwirr ab.« Lena griff nach ihrem Weinglas. »Ach, warte mal … mit wem hast du denn eine Verabredung?«

»Ähm. Ich glaube, den kennst du nicht, Mama. Sven Petersen. Geht auf meine Schule.«

Tabeas Abgang versank in einem lautem Gelächter und gegenseitigem Zuprosten.

ENDE

Rezept für Katrins Caponata

Diese Caponata eignet sich wunderbar als kalte oder warme Vorspeise und passt aufgewärmt zu jeder Pasta. Da sie eingekocht wird, ist sie in Schraubgläsern als Vorratshaltung geeignet und hält sich ein paar Wochen. Die Herstellung dauert etwas, lohnt sich aber in jedem Fall. 3–4 Stunden Zeit sollten Sie schon rechnen.

Für eine Caponata nimmt Katrin folgende Mengen an Zutaten:

- 6 Auberginen
- Salz
- viel Olivenöl (bei mir geht bestimmt ein 1/4 Liter drauf)
- 3 Gemüsezwiebeln, klein geschnitten
- Zucker
- 9 Stangen Sellerie, klein geschnitten
- 3 Esslöffel Rosinen (oder/und Kapern oder Oliven)
- 3 Esslöffel Tomatenmark
- 6 Esslöffel Mandelstifte (oder Pinienkerne)
- 3 Dosen geschälte Eiertomaten
- Pfeffer nach Geschmack
- 3 Teelöffel getrockneter Oregano
- ein kräftiger Schuss Balsamicoessig
- 1 Bund Petersilie, frisch gehackt

Zunächst die Auberginen in 1 cm dicke Scheiben schneiden und vierteln. Die Auberginen mit dem Salz vermischen und warten, bis das Salz Feuchtigkeit herausgesogen hat. Das dauert. Dann die Auberginenstücke in reichlich Olivenöl frittieren. Immer nur so viel, wie auf den Pfannenboden passen. Wenn sie eine leichte Bräune bekommen, aus dem Fett nehmen und abtropfen lassen. Immer wieder Olivenöl nachgießen, sodass der Pfannenboden stets gut bedeckt ist.

Wenn Sie damit durch sind, in der gleichen Pfanne die klein geschnittenen Zwiebeln mit einem Teelöffel Salz und einem Teelöffel Zucker (verhindert das Braunwerden der Zwiebeln und gibt einen wunderbar karamellisierten Geschmack) glasig anschwitzen. Dann erst den ebenfalls klein geschnittenen Staudensellerie und zum Schluss die Rosinen hinzugeben. Alles so lange bei mittlerer Temperatur erhitzen, bis sich die Rosinen mit dem Fett vollgesogen haben. Das Tomatenmark hinzufügen. Alles kurz darin schwenken. Dann sofort von der Platte nehmen. Die Rosinen dürfen durch das Braten nicht wieder schrumpelig und fest werden.

In einer extra Pfanne die Pinienkerne oder die Mandelstifte (z. B. bei einer Allergie) goldgelb rösten.

Die Eiertomaten aus der Dose mit einem Messer grob zerschneiden und die grünen festen Strünke entfernen.

Die mittlerweile abgetropften Auberginen in die Pfanne zu der Sellerie-Rosinen-Mischung geben. Mit Zucker nach Gefühl abschmecken. Katrin gibt zu allem, was mit Tomaten und Zwiebeln zu tun hat, etwas braunen Zucker hinzu, das unterstützt die natürliche Süße der beiden Gemüse.

Dann mit den Tomaten auffüllen. Alles zusammen kräftig salzen und pfeffern und gut eine halbe Stunde sanft köcheln, dann Oregano und die frisch gehackte Petersilie hinzugeben und gern eine weitere halbe Stunde auf niedrigster Stufe weiterköcheln, bis alles gut durchgezogen ist.

Katrin füllt alles direkt vom Herd in saubere Schraubgläser. Natürlich nimmt sie gleich eine Portion davon für ein abendliches Pastagericht.

Dies ist das Grundrezept, das für sich schon superlecker schmeckt. Je nach Geschmack können Sie noch frische gemischte Pilze, Möhren, Kapern oder Oliven etc. hinzugeben. Mit diesem Grundrezept lässt sich viel ausprobieren.

Um eine von Katrins Lieblingsköchinnen, Nigella Lawsen, zu zitieren:

»With this the world is a better place.«

Und nun:
GUTEN APPETIT!

KBV KURZ-KRIMIS

Ralf Kramp (Hg.)

DAS CAMPEN IST DES MÖRDERS LUST

Taschenbuch, 304 Seiten
ISBN 978-3-95441-519-9
13,00 EURO

Freiheit, Frischluft, Meuchelmord

Auf ins Urlaubsvergnügen! Mit Caravan, Wohnmobil oder Zelt geht es in die Ferne, weg vom Alltag und hinein ins Abenteuer! Doch wieviel Abenteuer kann man vertragen? Gehören Mord und Totschlag auch dazu?

Lauert nicht die Gefahr schon an der Raststätte? Wartet das Böse womöglich in der Campingplatzdusche oder am Lagerfeuer? Ist die Kleinfamilie im Nachbarcaravan womöglich die Spitze eines Mafia-Clans, die Oma im Einmannzelt eine rüstige Auftragskillerin, der nette Platzwart vielleicht sogar ein Serienmörder? Wenn sich die Campingplatzschranke schließt, gibt es kein Zurück mehr …

In den Geschichten von Tatjana Kruse, Klaus Stickelbroeck, Peter Godazgar, Carsten Sebastian Henn und vielen anderen Krimi-Spezialisten geht es jedenfalls mörderisch unterhaltsam zu.

»Wer auf skurrile und amüsante Krimi-Kurzstories steht, der ist mit dieser köstlichen Anthologie bestens bedient.« (mywoman.at zu »Aufgebockt und abgemurkst«)

»Ein tolles Buch und wunderbare Kurzkrimis für Camper. Die Geschichten sind wie mitten aus dem Leben…« (Fachbuchkritik.de zu »Chillen, killen, campen«)

Lüpkes & Franke

EBBE, FLUT UND TODESZEITEN

Taschenbuch, 312 Seiten
ISBN 978-3-95441-165-8
9,90 EURO

Muscheln, Strandkörbe, glitzerndes Watt, Dünen, Sanddorn und Pferdegetrappel. All diese Dinge lassen spontan an die perfekte Inselidylle denken.

Und doch – auf Wangerooge, Spiekeroog, Langeoog, Baltrum, Norderney, Juist oder Borkum, auf Helgoland, Amrum, Langeneß, Föhr oder Sylt lauert auch das Grauen. Obs der Urlauber tut, der Kurgast oder der Inselbewohner – im Dünensand der Nordseeinseln lässt sich wunderbar eine Leiche verbuddeln.
Doris Gercke, Nina George, Peter Gerdes, Regula Venske, Jürgen Kehrer, Norbert Horst, Tatjana Kruse und viele andere namhafte deutschsprachige Autorinnen und Autoren haben ihren literarischen Mordgelüsten nachgegeben und haben mit Wonne zugeschlagen. Mal hinterrücks und bitterböse, mal amüsant und hundsgemein. Die norddeutschen Krimi-Fachfrauen Sandra Lüpkes und Christiane Franke haben eine abwechslungsreiche Mischung zusammengestellt, die wie die Gezeitenwelle von Borkum hoch bis Sylt schwappt.

KBV MORDLANDSCHAFTEN

Anette Schwohl (Hg.)

HUNDE DIE BELLEN MORDEN NICHT

Hardcover, 264 Seiten
ISBN 978-3-95441-556-4
18,00 EURO

Hände hoch, jetzt wird es tierisch!

Frosch und Fliege, Fuchs und Hase, Löwe und Gazelle ... im Tierreich wird kaltgemacht, was das Zeug hält. Doch wo das Tier für sein Überleben killt, tut es der Mensch aus Habgier, Neid und Rache – aus niederen Motiven eben.

In höchst unterhaltsamen, spannenden und teilweise urkomischen Kriminalgeschichten spielen Tiere die Hauptrolle: Sittich, Marder und Yorkshire-Terrier schlagen dem Menschen, ihrem größten Feind, ein ums andere Mal ein Schnippchen. Das Tierwohl siegt, der Mensch zieht den Kürzeren. Wenn das, was die Autorinnen und Autoren sich für diesen Band ausgedacht haben, Wirklichkeit würde, bräuchte es keinen aktiven Tierschutz mehr.

Vom Tiger bis zur Mücke ist in dieser mörderischen Nahrungskette alles dabei. Der Hamster nagt, die Biene sticht, der Maulwurf buddelt, und der Hund bellt zwar, aber er mordet nicht. Und ob die Katze nun sieben Leben hat oder neun ... die einen sagen so, die anderen sagen so.

KURZ-KRIMIS

KBV EDITION EYFALIA